SCIENCE FICTION

Herausgegeben
von Wolfgang Jeschke

Von Poul Anderson erschienen folgende Titel
in der Reihe HEYNE SCIENCE FICTION & FANTASY:

Kontakt mit Jupiter · 06/3063; auch ↗ 06/3930
Der Sternenhändler · 06/3079
Die Macht des Geistes · 06/3095
Weltraumroboter · 06/3105
Korridore der Zeit · 06/3115
Das letzte Sternenschiff · 06/3169; auch ↗ 06/1002
Das Horn der Zeit · 06/3212
Rebellion auf Alpha Crucis · 06/3253
Siegeszug im All · 06/3281
Universum ohne Ende · 06/3306
Jenseits der Unendlichkeit · 06/3316
Operation Chaos · 06/3329
Der Außenweltler · 06/3338
Höllenzirkus · 06/3350
Die Tänzerin von Atlantis · 06/3404; auch ↗ 06/1007
Zeit des Feuers · 06/3599
Das Erdenbuch von Sturmtor · 06/3966
Conan der Rebell · 06/4037
Das Tor der fliegenden Messer · 06/4326
Zeitpatrouille · 06/4377
Zeitfahrer · 06/4832
Der Schild der Zeit · 06/4961 (in Vorb.)

POUL ANDERSON

DIE TÄNZERIN VON ATLANTIS

Roman

Science Fiction

Neuausgabe

WILHELM HEYNE VERLAG
MÜNCHEN

HEYNE SCIENCE FICTION & FANTASY
Band 06/3404

Titel der amerikanischen Originalausgabe
THE DANCER FROM ATLANTIS
Deutsche Übersetzung von Yoma Cap
Das Umschlagbild malte Jan Heinecke

Redaktion: Wolfgang Jeschke

Printed in Germany 1992
Umschlaggestaltung: Atelier Ingrid Schütz, München
Technische Betreuung: Manfred Spinola
Satz: Kort Satz GmbH, München
Druck und Bindung: Ebner Ulm

ISBN 3-453-30299-0

Und die sieben Engel mit den sieben Posaunen rüsteten sich zum Blasen.

Und der erste Engel stieß in die Posaune, und es entstand Hagel und Feuer, mit Blut gemischt, und wurde auf die Erde geworfen: und der dritte Teil der Erde verbrannte, und der dritte Teil der Bäume verbrannte, und alles grüne Gras verbrannte.

Und der zweite Engel stieß in die Posaune, und es wurde etwas wie ein großer, feuerglühender Berg ins Meer geworfen: und der dritte Teil des Meeres wurde zu Blut, und der dritte Teil der Lebewesen im Meere starb, und der dritte Teil der Schiffe wurde vernichtet.

Und der dritte Engel stieß in die Posaune. Und es fiel vom Himmel ein großer Stern, brennend wie eine Fackel. Er fiel auf den dritten Teil der Flüsse und auf die Wasserquellen; und der Name des Sterns heißt Wermut: und der dritte Teil der Wasser wurde zu Wermut, und viele Menschen starben an den Wassern, weil sie bitter geworden waren.

Und der vierte Engel stieß in die Posaune. Da wurde der dritte Teil der Sonne und der dritte Teil des Mondes und der dritte Teil der Sterne geschlagen, auf daß der dritte Teil davon finster würde und der Tag während seines dritten Teiles nicht hell sei und die Nacht desgleichen.

Und ich sah, und ich hörte einen Adler, der hoch oben am Himmel flog, mit mächtiger Stimme rufen: »Wehe, wehe, wehe den Bewohnern der Erde ob der übrigen Posaunenstöße der drei Engel, die noch blasen werden.«

Offenbarung VIII, 6–13.

Wer sind die schönen — vereinten Mannen,
Des Rudra Mannen — mit schönen Rossen?
Denn ihren Ursprung — erkennt kein andrer,
Sie selbst nur kennen — die eigne Abkunft.
Mit Licht bestreuen — sie selbst einander.
Die Adler kämpften — wie Winde brausend.
Doch dies Geheimnis — erkennt der Weise,
Daß bot ihr Euter — die große Prischni.
Dies Volk der Helden — durch Marut sei es
Für immer siegreich — und Mannheit erntend.
Im Lauf die schnellsten, — an Glanz die hellsten,
Gepaart mit Schönheit — an Kraft gewaltig.

Rig-Weda VII, 56
(in der Übersetzung von Grassmann, Leipzig 1876)

KAPITEL 1

»Es ist Vollmond heute«, sagte er, »willst du nicht mit an Deck kommen? Die Nacht muß wunderbar sein.«

»Nein, ich bin müde«, antwortete sie. »Geh nur allein. Ich bleib' lieber hier.«

Duncan Reid sah seine Frau irritiert an und bemühte sich wie so oft, sie zu verstehen. »Diese Reise sollte doch uns *beiden* Freude machen.«

Pamela seufzte. »Ja natürlich. Nur nicht gerade jetzt, Liebling. Es tut mir leid, daß ich so eine Landratte bin, aber bei dem schlechten Wetter, das wir bis jetzt hatten... Nicht, daß ich richtig seekrank bin, ich hab' ja diese Tabletten genommen, aber mir war die ganze Zeit nicht besonders gut.«

Er sah sie immer noch an, fast prüfend jetzt. Vor zwölf Jahren, als sie geheiratet hatten, war Pamela schön und lebensfroh gewesen. Später dann hatte ihre zunehmende Rundlichkeit sie zur Verzweiflung und zu diversen Abmagerungskuren getrieben. Immer wieder hatte er versucht, ihr zu sagen, »Kränk dich doch deswegen nicht. Sieh zu, daß du mehr Bewegung machst. Und denk vor allem dran, daß du nach wie vor verdammt anziehend bist.« Das stimmte: mit ihrem klaren Teint, graublauen Augen und weichem braunen Haar war sie schön und hatte sich in seinen Augen überhaupt nicht verändert. Nur gelang es ihm immer seltener, sie davon zu überzeugen.

»Es war wohl ein Fehler, daß ich für uns beide die Schiffspassage gewählt habe.« Er hörte den leicht bitteren Unterton in seiner Stimme selbst, und stellte fest, daß auch sie ihn bemerkt hatte.

»Nun, du wußtest recht gut, daß ich auf deinem Segelboot nichts tauge, oder bei einer Campingwanderung, oder...« Sie ließ den Kopf sinken, ihre Stimme sank. »Aber wir wollen damit nicht schon wieder anfangen.«

Sein Blick löste sich von ihrem Gesicht, wanderte über die unpersönlich praktische Einrichtung der Kabine und fiel auf ein Bild ihrer Kinder auf dem Frisiertischchen. »Vielleicht sollten wir gerade das tun«, sagte er langsam. »Ich meine, jetzt wo wir einmal nicht ihretwegen Rücksicht nehmen müssen – wo uns die Kinder nicht hören. Vielleicht sollten wir endlich über manche Dinge offen reden.«

»Welche Dinge?« Ihre Frage klang fast erschreckt. Eine Sekunde lang erschien ihm ihr elegantes Negligé, ihr gepflegtes Make-up wie eine schützende Rüstung. »Wovon sprichst du?«

Er lenkte ein. »Ich... ich weiß nicht recht. Es läßt sich schwer ausdrücken. Nichts Bestimmtes, nein. Nur so Zankereien über lächerliche Kleinigkeiten, über Dinge, an die wir uns anscheinend noch nicht gewöhnt haben, obwohl – sieh mal, ich, äh... ich dachte, das könnte so eine Art zweite Hochzeitsreise für uns beide sein...« Er verstummte mit trockenem Mund.

Er wollte ihr zurufen: Sind wir einander so gleichgültig geworden? Und warum? Eine physische Ursache ist es sicher nicht – noch nicht jetzt. Schließlich bin ich gerade vierzig und du neununddreißig, und wir erfahren noch oft genug körperliches Glück, um zu wissen, daß uns das noch lange bleiben kann. Aber es ist doch immer seltener der Fall. Ich war beruflich ausgelastet, und du hast dich vielleicht gelangweilt, trotz oder gerade wegen deiner fast verbissenen Geschäftigkeit. Nach dem Abendessen lese ich meistens noch im Arbeitszimmer, während du im Wohnzimmer vor dem Fernseher sitzt... bis dann der erste, der schläfrig wird, höflich gute Nacht sagt und zu Bett geht.

»Warum willst du nicht mit mir an Deck kommen, Pam? Diese Nacht ist wie für die Liebe geschaffen... Nicht, daß mir so sehr danach ist, aber es würde uns beiden helfen. Es könnte uns helfen, wenn du nur wolltest.«

»Es tut mir leid«, sagte sie wieder und berührte seine Hand. Er fragte sich, wie ehrlich diese Geste gemeint war. »Aber ich bin wirklich müde.«

»Meiner Gesellschaft müde?« entfuhr es ihm, bevor er sich bewußt wurde, was er sagte.

»Nein, nein – niemals.« Sie kam zu ihm und legte die Arme um seine Taille. Er klopfte ihr besänftigend auf die Schulter und fühlte, daß sie beide rein mechanische Bewegungen ausführten.

»Unser Leben war einmal romantisch und voller Abenteuer«, sagte er. »Weißt du noch? Jung verheiratet und arm wie Kirchenmäuse...«

»Mir ist dieses Habenichts-Dasein in der winzigen, schäbigen Wohnung damals nicht sonderlich romantisch vorgekommen.« Sie brach ab und trat zurück. »Aber wart einen Augenblick, Liebling, ich zieh' mich an.«

»Nicht, wenn... wenn du es so als eine Pflicht ansiehst«, protestierte er und wußte, daß es falsch war, das zu sagen, aber er wußte nicht, was richtig gewesen wäre.

»Ich hab's mir anders überlegt. Ein kleiner Spaziergang wird mir guttun.« Ihr Lächeln war ungewohnt heiter. »Es ist doch hier unten so stickig. Und das Ventilatorsummen geht mir auf die Nerven.«

»Nein, bitte nicht. Ich versteh' schon. Du mußt dich ausruhen.« Er trat an den Schrank und griff hastig nach seinem Mantel. »Und ich werd' auch ein ziemliches Tempo vorlegen. Ich brauch' Bewegung. Dafür hättest du doch nichts übrig.« Er vermied es, sie anzusehen, bis er draußen war.

Er marschierte tatsächlich so lange auf dem Hauptdeck herum, bis er außer Atem war. Einmal kam er auf seiner Runde bis aufs Vorderdeck, stieg aber wieder hinunter, als er dort auf ein junges Pärchen stieß, das intensiv mit sich selbst beschäftigt war. Schließlich hatten sich seine aufgewühlten Gefühle ein wenig beruhigt, und er blieb an der Reling stehen, um eine Pfeife zu rauchen.

Heute war nichts mehr zu spüren von dem Regen, Nebel und Wind, von der unruhigen See, die für das Frühjahr im Nordpazifik typisch ist. Die Nacht war klar, die Luft kühl und frisch mit einer leichten Brise, voll unbestimmbarer Meeresgerüche. Obwohl der Mond sehr hell schien, glaubte Reid, noch nie so viele Sterne gesehen zu haben; die Nachtschwärze war übersät mit ihnen, bis der Himmel wie ein schwarz-silbernes Gewebe wirkte. Der Mond zog eine flimmernde Lichtstraße über die Wellen, so daß ihre Kämme funkelten und ihre Täler zu dunkler Glasschmelze wurden. Sie flüsterten, diese Wellen, weich heranrollend, murmelnd, aus dem Endlosen kommend. Sie schlugen sanft gegen den Bug und dämpften das Stampfen der Maschinen zu einem schwachen Vibrieren von Rumpf und Deck.

Als er seine Pfeife in Gang gebracht hatte, umklammerte er fest ihren Kopf, wie um ein bißchen Wärme zu finden an dieser armseligen Glut. Er hatte auf See immer eine Art entrückter Ruhe empfunden. Das Meer war schön und stark und unmenschlich fremd. Schön, weil unmenschlich? Er hatte versucht, Pam an diesem Gefühl teilhaben zu lassen, aber Robinson Jeffers lag ihr auch nicht.

Er starrte den Mond an, der achtern tief über dem Horizont stand. Was bedeuten dir die Fußspuren von ein paar Menschen in deinem ewigtoten Staub? dachte er und kam sich gleich darauf kindisch vor. Er wandte sich wieder nach vorn... Dort draußen gab es nun den nicht endenwollenden Krieg, und auch daheim, irgendwo da hinten, ein endloses Anheizen von Haß und Angst und Unsicherheit. Und dort waren auch Mark und Tom (der es mit dem Selbstbewußtsein eines Neunjährigen ablehnte, noch Tommy gerufen zu werden), und die winzige koboldhafte Bitsy – seine Kinder, die er nur so kurze Zeit für sich haben konnte, bevor sie in eine Welt hinausmußten, die unter ihren Füßen auseinanderbrach. Wenn man das alles bedachte, wie wichtig waren dann zwei Menschen der Mittelschicht, die langsam ins mittlere Alter kamen? Wenn auch menschliche Gefühle mit dem Quadrat der Entfernung abnahmen...?

Reids Mund preßte sich grimmig um den Pfeifenstiel. Er dachte: Zu dumm, nicht, daß man die Statik und Dynamik des Menschseins nicht in sauberen Vektoren quantitativ erfassen kann, oder ein Tensorkalkül für die Spannungen in einer Ehe entwickeln kann... Beißend strömte der Rauch über seine Zunge, seinen Gaumen.

»Guten Abend, Sir.«

Reid wandte sich um und identifizierte die mondbeleuchtete Gestalt: Mike Stockton, Dritter Maschinist. Auf einem Frachtdampfer, der auch Passagiere beförderte, lernte man sich schnell kennen. Von diesem Offizier hatte er allerdings noch nicht viel zu sehen bekommen.

»Oh, hallo«, sagte er mechanisch. »Hübsche Nacht heute, nicht?«

»Kann man wohl sagen. Darf ich Ihnen einen Moment Gesellschaft leisten? In ein paar Minuten habe ich wieder Dienst.«

Ist meine Einsamkeit so deutlich zu erkennen? dachte Reid. Und dann sagte er sich: Hör auf. Gleich wirst du vor Selbstmitleid in Tränen ausbrechen. Vielleicht tut's dir wirklich gut, ein wenig mit einem anderen Menschen zu reden. »Ja, bitte bleiben Sie doch. Was meinen Sie, wird das Wetter halten?«

»Laut Vorhersage ja. Wenn wir 'n bißchen Glück haben, bleibt's so bis Yokohama. Werden Sie und Ihre Frau lange in Japan bleiben?«

»Ein paar Monate. Nach Hause fliegen wir dann.« Die Kinder sind inzwischen bei Jack und Barbara gut aufgehoben, dachte er; und doch – wenn wir dann zur Tür hereinkommen und Bitsy ihren Paps entdeckt und auf ihren fetten Beinchen uns entgegenläuft, lachend und mit ausgestreckten Armen...

»Ich kenn' das Land gut genug, um Sie zu beneiden.« Stockton warf Reid einen Blick zu, der tatsächlich eine Art gutmütigen Neid auszudrücken schien.

Er betrachtete den sehnigen, großen Mann mit breiten Schultern und einem knochigen Gesicht, das von nachdenklichen grauen Augen und einem eigenwilligen Kinn beherrscht wurde. Reids Kleidung, der längst nicht mehr moderne, etwas zerdrückte Rollkragenpullover unter dem Jackett und sein wirres hellbraunes Haar machten auf sein Gegenüber einen etwas verwahrlosten Eindruck. Trotz Pamelas angestrengten Bemühungen brachte es Reid fertig, selbst noch im Smoking – den anzuziehen er sich mitunter gezwungen sah – so auszusehen, als hätte er in den Kleidern geschlafen.

»Na, genaugenommen ist's ja eine Geschäftsreise, wissen Sie. Ich bin Architekt, wie Sie vielleicht gehört haben. Vor kurzem hab' ich mich selbständig gemacht, zusammen mit einem Partner.« Pamela hatte das Risiko dabei nicht gefallen, aber das armselige Leben in den ersten Jahren ihrer Ehe hatte ihr noch weniger gefallen – als er eine Unterstützung von seiten ihrer Eltern ablehnte, und sich aus eigener Kraft nach oben kämpfte. Jetzt hatten sie es endlich geschafft, und wenn es mit seinem Versuch selbständig zu werden nicht klappte (obwohl er fest entschlossen war, es nicht dazu kommen zu lassen), dann konnte er immer noch wieder eine Stelle annehmen. »Und weil doch im Augenblick der japanische Einfluß vor allem bei Wohnhäusern große Mode ist«, fuhr Reid fort, »dachten wir uns, es wäre ganz nützlich, wenn ich mich mal, äh... direkt an der Quelle umsehe und inspirieren lasse. In den Dörfern auf dem Land hauptsächlich.«

Pat würde sich vermutlich beschweren. Sie verzichtete nicht gern auf die Annehmlichkeiten der Zivilisation... Nein! Es war ihm anscheinend zur Gewohnheit geworden, sie so gedankenlos und ungerechtfertigt zu verurteilen. Sie hatte anfangs tapfer mitgemacht, wenn ihm nach einem Ausflug in die Wildnis zumute war. Und wie sie sich dann niedergeschlagen entschuldigte, wenn das Ganze ihretwegen ein Fiasko geworden war, das hatte ihn oft bis ins Innerste getroffen. Schließlich war sie dann immer zu Hause geblieben. Hatte er sich jemals auch nur annähernd solche Mühe gegeben, Interesse für ihre Bridgepartien aufzubringen, für ihre freiwillige Arbeit im Jugendheim und im Spital, oder wenigstens für ihre Lieblingssendungen im Fernsehen?

»Sie leben nicht in Seattle, nicht, Mr. Reid?« fragte Stockton. »Das ist nämlich meine Heimatstadt.«

»Na, ich bin bloß ein Zugereister – wir sind erst seit fünf Jahren in Seattle. Vorher wohnten wir in Chicago, nach meinem Militärdienst. Eigentlich komm' ich aus dem guten alten Boston, und bin dann wie so viele andere dem ›Drang nach dem Westen‹ erlegen.«

Reid wurde sich bewußt, daß er Belanglosigkeiten von sich gab, die seinen Gesprächspartner kaum interessieren konnten. Leer daherzuschwatzen war sonst keine seiner Angewohnheiten. Eher war er zu sehr in sich gekehrt, wenn nicht ein paar Runden Bier oder zwei, drei Whiskys ihn aufgemuntert hatten. Heute abend jedoch redete er, um sich nicht mit seinen Gedanken beschäftigen zu müssen.

»Äh... ich hatte Seattle schon früher mal besucht und es gefiel mir«, fuhr er ein wenig hilflos fort, »aber den ersten halbwegs anständigen Job kriegte ich in Chicago. Eine monströse Betonwüste, diese Stadt. Es heißt, man solle dort Brillen tragen, ob man sie braucht oder nicht, sonst werden einem die Augäpfel aus dem Kopf geklaut.«

Aber er dachte an Menschen, die heiter und ohne Hast ihr Leben führten, an weiße Segel auf dem Puget-Sund, an den kühlen, sauberen Schneegipfel des Mount Rainier, der schwerelos und majestätisch über den Wolken schwebte, und an die unberührte Wildnis endloser Wälder, nur ein paar Fahrstunden vom Zentrum Seattles entfernt. Für Pam war natürlich Chicago *das* Zuhause. Als er die Stelle in Seattle bekommen hatte und sie übersiedelt waren, hatte Pam sich in einer Stadt wiedergefunden, die ihr ländlich und leblos erschien, mit einem Wetter, das meist aus einem bleiernen Himmel und Regen bestand — und Nebel und Regen und Schnee und wieder Regen... War ihm nie bewußt geworden, wie dieser Regen sie bedrücken mußte, während er zufrieden auf den nächsten beglückenden Ausbruch von Sonnenlicht über glitzerndem Wasser und frischgewaschenen Straßen wartete?

»Jaja, wir haben's uns schon gut ausgesucht, find' ich«, bemerkte Stockton. »Es läßt sich leben in unserer Stadt — wenn man mal von diesen mittelalterlichen Ausschankgesetzen absieht.«

Reid schmunzelte. »Na hören Sie mal — kein mittelalterlicher Herrscher hätte je gewagt, dermaßen barbarische Schankgesetze zu erlassen!«

Und dann, als sich seine trübsinnige Stimmung gerade etwas lichtete, sagte Stockton: »Tja, muß wohl jetzt in den Maschinenraum. Hat mich gefreut«, und verschwand.

Reid seufzte, stützte sich mit den Ellbogen auf die Reling und sog an seiner Pfeife. Die nachtdunkle See schwappte sanfte Wellen gegen das Schiff. Morgen war Pam vielleicht besser aufgelegt. Er hoffte es — hoffte auch, daß Japan wirklich so märchenhaft war, wie es immer hieß, und dann...

Dann? Vor seinem geistigen Auge formte sich ein Globus mit allen Einzelheiten. Abgesehen von einem ausgezeichneten räumlichen Vorstellungsvermögen, das in seinem Beruf so gut wie unentbehrlich war, besaß Reid ein präzises Gedächtnis für Details. Er zeichnete in Gedanken den Kurs des Schiffes bis Yokohama und darüber hinaus. Aber es würde kein Darüberhinaus geben. Keine Reederei hatte im Augenblick für Südostasien viel übrig, das war zu verstehen. Schwer zu verstehen war jedoch, daß jetzt dort unten Menschen andere Menschen verstümmelten und umbrachten, deren Namen sie nie erfahren würden. Warum? Warum nahm das kein Ende? Diese verfluchten Ideologien. Oder verfluchte Natur des Menschen? Hatte es nicht immer irgendwo sinnloses Morden gegeben, würde es das nicht immer geben? Reid mußte an einen jungen Mann denken, der vor einem Menschenalter in einem solchen Krieg umgekommen war, und an ein paar Zeilen, die dieser junge Mann geschrieben hatte.

The way of love was thus.
He was born one winter morn
With hands delicious,
And it was well with us.

Love came our quiet way,
Lit pride in us, and died in us,
All in a winter's day.
There is no more to say. *

---

* *Das war der Liebe Lauf:*
Geboren eines Wintermorgens –
Er hatte köstliche Hände,
Und wir verstanden uns.

Die Liebe kam auf unsere leise Art,
Entflammt in uns den Stolz – und starb.
All das an einem Wintertag.
Mehr gibt's nicht zu berichten.

Rupert Brooke, *Song.* (freie Übers. d. Red.)

Aber Rupert Brooke hatte damit alles gesagt, was nötig war. Danke dafür, Vater... Als Englischprofessor an einem winzigen College im Mittelwesten hatte Reids Vater seinen Kindern wenig an materiellen Gütern mitgeben können — weshalb Reid sich sein Studium selbst verdienen mußte — aber was er ihnen gegeben hatte, war mehr wert: eine gewisse beharrliche Zivilcourage, umfassenden Erkenntnisdrang, einen neugierigen Geist und die Freundschaft mit Büchern... fast eine zu enge Freundschaft, die oft jene Zeit beanspruchte, die Pam hätte gehören sollen... Aber Schluß jetzt mit der Grübelei, dachte Reid. Ein paar Deckrunden noch, dann würde sie wahrscheinlich schlafen gegangen sein, und er könnte das auch.

Er biß fester auf die Pfeife und richtete sich auf...

Der Wirbel verschlang ihn, der lautlose schwarze Donner, und es blieb ihm keine Zeit mehr zu schreien, bevor er aus seiner Welt hinausgeschleudert wurde.

KAPITEL 2

Dort, wo der Flußlauf des Dnjepr sich ostwärts krümmte, fiel die Grassteppe in steilen Uferklippen ab, an denen das Wasser vorbeibrauste und über Felsen und Stromschnellen gischtete. Hier mußten die Schiffe entladen, getreidelt und an mehreren Stellen sogar auf Rollen über Land gezogen werden. Die Ladung wurde in Traglasten auf dem Landweg befördert. Früher war dies der gefährlichste Teil der alljährlichen Handelsfahrt gewesen. Der Nomadenstamm der Petschenegen hatte hier den Schiffen aufgelauert, immer bereit, sich auf die Besatzung zu stürzen, wenn sie, Lasten schleppend, so gut wie wehrlos war. Die heidnischen Reiter plünderten die Waren und machten jeden nieder, der sich wehrte – und die Toten waren zu beneiden, denn sie waren die einzigen, die der Sklaverei entgingen. Oleg Wladimirowitsch hatte während seiner Lehrzeit an einem solchen Kampf teilgenommen. Damals hatten die Russen durch Gottes Gnade die Angreifer zurückschlagen können und außerdem eine Menge stämmiger Sklaven erbeutet, die in Konstantinopel verkauft wurden.

Die Zustände hatten sich um vieles gebessert, seit Großfürst Jaroslaw – ein Krüppel, aber welch ein Mann! – die Heiden gezüchtigt hatte. Dies geschah vor den Toren von Kiew, und so gründlich, daß danach die Aasvögel sich vollstopften, bis sie nicht mehr auffliegen konnten; und niemals wieder ließ sich ein Petschenege blicken im Reich des Großfürsten. Oleg hatte mitgekämpft an diesem Tag des Ruhms, ein flaumbärtiger Bursche von kaum siebzehn Wintern. Später war er mitgeritten gegen die Litauer, und noch später hatte er teilgenommen an dem unseligen Angriff auf die Kaiserliche Stadt. Im Grunde war er jedoch ein Handelsmann, dem an profitschmälernden Kämpfen nichts lag (Prügeleien in Schenken zählten nicht, die labten die Seele eines Mannes, wenn man sich nur davonmachte, bevor die Stadtwache des Kaisers anrückte.) Gut war, daß die Griechen ebenso vernünftig waren und bald, nachdem sie die Russen zurückgeschlagen hatten, wieder zum Handel mit ihren bereit waren.

»Jawohl«, sagte er zu dem Humpen Kwaß in seiner Hand, »Friede und brüderliche Liebe unter den Menschen sind gut für uns Kaufleute, wie Unser Herr predigte, als er auf dieser Erde wandelte.«

Er stand am Abbruch der Uferklippen und blickte auf den Strom und die kleine Flottille hinunter. Es war unter der Würde eines Schiffseigners, an Tauen zu ziehen und Warenballen zu schleppen; und er war jetzt immerhin Herr von drei Schiffen, nicht übel für einen Jungen, der einmal, in Gamaschen aus Birkenrinde, in den Nordwäldern Fallen gestellt hatte. Die Arbeit konnten seine Schiffsführer beaufsichtigen, aber jemand mußte Wache halten. Nicht, daß man reguläre Banditen zu fürchten hatte — heutzutage nicht mehr. Die Pelze jedoch, die Häute, die Ladung von Bernstein und Talg und Bienenwachs war im Süden eine Summe wert, die schon einige vogelfreie Landstreicher dazu verlocken konnte, sich für einen einmaligen Handstreich zusammenzurotten.

»Auf dich, Jekaterina Borisowna«, rief Oleg und hob seinen Becher. Das Gefäß wurde nur auf der Reise benutzt, aus Holz, aber immerhin mit einem silbernen Rand verziert, um jedem zu zeigen, daß der Besitzer ein wichtiger und wohlhabender Bürger war, daheim in Nowgorod.

Als er das dünne, säuerliche Bier trank, dachte er jedoch weniger an seine Frau (oder an einige der Sklavinnen und Mägde zu Hause), als an eine interessante kleine Hexe, die er letztes Jahr am Ziel seiner Reise entdeckt hatte. Ob wohl Zoe auch diesmal frei war? In diesem Fall hätte er noch mehr Grund, in Konstantinopel zu überwintern, ganz abgesehen von den Geschäftsverbindungen, die sich mit den dortigen Kaufleuten anknüpfen ließen. Allerdings würde Zoe auf mehrere Monate vermutlich unangenehm teuer kommen.

Bienen summten über Klee und Gräsern, und Kornblumen, so leuchtend blau, als wären vom sonnendurchglitzerten Himmelsgewölbe Farbspritzer ins Gras getropft...

Drunten plagten sich Olegs Leute bei den buntbemalten, schwanenhälsigen, drachenköpfigen Schiffen. Sie sehnten sich wohl alle schon nach dem Schwarzen Meer: mit eingezogenen Rudern und gesetzten Segeln sich vom Wind dahintragen zu lassen, in der Sonne zu faulenzen und keinen Gedanken an Strömungen zu verschwenden oder an den armen Teufel von Eigner, dem gerade dann die Gefahr eines Schiffbruchs besonders deutlich vor Augen stand. Das Geschrei und die Flüche der Männer unten verloren sich auf die Entfernung im Murren von Väterchen Dnjepr. Hier oben war es still und heiß, und man spürte, wie einem der Schweiß die Rippen entlangsickerte und die gesteppte Unterpolsterung des Kettenhemds tränkte, das einem immer schwerer auf den Schultern lastete, aber hoch, hoch oben in diesem unwirklichen Blau sang eine Lerche und ihr Jubel glitt herunter zur Erde...

Oleg lächelte, als er an all das dachte, das in den vielen Tagen seiner Zukunft liegen mochte.

Und plötzlich nahm der Wirbel ihn auf, der lautlose schwarze Donner.

Hierzulande waren die Winter weniger streng als in den Steppen, über die Uldins Vorfahren wie eine Sturmflut hinweggezogen waren. Hier gab es in den meisten Jahren kaum Schnee, und man brauchte sich das Gesicht nicht gegen die Kälte einzufetten. Trotzdem aber war es nötig, die Weiden abzureiten – insbesondere, wenn die Zeit kam, da die Lämmer geworfen wurden – sonst verlor man oft viele Tiere durch Hunger und Frost.

Uldins Gefolgschaft zählte nur ein halbes Dutzend Männer, wenn man die zwei unbewaffneten Sklaven mitrechnete. Die Ostgoten waren in römisches Hoheitsgebiet geflohen, wo sie wohl kaum freundlich aufgenommen worden waren. Einige natürlich hatten zurückbleiben müssen ... die Erschlagenen und die Gefangenen. So hatten die Hunnen die letzten drei Jahre in Frieden gelebt und waren in dem neu eroberten Land heimisch geworden.

Dieses Land lag jetzt weiß unter tiefhängenden grauen Wolken. Da und dort ragte ein kahler Baum auf. Zerfallende Überreste von geplünderten und niedergebrannten Gehöften waren die letzten Spuren einer bäuerlichen Besiedlung. Die Zäune hatte man als Feuerholz abgerissen, und auf den einstigen Kornfeldern wuchs Gras. Der Atem der Menschen war wie Rauch in dem eisigen Wind. Die Hufe der kleinen, struppigen Pferde ließen den dünnen Schnee aufspritzen, klapperten über hartgefrorene Erde. Die Sättel ächzten, Zaumzeug klirrte.

Uldins Sohn Oktar schob sich heran. Er war kaum alt genug, um mitzureiten – sein Vater war selbst noch jung –, aber sein hochgewachsener Körper und seine blasse Haut zeigten deutlich das Alanenblut seiner Mutter. Sie war Uldins erstes Weib gewesen, eine Sklavin, die ihm sein Vater schenkte, als er alt genug für eine Frau war. Später hatte er sie an einen anderen Mann verloren, beim Spiel während eines Stammestreffens zum Sonnenfest. Er hatte keine Ahnung, was aus ihr geworden war, obwohl er noch einige Zeit flüchtig an sie dachte.

»Wir können das Lager heute abend erreichen, wenn wir uns beeilen«, sagte der Junge wichtigtuerisch. Uldin hob unmerklich seine Reitgerte, und Oktar fügte hastig hinzu: »Verehrter Vater.«

»Das werden wir nicht«, antwortete Uldin. »Ich habe nicht die Absicht, meine Pferde zu überanstrengen, bloß damit du früher in einer warmen Jurte schlafen kannst. Wir lagern ...« mit der Erfahrung des Nomaden überschlug er Entfernung und Tageszeit »... am Platz der Gebeine.« Oktar riß die Augen auf und schluckte. Uldin lachte spöttisch. »Angst vor ein paar Gotenknochen, die die Wölfe übriggelassen haben? Wenn wir mit den Lebenden fertig geworden sind, was sollen wir uns vor ihren blassen Geistern fürchten?« Mit einer heftigen Kopfbewegung entließ er Oktar. Der Knabe ließ sein Pferd zurückfallen, bis er wieder mit den anderen hinter ihm ritt.

Uldin hätte, um die Wahrheit zu sagen, ebenfalls gern das Hauptlager erreicht. Die Weidegebiete abzureiten war zu dieser Jahreszeit kein Vergnügen. Im Sommer zog der ganze Stamm mit den Herden weiter, und man konnte fast immer abends nach Arbeit oder Jagd daheim sein. Das war gut: schläfrig kreischende Räder der Ochsenwagen, vielfältige Gerüche von Rauch und bratendem Fleisch, von warmen Pferdeleibern, Dung, Menschenschweiß. *Beisammensein* auf der endlosen Grassteppe, unter dem weiten, blassen Himmel, leer bis auf einen Raubvogel hier und da; Lärm und Gelächter und Essen, bis man nicht mehr gehen konnte; dann, nach Einbruch der Nacht, die Runde um das Lagerfeuer, aufwirbelnde, knisternde Flammen, die die Gesichter von vertrauten Freunden aus den unruhigen Schatten holen; Unterhaltung, vielleicht nachdenkliches Gespräch, vielleicht prahlerische Erzählungen, vielleicht ein alter Bericht aus den Zeiten der Helden, den Jungen zum Ansporn, aus jenen vergangenen Zeiten, da selbst das Reich der Mitte die Macht der Hunnen fürchtete, oder vielleicht auch fröhliche, wüste Lieder zum Dröhnen der Trommeln und Quietschen der Flöten, wenn die Männer im Rundtanz um die Feuer stampften; und Kumys, Schale um Schale fetter, gegorener Stutenmilch, bis ein Mann zum Hengst wurde und gierig zu seiner Jurte und seinen Weibern eilte ...

Ja, abgesehen von Gewittern (Uldin machte schnell eine dämonenabwehrende Geste, die ihn der Schamane bei seiner Einweihungsfeier gelehrt hatte), war der Sommer etwas Gutes, und jetzt heim ins Lager zu kommen wäre ein Vorgeschmack davon.

Aber für Verweichlichung war in der Steppe kein Raum, und Bequemlichkeit zu dulden, schadete der Disziplin. Und was war ein Stamm ohne Disziplin? Uldin zog unter dem Sattelgurt den Zählstab hervor, auf dem sein Besitz eingekerbt war, und prüfte ihn gedankenvoll.

Nicht wenig. Auch nicht viel. Er war kein Stammesführer, nur Haupt einer Gefolgschaft von einigen jüngeren Söhnen und anderen Besitzlosen, die ihm Treue geschworen hatten, und ihrem Anhang. Und da waren noch seine eigenen Kinder, Frauen, Nebenfrauen, Knechte, Sklaven, Pferde, Rinder, Schafe, Hunde, Wagen, Geräte und Beute genug.

Beute. Sein Anteil daran war gering gewesen, als die Hunnen die Alanen westlich des Don überrannten, denn damals war er erst ein Knabe gewesen, der das Kriegshandwerk noch lernen mußte. Als man gotischen Besitz geplündert hatte, war ihm mehr zugefallen. Jetzt, da ihm unbeschränkt Weideland zur Verfügung stand, würde es wohl am besten sein, Silber und Seide gegen Herdentiere einzuhandeln und die Natur dann diesen einzigen wahren Reichtum vermehren zu lassen.

Sein Blick schweifte nach Westen. Jenseits dieser Ebene sanft wogender Hügel gab es Berge, hatte er gehört, und jenseits dieser Berge waren die Römer, die — so sagte das Gerücht — ihre Straßen mit Gold pflasterten. Dort konnte ein Mann sich ein Reich erobern, das dem der Vorfahren nicht nachstand, so daß noch nach tausend Jahren die Menschen vor seinem Namen zitterten.

Aber dafür war die Zeit noch nicht gekommen, würde zu Uldins Lebzeiten auch nicht mehr kommen. Bevor ihre Zahl nicht zu stark anwuchs, hatten die Hunnen keine Ursache zu weiteren Eroberungen. Natürlich würden ganz ohne Kämpfe die kriegerischen Fertigkeiten rosten wie ein unbenutztes Schwert, und die Stämme würden leichte Beute für jeden Angreifer werden. Man tat also gut daran, zumindest die Westgoten und andere Nachbarstämme des öfteren zu überfallen; auch dabei mochten sich neue Gelegenheiten ergeben.

Gedulde dich, dachte er. Ehre die Mächte und die Ahnen, halte deinem Schanju die Treue und gehorche ihm, wie deine Familie dir gehorchen soll, und verwalte weise deinen Besitz. Wer weiß, was dir dann das Morgen bringt?

Und der Wirbel nahm ihn auf.

Wieder mußte Erissa die Einsamkeit des Berges suchen.

Sie wußte nicht, was sie dazu trieb. Es mochte ein Ruf der Göttin selbst sein, oder wenn dies ein zu kühner Gedanke war, vielleicht die Einflüsterung einer geringeren Gottheit. Nie jedoch hatte sie auf einem dieser Pilgergänge eine Vision gehabt; vielleicht stand also nicht mehr als der Wunsch dahinter, eine Zeitlang allein zu sein mit Mond und Sonne, Sternen und Wind, Entfernung und Erinnerung. Wenn sie diesen Wunsch verspürte, wurde ihr Heim, Dagonas, ja auch die geliebte Tyrannei ihrer Kinder plötzlich zur Sklaverei, der sie aufs neue entkommen mußte. So eindringlich war dieser sonderbare Ruf, daß sie fest überzeugt war, er konnte nur Fügung der Götter sein. Gewiß war dies ein heiliger Ritus, dem sie sich wieder und wieder unterziehen mußte, bis sie rein und würdig der Wiedervereinigung war, die ihr vor fast vierundzwanzig Jahren geweissagt worden war.

»In der Morgendämmerung gehe ich«, sagte sie zu Dagonas.

Obwohl er aus Erfahrung wußte, daß es sinnlos war, sie zurückhalten zu wollen, wandte er in seiner ruhigen Art ein: »Deukalion könnte aber inzwischen zurückkommen.«

Einen Moment lang war sie so bewegt, daß ihr die Augen brannten, als sie an den hochgewachsenen Schiffsführer dachte, der ihr ältester Sohn war. Er verbrachte mehr Zeit auf See als auf Malath, und wenn er einmal heimkehrte auf die Insel, dann tat er es meist mit seiner anmutigen jungen Frau und seinen Kindern – oder mit seinen Kameraden. So war es richtig und natürlich, und doch, er sah seinem Vater immer ähnlicher...

Das Brennen in ihren Augen erinnerte sie auch daran, wie gut Dagonas immer zu diesem Kind gewesen war, das nicht seines war. Selbst wenn es eine Ehre für ihn bedeutete, dem Sohn eines Gottes Stiefvater zu sein, hatte er mehr getan, als die Pflicht verlangte. Erissa lächelte und küßte ihren Mann. »Wenn er kommt, so fülle ihm ein *rhyton* mit kyprischem Wein und grüß ihn von mir«, sagte sie.

In dieser Nacht war Dagonas leidenschaftlicher als sonst, denn er wußte, sie würde mehrere Tage fort sein. Und an anderen Frauen lag ihm nichts. (Nun gut, in fremden Häfen hatte er sicher welche gehabt, lange, wie Handelsfahrten meist dauerten, wie auch sie manchmal während seiner Abwesenheit mit anderen Männern verkehrt hatte; nachdem er jedoch die Reisen aufgegeben und sich als seßhafter Kaufmann zur Ruhe gesetzt hatte, waren nur sie beide füreinander dagewesen.) Sie versuchte, auf ihn einzugehen, aber ihre Gedanken waren auf dem Berg Atabrys und ein Vierteljahrhundert in der Vergangenheit.

Sie erwachte, bevor noch die Sklaven auf waren. Sich durch das Dunkel tastend fand sie eine Lampe und zündete sie mit einem Stück Glut vom Herdfeuer an. Als sie sich wusch, stach die Kälte des Wassers auf der Haut, bis ihr Blut sang. Sie kleidete sich nach den alten Vorschriften, bevor sie am Hausaltar ihr Gebet sprach. Dagonas hatte die Statue der Göttin und die Labrys über der Nische mit eigenen Händen geformt. Ihren Sohn auf dem Arm haltend, schien die Herrin der Doppelaxt im flackernden Licht lebendig zu werden, sich zu bewegen, als sei ihr Schrein ein Fenster in eine weite, unirdische Welt.

Nach Erfüllung ihrer religiösen Pflichten machte sich Erissa für ihre Wanderung bereit. Sie legte den langen Rock und das busenfreie Jäckchen ab und kleidete sich in einen kurzen Chiton und derbe Sandalen; das Haar drehte sie zu einem festen Knoten zusammen; an ihren Gürtel hängte sie einen Dolch und einen Beutel für Proviant. Hastig aß sie etwas Brot und Käse und trank eine Schale mit Wasser gemischten Weins.

Dann stahl sie sich leise — besser, erst niemanden zu wecken — in die beiden Kammern, in denen ihre Kinder von Dagonas schliefen: zwei Knaben, zwei Mädchen, das älteste siebzehn Jahre und bald eine Braut (o Jungfrau Britomartis, so alt war sie selbst gewesen, als der Gott zu ihr gekommen war!), das jüngste drei, warmduftend und pausbäckig. Sie küßte ihre Kinder, bevor sie ging, und erst, als sie schon unterwegs war, fiel ihr ein, daß sie sich nicht von ihrem Mann verabschiedet hatte.

Im Westen schimmerten noch ein paar Sterne in meerblauer Tiefe, aber der östliche Himmel färbte sich schon milchigweiß. Tau glitzerte überall, Vögel zwitscherten. Erissas Haus lag zwar nicht weit entfernt von der Hafenstadt, aber steil ansteigende Hügel und dichte Baumgruppen – Feigen, Granatäpfel und Oliven – nahmen die Sicht auf das Land außerhalb ihres eigenen Besitzes.

Dagonas hatte Einwände gehabt, als sie das Grundstück aussuchte. »Besser, wir lassen uns in der Stadt nieder, hinter den schützenden Mauern. Jedes Jahr gibt es mehr Piraten. Hier draußen kommt uns keiner zu Hilfe.«

Sie hatte gelacht, nicht heiter, sondern in jenem trockenen Ton, der jeder Diskussion ein Ende macht, und entgegnet: »Nach allem, was wir durchgemacht haben, Liebster, werden wir uns doch nicht vor solchem Gesindel fürchten?«

Später hatte sie eingelenkt. Er war schließlich keiner dieser Schwächlinge vom Festland, die mit einer Frau nur fertig wurden, wenn sie sie durch Gesetze wehrlos gemacht hatten. »Wir werden unserem Haus starke Mauern geben«, erklärte sie, »und nur Männer einstellen, die kämpfen können. Dann sind wir imstande, jeden Angriff solange abzuwehren, bis ein Rauchsignal uns Hilfe herbeiholt. Ich brauche nun einmal viel freies Land um mich, wenn ich die heiligen Stiere züchten will.«

Die Gebäude waren nicht mehr zu sehen, als sie einen landeinwärts führenden Pfad einschlug. Sie kam an einer der Viehweiden vorbei. Die Kühe lagen träge im nebeldampfenden Gras, oder standen neben ihren Kälbern, die unbeholfen mit ihren Schnauzen nach den Eutern stießen. Der Vater der Minotauren war ebenfalls auf, stand reglos unter eine Platane, in deren höchsten Zweigen sich die ersten Strahlen der aufgehenden Sonne fingen. Einen Augenblick hielt sie inne, gefesselt vom majestätischen Schwung seiner Hörner. Sein Fell hatte eine weiche fleckige Zeichnung, wie Schatten auf dem Waldboden, und darunter wogten seine Muskeln wie ein ruheloses Meer. O Geheiligter! Fast ein Schmerz war der Wunsch, mit ihm tanzen zu dürfen.

Nein. Der Gott, der Deukalion zeugte, hatte ihr damit das Recht genommen, es zu Ehren der Großen Herrin zu tun; und die Zeit hatte sie langsam gemacht und ihr so auch das Recht genommen, es als Frau und Mutter zum Vorbild der Jungen zu tun.

Ansonsten hatte ihr Körper nur wenig eingebüßt. Rasch trug ihr elastischer, raumgreifender Schritt sie den steinigen Pfad entlang; Schotter knirschte unter ihren Füßen.

Ein Schweinehirt, weiter oben, wo das unbesiedelte Land begann, erkannte sie und beugte ein Knie. Sie segnete ihn, ohne jedoch stehenzubleiben. Genaugenommen war sie dazu nicht berechtigt. Sie war keine Priesterin, nur eine weise Frau, die Kenntnisse in der Heilkunst besaß, im Wahrsagen und Zaubern. Dies erlaubte ihr jedoch, sich zu benehmen, wie es ihr beliebte – allein zu wandern, gekleidet wie ein Mann vom Festland – ohne damit die ehrbaren Leute sonderlich zu entrüsten; heilige Handlungen ausführen durfte sie jedoch nicht.

Andererseits stand eine weise Frau dem Göttlichen immer nahe; und Erissa hatte sich vor allen anderen dafür eingesetzt, daß die Malather bestimmte religiöse Rituale nicht vergaßen; außerdem hatte sie selbst als Mädchen mit den Stieren der Großen Herrin getanzt; und endlich war sie die Auserwählte eines Gottes gewesen (weder brüstete sie sich dessen, noch verschwieg sie es schamhaft – jedenfalls waren die meisten Leute davon überzeugt); so war sie also keine gewöhnliche Zauberin.

Die Ehrfurcht, die man vor ihr empfand und die mit den Jahren gewachsen war, half Dagonas nicht wenig bei seinen Geschäften. Erissa lächelte spöttisch.

Ihre Muskeln spannten und streckten sich und brachten sie immer weiter ins Landesinnere, und immer höher hinauf. Es dauerte nicht lange und sie erreichte den uralten Pinienwald. In dieser Höhe, und im tiefen Schatten der harzduftenden Zweige wurde die Kühle des Herbstes spürbarer. Mittags rastete sie neben einem sprudelnden Bergbach, der sich zu einem Tümpel weitete. Hier hätte sie sich mit der Hand einen Fisch fangen und roh zu ihrer einfachen Mahlzeit essen können, wäre sie nicht auf dem Weg zum Schrein der Göttin gewesen: so war ihr Töten verboten.

Als der Tag zu Ende ging, erreichte sie ihr Ziel, eine Höhle nahe dem Gipfel des höchsten Berges von Malath. In einer Hütte in der Nähe lebte die Sibylle. Erissa überreichte ihre Gabe, einen Anhänger aus Nordlandbernstein, in dem für alle Zeiten ein Käfer gefangen war. In Ägypten galt dies als mächtiger Talisman, was ihrem Geschenk großen Wert verlieh. So kam die Sibylle Erissa mehr als üblich entgegen: sie durfte nicht nur vor den Bildnissen vorn in der Höhle beten, die die drei Aspekte der Göttin darstellten: Britomartis die Jungfrau, Rhea die Mutter, und Diktynna die Alte, die die Fäden vergangenen und zukünftigen Geschicks verknüpft. Nach dem Gebet nämlich führte die Sibylle sie vorbei an dem schweren Vorhang weiter ins Innere des Berges, zur heiligen Quelle und ihrem Mysterium.

Die Nacht über blieb Erissa in der Hütte, die mit Lebensmitteln und sonst allerlei wohl versorgt war, was die Landleute als Gaben heraufbrachten. Nach dem Essen hätte die Sibylle gern ein wenig geplaudert, aber Erissa war nicht danach zumute, und da auch sie etwas von der heiligen Macht besaß, wurde sie in Ruhe gelassen. Sie gingen beide sehr früh zu Bett.

Am Morgen war Erissa wiederum auf, lange bevor es hell wurde, und kurz nach Sonnenaufgang stand sie auf dem Berggipfel.

Hier in der Ruhe und majestätischen Weite konnte sie ihren Tränen freien Lauf lassen.

Rundum fielen die Bergflanken in felsigen Zacken, Steilstufen und Geröllhalden ab, bis das strenge Grau des Steins in den gründunkel heraufbrandenden Pinienwäldern unterging. Weit unten im Tal lagen die scheckigen Felder und Gärten der Menschen. Oben aber, über dem Gipfel, dehnte sich endlos ein klarer, blasser Himmel, in dem einsam ein Adler schwebte. Die Schwingen des Vogels fingen das Gold Asterions auf, das junge Licht der Sonne, des Sohnes der Göttin. Die Luft war kühl und duftete herb nach Salbei und Thymian, und strich mit einer sanften Brise ihr das Haar aus der feuchten Stirn. Auf allen Seiten umfing zu ihren Füßen das Blaugrün des Meeres die Insel, ging zum Horizont hin in Purpur über, hier und da von glitzerndem Schaum gefleckt. Im Nordwesten ragten wie helle Schiffsrümpfe andere Inseln aus der See; im Norden erhob sich Asien, noch träumend unter dem dunstigen Nebel der letzten Nacht. Im Süden aber schwebte der Gipfel des Ida, auf dem Asterion geboren wurde, über Keft, der Lieblichen und für immer Verlorenen.

Von Kharia-ti-yeh sah man keine Spur mehr. Niemals wieder würde es eine geben.

»Gott Duncan«, weinte Erissa und streckte eine Hand gegen den Himmel, einen Klumpen Erde umklammernd, »wann wirst du mich wieder zu dir rufen?«

Und der Wirbel nahm sie auf.

Sie fanden sich wieder in einem Land, aus dem die Sonne alles Leben gebrannt hatte. Auf dem braunen, felsigen Boden, durch den sich zerklüftete Risse zogen, wuchsen wenige, verdorrte Dornenbüsche. Hitzeschlieren tanzten träge am südlichen Horizont. Im Norden ging das Geröll der Wüste abrupt in eine Wasserfläche über, die sich wie poliertes Metall ausbreitete unter dem unbarmherzigen Sonnenglast und drei kreisenden Geiern.

Sie sahen das Land. Sie sahen einander. Sie schrien auf.

KAPITEL 3

In jenem zeitlosen Augenblick, da ihn der Wirbel ergriff und mit sich riß, kreischte Reids Gehirn den Gedanken: Nein! Nein – nicht das! Ein Schlaganfall, jetzt schon! Er schrak zurück vor der grenzenlosen Leere, die alle seine Sinne erfüllte; aber er konnte ihr nicht entgehen, er war eins mit dieser Leere. Worte zuckten durch das Nichts. Ich träume. Delirium. Tod. Ich bin tot und in der Hölle.

Wind brauste auf, griff mit trockenen heißen Mumienfingern nach ihm, peitschte Sand gegen seine Haut.

Die Stimmen, deren Schreie den seinen übergellten, brachten ihn zu sich. Drei Menschen! Ein blondbärtiger Mann mit einer Art Pickelhaube und Kettenhemd; ein kleinwüchsiger Reiter in Lederwams und Pelzkappe auf einem scheuenden Pony; eine schlanke, große Frau in einem knielangen weißen Kleid. Und Duncan Reid. Entsetzen lähmte sie alle; und ebenso bewegungslos war das Ding, das in der Mitte des etwa fünfzehn Meter weiten Kreises lag, den sie bildeten.

Das Ding... ein in eine stumpfe Spitze auslaufender Zylinder, entfernt projektilförmig, vielleicht sechs Meter lang, mit einem größten Durchmesser von rund vier Metern. Die Oberfläche sah wie poliertes Kupfer aus und war vollkommen glatt. Oder doch nicht? Ein irisierendes Schimmern lag unmittelbar darüber, so daß Einzelheiten unmöglich zu erkennen waren.

Der Reiter hatte sein Tier unter Kontrolle gebracht. Augenblicklich griff er nach einem doppelt geschweiften Bogen, der an seinem Sattel hing, und in Sekundenschnelle hatte er die Waffe gespannt, einen Pfeil aus dem Köcher neben sich gezogen und aufgelegt. Der blonde Mann stieß ein Brüllen aus und schwang seine Streitaxt. Die Frau zog einen Dolch aus rötlichem Metall. Reid versuchte verzweifelt, aus diesem Alptraum aufzuwachen. Ein Bruchteil seines Ich registrierte, daß sich seine Beinmuskeln in Fluchtreaktion spannten.

Dann aber traf ihn der entsetzt umherirrende Blick der Frau. Wieder schrie sie auf, diesmal nicht vor Schrecken – etwas anderes klang darin auf: was? –, ließ ihre Waffe fallen und rannte auf ihn zu.

»He!« hörte sich Reid krächzen, schwach und irgendwie unsinnig. »Ich... ich weiß nicht, was... wer sind Sie? Wo sind wir?«

Sie erreichte ihn, warf die Arme um seinen Hals, und ihr Mund traf wild auf den seinen, mit einer Heftigkeit, die ihm eine Lippe aufriß. Er taumelte, fiel fast. Ihre Tränen wuschen das Blut weg und rannen salzig auf seine Zunge. Schluchzend stieß sie Worte hervor, die er nicht verstand, und doch glaubte er seinen Namen darunter zu hören, was dieser irrsinnigen Szene die Krone aufsetzte. Nach einigen Augenblicken, als er weder ihre Umarmung noch den Kuß erwiderte, fiel sie auf die Knie. Der Knoten ihres Haares hatte sich gelöst, und die nachtschwarze Flut verbarg ihr Gesicht.

Reid starrte zu den anderen hinüber. Sie starrten zurück. Jedenfalls schien das Verhalten der Frau sie abgelenkt und etwas beruhigt zu haben; die leidenschaftliche Umarmung hatte wohl ihren Verdacht entkräftet, daß sie sich hier in einer tödlichen Falle befänden. Der bärtige Mann ließ seine Streitaxt sinken, der Reiter entspannte langsam die Sehne seines Bogens.

Stille, bis auf die Stimme des Windes und das Schluchzen der Frau.

Reid holte dreimal tief Luft. Sein Herz schlug immer noch wie rasend, aber er zitterte wenigstens nicht mehr wie von einem Fieber geschüttelt. Und er konnte wieder denken. Das allein schon war eine Erlösung.

Seine Sinne waren übernatürlich geschärft durch den Ansturm des Unbegreiflichen, Unbekannten. Sein langsam abkühlendes Hirn begann die Eindrücke zu verarbeiten. Trockene Hitze; eine weißglühende Sonne hoch oben im glasigen, wolkenlosen Himmel; zur Kruste verbrannte Erde, in der wenige kahle Dornbüsche und hier und da ein paar Halme eisenhartes Gras ihr Leben fristeten; wirbelnder Staub; nicht weit entfernt ein Meer oder ein großer See. Alles war entsetzlich fremd, aber bis ins letzte Detail ausgeprägt, von eindringlicher Deutlichkeit.

Das galt auch für die Frau zu seinen Füßen. Er stellte fest, daß ihre Kleidung offensichtlich handgewebt war, und der blaue Streifen am Saum ein pflanzlicher Farbstoff sein mußte. Er sah, daß ihre Sandalen groß zusammengeheftet waren und zur Gänze aus Leder bestanden; die schmalen Riemen waren mehrmals gekreuzt bis halb über die Waden hinauf. Er sah frische, erdige Schmutzspuren auf dem Gewebe, aber auch Reste von alten Flecken, die jedes moderne Waschmittel entfernt haben würde. Sie umklammerte seine Füße. Er spürte die Berührung und bemerkte, daß ihre Hände und Füße zwar groß, aber schön geformt, daß die Fingernägel ganz kurz geschnitten und nicht lackiert waren, und daß sie am linken Handgelenk ein breites Silberarmband trug, das mit Türkisen besetzt war. Metall und Steine erinnerte ihn an Navajoschmuck, aber der Stil war nicht indianisch.

Er konnte sich nicht erinnern, jemals so detailliert geträumt zu haben. Ein Traum, in dem jedes Staubkorn deutlich erkennbar war, und in dem die Dinge sie selbst blieben... Er warf einen zweiten Blick auf einen Felsbrocken, und er war nicht zu einem Pilz geworden. Und die Geschehnisse liefen auch nicht in traumhaftem Zeitraffertempo ab; Sekunde um Sekunde kam, verging — und jeder Augenblick war eine logische Fortsetzung des vorangegangenen.

Wahre Zeit?

Konnte man träumen, daß man einen Traum in wahrem Zeitablauf träumte?

Aber was auch immer mit ihm geschehen war, es konnte nicht schaden, sofort das einzig Vernünftige zu tun. Er hob die Hände, zeigte, daß sie leer waren, und zwang sich, die beiden Männer anzulächeln.

Der Kettenhemdbursche lächelte zwar nicht gerade zurück, aber seine Miene wurde etwas freundlicher; langsam kam er auf ihn zu. Er hielt die Streitaxt kampfbereit schräg vor sich, die durch Panzerhandschuhe geschützten Hände auf dem langen Schaft weit auseinander. Als er ein paar Meter vor Reid stehenblieb, stand er mit leicht gebeugten Knien da, die Füße in rechtem Winkel zueinander. Der Architekt dachte: dieser Mann ist ein Profi. Der weiß, wie man mit dem Ding umgeht. Sonst würde er die Haltung eines Holzfällers einnehmen, wie ich, bevor ich das hier gesehen habe. Und seine Waffe hat auch schon ihre Arbeit getan — die Scharten an der Schneide, die Schrammen auf dem Blatt.

Wo hab' ich diese Art von Streitaxt schon gesehen?

Ein sonderbares Frösteln lief ihm über den Rücken: Solche Äxte hatte er auf dem Wandteppich von Bayeux gesehen, im Sachsenheer in der Schlacht von Hastings.

Der Mann knurrte etwas, das nach einer Frage klang. Seine Sprache war Reid ebenso fremd wie die der Frau — nein, doch nicht ganz; irgend etwas an ihrem Klang war auf irritierende Weise vertraut. Sie mußte mit einer Sprache verwandt sein, die Reid in unsynchronisierten Filmen oder während seines Militärdienstes in Europa gehört hatte. Der bärtige Mann wies jetzt mit einer heftigen Kopfbewegung auf den kupferschimmernden Zylinder.

Reids Mund war so ausgedörrt, daß ihm das Sprechen schwerfiel: »Sorry. Ich — ich bin hier auch fremd. Do you speak English? Sprechen Sie Deutsch? Parlez vous français? ¿Habla usted español?« Damit war sein Repertoire an Fremdsprachen erschöpft, in denen er sich zur Not verständlich machen konnte. Im Augenblick jedoch schien er wenig Glück damit zu haben.

Aber wenigstens begriff der Mann, daß Reid offenbar in der gleichen Klemme war wie er selbst. Er klopfte sich auf die breite Brust und verkündete: »Oleg Wladimirowitsch Nowgorodna.« Nach mehrmaligem Wiederholen drangen die Silben bis in Reids Hirn durch und ließen ihn nach Luft schnappen.

»*R-russki?*« stotterte er. Auch er mußte das Wort mehrmals sagen, bevor er auf Verständnis stieß.

Dann nickte Oleg. »*Da. Ja jest Nowgorodni. Podwlastni Knjasa Jaroslawa.*«

Reid schüttelte fassungslos den Kopf. »*Sowjetski?*« fragte er zögernd. Oleg setzte zu einer Antwort an, verstummte verwirrt. Reid bückte sich neben der Frau, die jetzt aufmerksam am Boden kauerte, und schrieb die Buchstaben CCCP in den Sand. Er warf Oleg einen fragenden Blick zu. So weit kannte wohl jeder die kyrillische Schrift, um zu wissen, daß dies USSR entsprach. Und in der Sowjetunion gab es, so wurde zumindest behauptet, praktisch keine Analphabeten mehr. Oleg zuckte jedoch die Schultern und breitete mit einer typisch slawischen Geste hilflos die Arme aus.

Der Amerikaner richtete sich auf. Die beiden Männer musterten einander.

Olegs Kostüm war so fremdartig, daß Reid zweimal hinsehen mußte, um den lebenden Menschen in diesem Museumsstück zu erkennen. Der Helm des Russen, eine Art kegelförmige Sturmhaube mit einem Dorn in der Mitte, ruhte auf einem unterpolsterten Kopftuch, das zwischen Helmrand und Schultern mit kleinen Eisenringen besetzt war. Das ärmellose Kettenhemd war aus größeren, ineinandergreifenden Ringen gefertigt und reichte fast bis zu den Knien. Darunter trug der Russe über einem weißen Leinenhemd eine ebenfalls gepolsterte Weste. In dieser Hitze mußte eine solche Panzerung mörderisch sein; schon färbte Schweiß das Eisen dunkel. An dem Gürtel mit Messingschließe hingen ein Dolch und ein Lederbeutel. Die weiten Hosen aus grobem, blauen Leinen waren in rot und grün verzierte Stiefel gestopft. Auch die Handschuhe waren aus Leder, und auf dem Handrücken mit Messingstreifen gepanzert.

Der Mann schien um die dreißig zu sein, war vielleicht

einsfünfundsiebzig groß und sehr stämmig und muskulös. Ein leichter Fettansatz an Bauch und Kinn tat dem Bild eines bärenstarken Menschen keinen Abbruch. Kopf und Gesicht waren rund, die Nase stumpf, Bart und Schnurrbart dicht, hellblond und relativ kurz gestutzt. Gegen die rotbraune Farbe einer Haut, die oft Sonne und Wind ausgesetzt gewesen sein mußte, wirkten die Augen unter den buschigen blonden Brauen verblüffend blau.

»Ich glaube, du... du bist ein anständiger Kerl«, sagte Reid und kam sich idiotisch vor.

Oleg zeigte auf ihn, was eindeutig eine Frage nach seinem Namen sein sollte. In diesem Augenblick traf Reid die Erinnerung an sein Gespräch mit dem Maschinisten Stockton wie ein Schlag. Gott im Himmel, mitten im größten Ozean der Welt war das gewesen, vor kaum einer Viertelstunde! Er taumelte, und seine Umgebung drehte sich, verschwamm. »Duncan«, murmelte er betäubt.

»Duncan!« Die Frau sprang auf, packte ihn. Er hielt sich an ihr fest, bis er seinen Beinen wieder trauen konnte. »Duncan«, sagte sie mit stillem Jubel, halb lachend, halb weinend, *»ka ankhasch* Duncan.«

Ein Schatten fiel auf sie. Oleg nahm mit einem Satz Kampfstellung an. Der Reiter war nähergekommen und zügelte sein Pferd neben ihnen. Sein Bogen war wieder entspannt, sein Gesichtsausdruck verhieß nichts Gutes.

Das brachte Reid wieder zur Vernunft. »Nur keine Aufregung, Freund«, sagte er und war sich im klaren, daß nur sein Ton, sein Lächeln, seine friedlich ausgebreiteten Hände Verständnis finden konnten. »Wir drei verschwören uns nicht gegen dich.« Er tippte sich auf die Brust und nannte seinen Namen, dann Olegs. Bevor er die Frau — die, wie ihm plötzlich bewußt wurde, sehr anziehend war — nach dem ihren fragen konnte, sagte sie »Erissa«, und es klang seltsam herausfordernd.

Der Mann auf dem Pferd musterte die drei.

Weder er noch sein Tier waren ein sonderlich einnehmender Anblick. Das Pony sah nach Mustang aus — oder nein, nicht mit diesem kantigen Schädel; es stammte wohl eher von dem Tarpan Zentralasiens ab — schwarzbraunes, zottiges Fell, in Mähne und Schweif blaue Schnüre geflochten. Es war ein Hengst, kein Wallach, und zweifellos schnell und ausdauernd, aber kein Luxusrennpferd. Es war nicht beschlagen, sein Zaumzeug war sehr einfach, und der Sattel besaß vorne und hinten ein ungewöhnlich hohes Horn und ziemlich kurze Steigriemen. Ein voller Köcher, eine Art Lasso, eine schmierige Filztasche und eine Lederflasche hingen daran.

Der Reiter trug klobige Schuhe mit Filzsohlen; weite Hosen aus grobem, grauen Tuch, die an den Knöcheln zusammengeschnürt waren und vor Schmutz starrten; eine Art Flanellhemd, das man auf eine Entfernung von ein paar Metern roch; ein langes, gegürtetes Lederwams, und eine runde Pelzkappe. Er war außerdem mit einem breiten Messer und einem Säbel bewaffnet.

Der Mann war kräftig gebaut, aber ziemlich klein, etwa einssechzig, krummbeinig und häßlich. Sein Kopf war, wie Reid später feststellte, bis auf eine schwarze Skalplokke und eine Strähne hinter jedem goldberingten Ohr kahlgeschoren. Sein Gesicht war narbenübersät, so daß kaum ein Bartwuchs aufkam. Diese scheußlichen Schnitte mußten absichtlich angebracht worden sein, da die Narben verwickelte Schleifenmuster bildeten. Sie bedeckten die gekrümmte Nase, die breiten Backenknochen, eine flache Stirn. Schlitzaugen und dicke Lippen vervollständigten das nicht eben sympathische Bild. Die Haut hatte einen wettergegerbten Olivton, so daß der Gesamteindruck eher auf einen Armenier oder Türken, weniger auf einen Mongolen hindeutete.

Oleg hatte mehrmals etwas in seinen Bart geknurrt. *»Nje Petscheneg«*, entschied er nun und fragte schroff: *»Polovzi? Bolgarni?«*

Der Reiter zielte auf ihn. Reid stellte fest, daß der Bogen aus mehreren Hornschichten zusammengesetzt war, und erinnerte sich, gelesen zu haben, daß ein Sehnendruck von rund zwanzig Kilopond einen Pfeil glatt durch jede Eisenrüstung treiben konnte. »Nicht!« rief er. »Warte!« Als der Reiter ihn finster anstarrte, wiederholte er die Vorstellungen; dann zeigte er auf den schimmernden Zylinder, drückte pantomimisch seine Verwirrung aus und versuchte, Oleg und Erissa dabei einzubeziehen.

Der Reiter entschloß sich abrupt mitzuspielen und ließ den Bogen sinken. »Uldin, *chki ata* Günchên«, sagte er. »Uldin. Uldin.« Er zeigte mit einem Finger der Reihe nach auf die anderen und wiederholte ihre Namen. Dann wies er wieder auf sich selbst – den Bogen hielt er dabei immer griffbereit – und stieß einige komplizierte Kehllaute aus.

Oleg hatte als erster begriffen. Mit der gleichen Geste sagte er, »Oleg Wladimirowitsch. Nowgorodski.« Er wies auf Reid und fragte: »Duncan?«

Wer bist du? Nicht du als Individuum; zu welchem Volk gehörst du? Das wollte er wissen. »Duncan Reid. Amerikaner.« Das verblüffte die anderen ebenso, wie Erissas »Keftiu« den drei Männern kein Begriff war.

Sie schien vor allem erstaunt und verletzt zu sein, daß Reid sich so wenig um sie kümmerte. Sie erhob sich und steckte ihren Dolch in den Gürtel zurück. Reid sah, daß die Waffe aus Bronze war. Und das Eisen der drohenden Pfeilspitze war nicht mehr als eben das: handgeschmiedetes Eisen. Und Olegs Rüstung bestand ebenfalls aus gewöhnlichem Eisen oder aus minderwertigem Stahl, und wenn man genauer hinsah, erkannte man, daß jeder Ring, jede Niete einzeln geschmiedet war.

Zum Schluß von Uldins gutturaler Vorstellungsrede fiel eine einzige bekannte Silbe: »– hunn –«.

Trotz eines fremdartigen Klangs traf das Wort Reid wie ein Schlag. »Ein Hunne?« krächzte er. Uldin nickte mit einem schiefen Grinsen. »Attila?« Damit richtete er nichts aus. Oleg zupfte zwar an seinem Bart und schien in seinem Gedächtnis zu kramen, aber der Name hatte offensichtlich keine nennenswerte Bedeutung für ihn und gar keine für Erissa und den Hunnen.

Also: Ein Russe, dem seine Nationalität weniger wichtig war als die Tatsache, daß er aus Nowgorod stammte; ein Hunne, dem Attila unbekannt war; eine Keftiu, was immer das war, die voll besorgter Verehrung einen Amerikaner anstarrte, ... einen Menschen des zwanzigsten Jahrhunderts, der aus dem Nordpazifik in eine Wüste versetzt worden war, wo noch niemand etwas von Amerika gehört hatte... Langsam begann Reid zu verstehen.

Es konnte nicht wahr sein. Es durfte nicht wahr sein!

Da Erissa ihm am nächsten stand, streckte er in seinem wachsenden Entsetzen die Hände nach ihr aus. Sie ergriff sie, und er fühlte, daß auch sie zitterte.

Sie war nur ein paar Zentimeter kleiner als er, und damit überdurchschnittlich hochgewachsen für die mediterrane Rasse, der sie ihrem Aussehen nach angehörte. Sie war schlank, aber die volle Rundung ihrer Hüften und die festen Brüste mußten jedem Mann gefallen, wie auch der lange Hals und die stolze Kopfhaltung; die Form dieses Kopfes war länglich, die Stirn jedoch breit, das Gesicht fast herzförmig, mit klassisch gerader Nase und einem vollen, geschwungenen Mund, der fast ein wenig zu groß war für landläufige Schönheitsbegriffe. Dunkle Brauenbögen und schwere Wimpern säumten große, strahlende Augen, deren dunkles Gold manchmal ins Meergrüne spielte, manchmal sich zu stürmischem Grau verdüsterte. Ihr schwarzes Haar fiel in weichen Wellen bis auf die Schultern; eine weiße Strähne zog sich von der Stirn nach hinten. In der leichten Sonnenbräune waren hier und da ein paar Sommersprossen hingetupft, und um Augen und Mund begann die Haut in winzigen Fältchen auszutrocknen. Davon abgesehen war ihr Teint wunderbar. Reid schätzte, daß sie ungefähr so alt war wie er selbst.

Ihre Bewegungen waren jedoch die eines jungen Mädchens, nein, einer Tänzerin, einer Danilova, Fonteyn, Tallchief, einer Leopardin. Er lächelte ihr zögernd zu. Sie vergaß ihren Kummer und ihre ehrfürchtige Anbetung und erwiderte scheu sein Lächeln.

»Hrrm-mhm!« meldete sich Oleg. Reid ließ Erissa los und ergriff die Hand des Russen. Dann hielt er auch dem Hunnen die Hand hin, der sie nach sekundenlangem Zaudern packte und den Händedruck erwiderte. Reid brachte nun alle durch Gesten dazu, sich auch untereinander die Hand zu geben.

»Freundschaft«, sagte er mit Nachdruck. In dieser toten Wüste war der Klang einer Menschenstimme beruhigend. »Uns ist da eine unglaubliche Sache passiert, und wir wollen alle wieder heim, also müssen wir zusammenhalten, okay?«

Er studierte den Zylinder. Eine Minute verging, während der er sich selbst Mut zusprach. Der Wind heulte in seinen Ohren, sein Herz hämmerte. »Dieses Ding hat uns hergebracht«, sagte er und ging darauf zu.

Die anderen zögerten. Er winkte sie heran. Erissa rannte zu ihm; er bedeutete ihr, hinter ihm zu bleiben. Oleg murmelte etwas, das vermutlich ein Fluch war, und kam nach. Auch Uldin folgte, blieb aber weiter zurück. Reid dachte sich, daß der Hunne als erfahrener Kämpfer offensichtlich mehr an einem weiten Schußfeld als an Heldentaten interessiert war. Nicht, daß Oleg in der Beziehung ahnungslos gewesen wäre...

Unter Reids Sohlen knirschten Sand und Steine. Er glaubte, jeden Moment in seinem Jackett ersticken zu müssen, und kam endlich auf die Idee, es auszuziehen. Im Hinblick auf einen drohenden Sonnenstich improvisierte er einen turbanartigen Kopfschutz daraus. Der böige Wind zerrte daran. Hinter dem großen Zylinder war nichts als tote Steinwüste, leer und grau, irgendwo weit draußen über einem von Luftspiegelungen und tanzenden Staubwirbeln verwischten Horizont begann der Himmel. Die Umrisse des Riesenprojektils waren ähnlich verschwommen unter dem perlmuttschimmernden Nebel, der es einhüllte.

Das ist zweifellos eine Maschine, sagte er sich. Und ich bin der einzige hier, der aus einem Maschinenzeitalter stammt — und damit der einzige, der vielleicht etwas tun kann.

Was tun?

Bitsy. Pam. Mark. Tom. Vater, Mutter. Schwestern und Brüder. Phil Meyer, mein Partner. Seattle, der Sund, die Straits, die bewaldeten Inseln, die Berge im Hintergrund; Vancouver; das liebenswert altmodische Victoria; die Golden Gate Brücke; alte Häusermauern in Rotterdam, die aus dem Wasser zu wachsen scheinen; die Kathedrale von Salisbury, der steilgiebelige Zauber von Riquewihr, eine schilfgedeckte Hütte auf einem Hokusai-Druck, und all die Häuser, die du bauen wolltest; warum erkennt man erst angesichts des Todes, wie unendlich reich die Welt ist?

Pam, Pamela, Pammi, wie ich dich eine Zeitlang genannt hab', wirst du wissen, daß ich trotz allem im Grunde nur immer dich geliebt habe?

Stimmt das, oder versuche ich nur, mir etwas vorzumachen?

Was auch immer die Wahrheit sein mag, jetzt bin ich fast bei der Maschine.

Der Zeitmaschine?

Blödsinn! Idiotische Fantasterei! Eine Zeitmaschine ist eine physikalische, mathematische und logische Unmöglichkeit. Ich hab' das mal bewiesen, in einer Prüfungsarbeit über die Philosophie der Naturwissenschaften.

Ich erinnere mich gut an diesen selbstbewußten Analytiker, der ich mit zwanzig war. Aber nun weiß ich, wie man sich vorkommt, wenn man, überraschend und völlig unerklärlicherweise in eine Wüste versetzt wird und auf eine unmögliche Maschine zugeht, in Gesellschaft eines Russen aus dem Mittelalter, eines Hunnen aus der Zeit vor Attila und einer Frau, deren Heimat oder Zeitalter in keinem jener vielen Bücher erwähnt wird, die ich gelesen habe.

Plötzlich begann der irisierende Nebel zu kochen, verengte sich zu einem wirbelnden Punkt auf dem Metall. Dann wuchs der Punkt zu einer kreisrunden Öffnung an, in deren purpurner Dunkelheit Lichtfunken aufblitzten wie

Sterne. Da tauchte eine menschliche Gestalt aus dem Dunkel.

Reid warf einen fassungslosen Blick auf den Ankömmling. Der Mann war klein, stämmig gebaut, mit mahagonifarbener Haut, sehr kurzem Haar, das aussah wie eine schwarze Samtkappe, und einem breiten, doch feingeschnittenen Gesicht. Er trug eine weiße Robe, auf der Regenbogenfarben spielten, und durchsichtige Stiefel. In jeder Hand hielt er eine metallene Halbkugel von der Größe eines Taucherhelms, in deren blitzende Oberfläche mehrere winzige Tasten, Schalter und Skalen eingelassen waren.

Er taumelte, sah elend aus, auf seinem Gewand waren Flecken von Erbrochenem.

Reid blieb stehen. »Sir...«, begann er und zeigte wieder durch eine Geste seine friedlichen Absichten an.

Der Mann schwankte, brach in die Knie und fiel aufs Gesicht. Aus seinem Mundwinkel und seiner Nase sickerte Blut. Der Sand saugte es durstig auf. Und hinter dem Gestürzten schloß sich die Öffnung des Zylinders.

KAPITEL 4

»Mein Gott! Er darf nicht sterben!« Reid kauerte sich neben ihm hin und untersuchte den reglosen Körper des Fremden nach Verletzungen. Seine Atmung war beunruhigend rasch und flach. Die Haut fühlte sich heißer an als der Wüstenboden unter ihm.

Erissa kniete neben Reid nieder. Ihr Gesicht zeigte jetzt nur noch Entschlossenheit. Während sie Worte murmelte, die wie eine Beschwörung klangen, untersuchte sie den dunkelhäutigen Mann mit unverkennbarer Erfahrung: geschickt schob sie ein Augenlid zurück, um die Pupille zu begutachten, fühlte seinen Puls und verglich ihn mit ihrem rhythmischen Sing-Sang, zog ihm die Robe von den Schultern und schnitt die enganliegende Unterwäsche auf, um ihn auf Knochenbrüche und Verletzungen zu untersuchen. Die anderen warteten gespannt. Sie erhob sich, sah sich suchend um und deutete auf eine Rinne zwischen den Felsen.

»Natürlich, er muß in den Schatten«, dolmetschte Reid. »Wir auch.« Dann fiel ihm ein, daß niemand hier seine Sprache verstand. Sie hatten jedoch begriffen. Oleg gab Erissa seine Streitaxt, hob den Fremden auf und trug ihn mühelos fort. Sie zog ein Amulett unter ihrem Gewand hervor, einen kleinen, goldenen Gegenstand, der an einer dünnen Lederschnur um ihren Hals hing, und berührte damit die Waffe, bevor sie sie fast feierlich und mit unerklärlicher Ehrfurcht hinter dem Russen hertrug.

Reid wollte den Zylinder näher untersuchen. Ein paar Schritte davon entfernt, dort, wo das Perlmuttschimmern anfing, kam er nicht mehr weiter. Es war, als stemme er sich gegen eine unsichtbare elastische Wand, die zuerst nachgab, ihm dann aber zunehmend stärkeren Widerstand entgegensetzte. Ein schützendes Kraftfeld, dachte er. Unter diesen Umständen ist alles denkbar. Besser, man hielt Abstand – im Falle gefährlicher Strahlung – nein, das wohl nicht, da auch der Pilot... Aber wie kommen wir hinein?

Ohne ihn wohl überhaupt nicht.

Reid hob die beiden Halbkugeln auf. Ihre Innenseiten waren noch komplizierter als die Außenflächen. Das einzige, dessen Zweck er zu erraten glaubte, war ein Netz aus dreifachen Bändern, das ihn an das Futter eines Tropenhelms erinnerte. Waren diese Dinger vielleicht Verständigungsapparate, die man auf dem Kopf trug? Er nahm sie mit zu der Felsenrinne. Unterwegs stellte er fest, daß ihm seine Pfeife entfallen war und kehrte um. Sonderbar, dachte er, selbst wenn die Welt untergeht, beschäftigen einen noch Belanglosigkeiten.

Die steilen Wände der Trockenrinne gaben etwas Schutz vor dem Wind und der Sonne. Oleg hatte den Piloten – wie Reid den bewußtlosen Mann in Gedanken bezeichnete – in den größten Schattenfleck gelegt, aber das genügte nicht. Reid und Erissa bemühten sich gemeinsam, aus dürren Stauden und seinem Jackett eine Art Sonnendach zu bauen. Oleg legte sein Panzerhemd samt der Polsterung ab und seufzte in abgrundtiefer Erleichterung. Uldin sattelte sein Pferd ab, pflockte es bei einem Fleckchen halbverdorrten Grases oberhalb der Rinne an und schützte es mit der Satteldecke so gut er konnte vor der Sonne. Er brachte die Satteltasche und die Lederflasche mit herunter und bot den Inhalt von beiden an. Niemand hatte Lust auf das getrocknete Fleisch in dem Beutel, aber die milchige Flüssigkeit in der Flasche erwies sich als Rettung, so sauer und vergoren das Zeug auch schmeckte.

Dann konnten sie nichts mehr tun als jeder in seinem Fleckchen Schatten zu hocken und zu schwitzen. Erissa sah mehrmals nach dem Piloten. Oleg und Uldin kletterten abwechselnd den schottrigen Abbruch hinauf und kamen, nachdem sie sich umgesehen hatten, kopfschüttelnd zurück. Reid saß in Gedanken versunken da, an die er sich später nie mehr klar erinnern konnte, bis auf die Tatsache, daß er die ganze Zeit Erissas Blick auf sich ruhen fühlte.

Was immer geschah, jetzt konnte er nicht mehr so tun, als würde er jeden Augenblick aus einem Traum erwachen.

Die Sonne kroch westwärts. Die Schattenflecken in der Felsrinne wurden größer und flossen ineinander. Die vier Menschen hoben erwartungsvoll staubige, schweißbedeckte Gesichter mit aufgesprungenen Lippen und entzündeten Augen dem ersten schwachen Hauch der Abendkühle entgegen.

Der Pilot regte sich und ächzte. Sie stürzten alle zu ihm.

Er schlug um sich und versuchte, sich aufzurichten. Erissa wollte ihn zurückhalten. Er wehrte sich schwach. »*Mentatór*«, keuchte er immer wieder, und andere Worte in einer Sprache, die fast wie Spanisch klang, nur viel weicher. Er würgte. Sein Nasenbluten fing wieder an. Erissa stillte es mit einem Stück von Reids Taschentuch. Sie bedeutete Oleg, ihn etwas aufzurichten und flößte ihm ein wenig von dem Getränk ein, das Uldin Kumys nannte.

»Wartet mal.« Reid stolperte zurück zu dem Platz, an dem er sich in den Schatten gekauert hatte, und holte die Kugelhelme. Der Pilot nickte erschöpft, aber so nachdrücklich, daß Erissa ihn erschrocken ansah und unsicher nach den Helmen griff. Als Reid sich hinunterbeugte, um ihm zu helfen, trat sie zur Seite, ganz offensichtlich auf sein Urteil mehr vertrauend als auf ihr eigenes.

Und ich weiß nicht, ob es richtig ist, was ich tue, dachte er. Der Bursche sieht wahrhaftig halbtot aus, glüht vor Fieber, und sollte sich nicht anstrengen. Aber wenn er nicht zurück in seine Maschine kommt, sind wir wahrscheinlich alle geliefert.

Der Pilot stellte mit zitternden Händen die Helminstrumente ein und setzte sich dann eine der Halbkugeln auf. Die glänzende Metallkappe ließ seine eingesunkenen, blut- und staubverschmierten Züge doppelt erschreckend aussehen. Er lehnte sich an Olegs Brust und bedeutete Reid durch Zeichen, er solle den zweiten Helm aufsetzen. Der Amerikaner gehorchte. Der Pilot brachte kaum mehr die

Kraft auf, eine Hand zu heben und einen Knopf oberhalb seiner Stirne einzudrücken; erschöpft fiel sein Arm wieder herunter, aber die Finger bewegten sich, suchten Reid etwas mitzuteilen.

Der Architekt verstand und riß sich zusammen. Jetzt sei auf alles gefaßt, sagte er sich, und mach bloß nicht schlapp, mein Junge, sonst kommen wir nie wieder heim. Er drückte den Schalter...

Aus der Stille wuchs ein Summen. Das Geräusch mußte allein in seinem Kopf sein, denn keiner der anderen schien etwas zu hören; und es klang auch nicht wie ein normales akustisches Geräusch, eher wie etwas, das direkt in sein Gehirn übertragen wurde. Dann wurde ihm schwindlig, er mußte sich setzen. Aber das kam vielleicht nur von der Anspannung und dem Schrecken der letzten Stunden.

Dem Piloten erging es schlimmer. Er zuckte, wimmerte, schloß die Augen und fiel in sich zusammen. Es war, als sei seine Maschine ein Vampir, der ihm die letzte Lebenskraft aussaugte. Erissa kniete sich besorgt neben ihm nieder, griff aber nicht ein.

Nach Reids Uhr waren etwa fünf Minuten vergangen, als das Summen abebbte. Die beiden Druckschalter schnappten wieder heraus. Das Schwindelgefühl legte sich. Offenbar hatten die Helme ihre Aufgabe beendet. Der Pilot war nahezu bewußtlos. Als Reid seine Halbkugel absetzte, nahm Erissa auch die ihres Patienten ab und bettete ihn wieder flach auf den Boden. Sie blieb bei ihm, lauschte seinen keuchenden Atemzügen und beobachtete seinen flackernden Puls.

Endlich öffnete er die Augen. Er flüsterte etwas. Erissa beugte sich zu ihm hinunter, runzelte die Stirn und winkte Reid. Er wußte nicht, wie er ihr helfen sollte, kauerte sich daneben hin. Der fiebrige Blick des Piloten fiel auf ihn und ließ ihn nicht mehr los.

»Wer seid... ihr?« wisperte sein ausgetrockneter Mund. »Von wo... wann... kommt ihr?«

Die Worte in seiner Muttersprache trafen Reid wie ein Schlag.

»Schnell«, drängte die heisere Stimme. »Habe... nicht lange... mehr. Muß helfen. Ihr kennt... *mentatór?* Dieses Gerät?«

»Nein«, antwortete Reid hastig. »Eine Lernmaschine für Sprachen?«

»Genau. Tastet Sprachzentrum ab. Im Gehirn. Gehirn ist Art Datenbank. Der... Abtaster... nimmt Sprachinformationen auf... überträgt sie auf Empfängergehirn. Unschädlich, nur... anstrengend... für Empfänger... weil bei ihm Datenmuster nicht nur abgetastet, sondern eingeprägt werden.«

»Sie hätten mich dann Ihre Sprache lernen lassen sollen.«

»Nein. Zu verwirrend. Sie könnten... zu viele Begriffe nicht... anwenden. Wenn Sie diesem narbengesichtigen Wilden da drüben Wörter wie... Dampfmaschine... beibringen, könnten Sie noch Tage, Wochen nicht mit ihm reden, bis er die Vorstellung verdaut hat. Was Dampfmaschinen anlangt, meine ich. Aber ihr könntet beide sofort... über Pferde reden.« Der Pilot verstummte und rang mühsam nach Atem. »Soviel Zeit habe ich nicht mehr.«

Oleg stand daneben, bekreuzigte sich von rechts nach links und stotterte russische Gebete. Uldin hatte sich in sichere Entfernung zurückgezogen und machte abwehrende Gesten gegen diese schwarze Magie. Erissa blieb standhaft an der Seite Reids, obwohl sie immer wieder ihr Amulett an die Lippen drückte. Er war überrascht, als er sah, daß es die Form einer zweischneidigen Axt hatte.

»Sie kommen aus der Zukunft, nicht?« fragte Reid.

Der schwache Schatten eines Lächelns verzog den Mund des Piloten. »Das tun wir alle«, sagte er. »Ich bin Sahir. Aus dem... ich weiß nicht mehr, was das Bezugsdatum Ihres Kalenders war... ist... sein wird. Ich bin in... ja, in Hawaii gestartet, mit dem... *anakro* — dem Raum-Zeit-Fahrzeug. Schwebt über Erdoberfläche oder Wasser, während es durch die Zeit reist. Wir wollten... ins prähistorische Afrika. Protohominiden. Wir sind... wir waren... Anthropologen, ist vielleicht die zutreffende Bezeichnung. Kann ich noch zu trinken haben?«

»Natürlich.« Reid und Erissa halfen ihm.

»Ahh!« Sahir legte sich wieder. »Jetzt ist mir etwas besser. Aber es wird nicht so bleiben. Ich muß euch alles sagen, solange ich noch kann. Ich vermute, Sie sind hier aus dem postindustriellen Zeitalter. Das hilft. Ihre Identifikation?«

»Duncan Reid, Amerikaner, aus dem Jahr 1970, spätes 20. Jahrhundert – ich meine, also, wir sind vor kurzem auf dem Mond gelandet, und wir kennen Atomenergie seit, äh, rund 25 Jahren...«

»Ah. Ich verstehe. Kurz vor der Zeit des – nein, besser, ich sage nichts. Sie könnten in Ihre Zeit zurückkehren. Werden Sie auch, wenn ich imstande bin... Jedenfalls dürfen Sie nichts wissen, was in Ihrer Zeit noch Zukunft ist. Diese... Panne tut mir entsetzlich leid. Wer sind Ihre Gefährten?«

»Der blonde Mann ist, glaube ich, ein Russe aus dem Mittelalter. Der Narbige sagt, er sei ein Hunne – so hab' ich's verstanden. Die Frau hier... ich habe keine Ahnung.«

»Hm. Ja. Wir werden – ihr werdet mehr voneinander erfahren, wenn ihr den *mentatór* verwendet. Die Helme sind auf Abtasten und Einprägen eingestellt. Sehen Sie zu, daß Sie den richtigen erwischen.

Hören Sie, Sie müssen den auswählen, der aus der frühesten Zeit stammt – sieht aus, als wäre das die Frau; sie muß euch die gemeinsame Sprache liefern. Kleinster gemeinsamer Nenner, verstehen Sie? Wir sind in der Zeit kurz vor und im Raum etwas südlich von... dem Punkt... wo die Maschine die letzte Person mitriß. Ich hatte... sie nämlich fast schon zum Stillstand gebracht, als...

Ist ein veraltetes Modell. Sollte isoliert sein... gegen Energieeffekte. Braucht ungeheure Energiekonzentration, um das Kontinuum zu verzerren. Zum... Heimkommen... hätten wir den Nukleargenerator, den wir mithaben, in Betrieb genommen... außerhalb der Kapsel natürlich... die freigesetzte Energie liegt im Megatonnenbereich...«

Sahir zerrte an seinem Gewand. Sein Kopf rollte kraftlos zur Seite, seine Augen verdrehten sich. Seine Stimme war kaum mehr hörbar: die Lebenskraft sickerte aus seinem Körper wie Wein aus einem gesprungenen Gefäß; in verzweifelter Eile flüsterte er jedoch:

»Verzerrfelder... müssen isoliert, unter Kontrolle sein, dürfen nicht unterwegs mit Materie in Berührung kommen... Fehler hier. Fehler. Bald nach dem Start... Mentationsinstrumente zeigten an, daß Körper mitgerissen worden war. Ich wollte stoppen... Trägheit zu groß... haben aber nur höhere Tiere eingesammelt, Menschen, Pferd, weil Steuerung, Instrumente, alles nur auf Mentieren anspricht... Und dann kamen wir in der Raum-Zeit zu nahe an... an einen ungeheuren Energieausbruch, weiß nicht, was es war, furchtbare Katastrophe in dieser Vergangenheit. Kurs war darauf eingestellt, versteht ihr? Wir sollten nahe vorbei, freigesetzte Energie ausnützen... haben uns aber ganz auf Computer verlassen... Als wir fast angehalten hatten... schlechte Isolierung, sagte ich das schon?... Störung unserer Verzerrfelder. Brannte die Energiekyberneten aus. Strahlungsstoß – wundere mich, daß ich noch lebe – meinen Kollegen hat es erwischt... kam dann zu mir, dachte, müßte euch bitten...«

Sahir hob mit verzweifelter Anstrengung die Hände. Reid ergriff sie. Sie fühlten sich wie glühendes Pergament an. »Hört mich an«, flüsterte Sahir angestrengt. »Diese... Explosion, Energieausbruch, was immer es ist... irgendwo hier, nicht weit weg. Jetzt in naher Zukunft. In einem Jahr oder weniger. Hört ihr? Es gibt nicht... wird nicht viele Zeitexpeditionen geben. Jemals. Energieaufwand zu groß... und... Kontinuum gestört... schadet Umwelt... Aber ein derartiges Ereignis wird man beobachten wollen.

Versteht ihr? Findet die Beobachter, sagt ihnen, wer ihr seid, holt Hilfe... für mich auch...«

»Wie?« fragte Reid rauh.

»Zuerst... bringt mich in das *anakron.* Ist nur mehr Wrack... aber... Medikamente darin... Sie werden kommen, durch die Zeit, zu diesem Tag, und Hilfe bringen, sicher...« Sahir bäumte sich auf, als sei ein Stromstoß durch seinen Körper gefahren. *»Nia!«* schrie er keuchend. *»Fabór, Teo, nia, nia!«*

Er sackte zusammen. Seine Augen verdrehten sich, sein Unterkiefer fiel herab. Reid versuchte es mit Mund-zu-Mund-Beatmung und Herzmassage. Er hatte keinen Erfolg.

KAPITEL 5

Mit der Nacht kamen Kälte und Myriaden Sterne. Das Meer schimmerte undeutlich. Es hatte weder Brandung noch Gezeiten, aber kleine Wellen schlugen glucksend auf den steinigen Strand. Nach Süden stieg das Land an, schwarzbuckelige Hügel schoben sich vor die Sternbilder, und immer wieder zerschnitt ein Geheul die Dunkelheit. Reid vermutete, daß es von Schakalen stammte.

Er hatte daran gedacht, Gestrüpp für ein Feuer zu sammeln, als sie Sahir in eine Felsspalte gelegt und mit Steinen zugedeckt hatten, da ihnen das Werkzeug fehlte, ein Grab auszuheben. Mit seinem Feuerzeug hätte man das dürre Gesträuch entzünden können. Uldin, der annahm, sie müßten erst mühsam mit seinem Feuerstein Funken schlagen, war dagegen gewesen. »Das ist nicht nötig. Du und ich, wir haben Jacken, Oleg hat sein gepolstertes Wams, und Erissa kann ich meine Satteldecke leihen. Und der... Wagen des Schamanen... er leuchtet genug, oder? Warum sollten wir uns plagen und Holz sammeln?«

»Das Wasser in der Nähe wird auch die Luft nicht zu sehr abkühlen lassen«, bemerkte Oleg mit der Erfahrung des Seemanns.

Reid beschloß, die Füllung seines Feuerzeugs für Notfälle aufzusparen, oder für das bißchen Tabak, das er noch hatte. Bevor es allerdings genügend zu trinken gab, war es wohl besser, nicht zu rauchen.

Das Meer — und es war das Meer, das Wasser war salzig — mochte ein wenig helfen. Er hatte Alain Bombards Bericht gelesen: wenn man immer nur winzige Schlucke nimmt, kann man sich auch mit Salzwasser eine Weile am Leben erhalten. Und vielleicht konnten sie mit irgendeinem improvisierten Angelzeug Fische fangen. Auf längere Sicht jedoch, und nicht einmal sehr lange, konnte sie nichts retten als Hilfe von außerhalb.

Das Glimmen, das die Zeitkapsel einhüllte, wirbelte in weißen und pastellfarbenen Schwaden über ihre Oberfläche und erhellte die Wüste mehrere Meter im Umkreis mit silbrigem Licht. Es war ein zauberhafter Anblick und ein hassenswerter, denn dieses Licht versperrte ihnen den Zugang zu Wasser, Nahrung, Medikamenten, Werkzeugen und Waffen in der Kapsel. Sahir hatte gewußt, wie man es überwand; aber Sahir lag kalt und steif zwischen den Felsen und wartete auf die Schakale. Reid tat es leid um ihn, er war ein anständiger Mensch gewesen, der genau wie jeder andere gern weitergelebt hätte, und auch der Kollege des Piloten tat ihm leid, dessen strahlungsverseuchter Körper in der Maschine lag, die ihnen allen zum Verhängnis geworden war. Sein Mitleid war jedoch irgendwie abstrakt. Er hatte diese beiden Menschen nicht gekannt. Er mußte jetzt sich selbst und seine drei Gefährten retten, oder sie würden alle einen viel schlimmeren Tod finden.

Oleg gähnte ausgiebig. »Psh, war das ein Tag! Sind wir in der Zeit gestrandet, wie du sagst, Duncan, oder hat uns Ljeschy der Böse fortgetragen, wie *ich* glaube? Wie's auch ist, jetzt bin ich fürs Schlafen. Vielleicht hab' ich so fromme Träume, daß die Engel sich erbarmen und mich zu meiner kleinen Frau zurückbringen.«

»So willst du die zweite oder dritte Wache haben?« sagte Uldin.

»Weder noch. Ich schlafe in Kettenhemd und Helm, die Axt in der Hand. Wozu ist's gut, sich den Feind von weitem anzuschauen?«

»Um sich für den Kampf zu rüsten, du Narr, oder ein Versteck zu suchen, wenn er in der Übermacht ist«, erwiderte Uldin ungeduldig. Ungeachtet der Narben und seiner dreckigen, stinkenden Kleidung erinnerte der Hunne Reid an einen Hauptmann aus seiner Militärzeit, einen pedantischen Leuteschinder. Der Russe knurrte, fügte sich aber.

»Dann werde ich die erste Wache übernehmen«, erbot sich Reid. »Ich kann ohnehin noch nicht schlafen.«

»Du denkst zuviel«, grunzte Uldin. »Das schwächt einen

Mann. Also gut. Wenn du willst. Du, dann ich, zuletzt Oleg.«

»Und ich?« erkundigte sich Erissa.

Uldins Blick zeigte deutlich, was er davon hielt, eine Frau als Wachposten einzusetzen. Er entfernte sich aus dem Lichtkreis des Zylinders und besah sich den Himmel. »Fremder Himmel, das hier« sagte er. »Die nördlichen Sterne erkenne ich, aber auch sie sind anders. Duncan, siehst du diesen hellen Stern tief im Osten? Wecke mich, wenn er so hoch steht.« Von Geometrie und Erdbewegung hatte er wohl kaum eine Vorstellung, aber er hob seinen Arm in einem Winkel von ziemlich genau sechzig Grad. Krummbeinig stelzte er davon, legte sich neben seinem Pferd auf den nackten Boden und schlief sofort ein.

Oleg kniete nieder, nahm sein Kopftuch ab und bekreuzigte sich, bevor er ein Gebet auf altrussisch sprach. Auch er fiel dann ohne Schwierigkeiten in Schlaf.

Ich beneide sie darum, dachte Reid. Intelligenz – nein, sei nicht überheblich – die Angewohnheit, alles analysieren zu müssen, hat ihre Nachteile.

Erschöpfung lastete schwer auf seinem Körper und füllte seinen Schädel mit Sand. Der Großteil von Uldins Kumys hatte dazu gedient, das Trockenfleisch hinunterzuspülen, das ihr Abendessen gewesen war, der Rest mußte aufgespart werden; Reids Mund war inzwischen wieder ausgetrockneter als der Boden ringsum. Sein Gesicht glühte von dem Sonnenbrand, den er sich in den paar Nachmittagsstunden geholt hatte, und dennoch fröstelte er in der Kühle der Nacht. Ein Spaziergang ums Lager war vielleicht nicht schlecht.

»Ich gehe, Duncan, aber ich komme bald wieder«, sagte Erissa zu ihm.

»Geh nicht zu weit fort«, warnte er.

»Nein. Von dir niemals.«

Er wartete, bis sie in der Dunkelheit verschwunden war, und machte sich dann auf seinen Rundgang, um sie zumindest in Rufweite zu behalten. Es war nicht so sehr ein ritterliches Gefühl — unter diesen Umständen verständlich — als der einfache Wunsch, sie zu schützen, weil sie ihn interessierte. Welch eine Frau war sie, welch ein Geheimnis...

Die vier Gestrandeten hatten nur wenig Gelegenheit gehabt, miteinander zu sprechen. Der Schock ihres Erlebnisses, Sahirs Auftauchen, sein Tod, Hitze, Durst und die Anspannung des Sprachtransfers hatten sie überanstrengt. Sie konnten froh sein, bis Sonnenuntergang wenigstens die Grundlage für eine Verständigung geschaffen zu haben.

Reid war dem Rat des Piloten gefolgt. Da ihr Bronzedolch und ihr Erstaunen über eiserne Gegenstände deutlich genug bewiesen, daß Erissa aus der frühesten Zeit stammte, mußte sie der Sprachspender sein. Sie machte bei der Prozedur bereitwillig mit wie bei allem, was er von ihr verlangte. Er hatte festgestellt, daß der Schnellsiedekurs des *mentatór* einen wirklich mitnahm: sein Gehirn schien zu kochen, Gedankenfetzen brodelten durcheinander, ähnlich wie in dem unangenehmen Endstadium extremer Besäufnis, und die unwillkürlichen Muskelzuckungen erschöpften ihn. Ganz sicher wurde dieser Prozeß in Sahirs eigener Zeit viel langsamer und schonender vollzogen, und diese brutale Eintrichterung, die sicher das Ende des Piloten beschleunigt hatte, war nur für den Notfall gedacht. Es blieb ihnen jedoch jetzt keine Wahl, und Reid fühlte nach einer kurzen Rast, wie seine Betäubung nachließ.

Oleg und Uldin weigerten sich, auch nur in die Nähe der Apparate zu kommen. Erst als der Russe feststellte, daß Erissa und der Amerikaner sich nun frei verständigen konnten, setzte er sich einen Helm auf, und Uldin folgte seinem Beispiel — vielleicht nur, um zu beweisen, daß er nicht weniger mutig war als die anderen.

Da die Wüstennacht schnell hereinbrach und ihre Kräfte wie ausgelaugt waren, konnten sie danach nur noch die wichtigsten Informationen austauschen.

Reid schlenderte gedankenversunken um das Lager. Das Knirschen seiner Schritte auf dem steinigen Boden und das weit entfernte Heulen der Schakale waren die einzigen Geräusche in der Stille, Sterne und Kälte seine einzigen Begleiter. Er glaubte nicht, daß ihnen vor Tagesanbruch irgendeine Gefahr drohte. Trotzdem hatte Uldin recht, was die Wachposten anbelangte. Langsam, schwerfällig begann Reids Gehirn trotz seiner Erschöpfung wieder zu arbeiten.

Wo sind wir? *Wann* sind wir?

Sahirs Expedition startete in Hawaii in... irgendwo in der Zukunft, dachte Reid. Sagen wir tausend Jahre nach meiner Zeit. Ihre Maschine glitt über Land und Wasser hinweg, während sie sich in der Zeit zurückbewegte.

Warum mußte man über der Oberfläche bleiben? Nun, mal angenommen, man brauchte die Erdoberfläche als festes Bezugssystem. Die Erde bewegt sich durch den Raum, und im Raum kann man keine absoluten Koordinaten festlegen. Nehmen wir weiter an, daß man in größerer Höhe befürchten mußte, die Orientierung (mittels Gravitationssensoren?) zu verlieren und irgendwo in die Leere zwischen den Sternen zu geraten.

Meine Prüfungsarbeit — geschrieben in x-tausend Jahren — nur ein paar Jahrzehnte zurückliegend auf meiner persönlichen Weltlinie, die jetzt in gewaltiger Schleife zurückgreift... und vor einer Jahrmillion nach meiner inneren Zeitrechnung in dieser Nacht der Verzweiflung — in meiner Prüfungsarbeit habe ich bewiesen, daß Zeitreisen aus einer Reihe von Gründen unmöglich sind. Einer davon war, daß der Energieaufwand dafür unendlich groß sein muß. Ganz offensichtlich hatte ich unrecht. Ganz offensichtlich *kann* eine genügende Energiemenge — auf ein möglichst geringes Raumvolumen und eine kurze Zeitspanne konzentriert, jedenfalls aber ein endlicher Energiebetrag — die Parameter des Kontinuums genügend verändern, so daß dieses Gefährt hier vorwärts und rückwärts durch die Zeit geschleudert werden kann.

Während seiner Reise muß das Fahrzeug ungeheuren Kräften ausgesetzt sein. Sahir hat eine ›Isolierung‹ erwähnt. Ich finde, er hätte eher von Kontrolle oder Steuerung sprechen sollen. Wahrscheinlich sind allein diese Kräfte selbst stark genug, als Mittel ihrer eigenen Zügelung zu dienen.

Unterwegs also hatte es eine Panne gegeben. Eine undichte Stelle in der Abschirmung. Das Fahrzeug flog durch die Raum-Zeit, umgeben von einem... einem Feld, das Menschen und Tiere mitriß, mit denen es in Berührung kam.

Warum bloß Tiere und Menschen — höhere Lebewesen — und alles, was eng mit ihrem Körper verbunden war, wie zum Beispiel Kleider? Warum nicht auch Bäume, Steine, Wasser, Luft, Erde? Moment mal... Sahir hat den Grund erwähnt. Es war keine Information, die wichtig für uns war, aber er war halb von Sinnen und hat einiges dahergeredet, und... ja. Die Technologie seiner Zeit, oder zumindest die der Raum-Zeit-Fahrzeuge scheint sich geistiger Kontrolle zu bedienen. Telepathie... vielleicht telepathische Sensoren, wenn man an diese Art von Märchen glaubt. Sahir sprach von ›mentieren‹. Was mich anbelangt, so stelle ich mir darunter eine Verstärkung der Neuralströme vor. Welche Erklärung auch zutrifft, es ist eine Tatsache, daß das Antriebsfeld nur auf Materie reagiert, die selbst von Gehirnwellen durchdrungen ist.

Das mag eine Vorsichtsmaßnahme sein. Dann wird die Maschine im Falle eines Energielecks nicht von Tonnen mitgerissenen Materials zum Stillstand kommen. Höhere Tiere sind nicht so häufig. Und es mußte sich eines genau in dem Zeitpunkt genau an dem Ort befinden, in dem/an dem das Fahrzeug vorbeikam... Hm. Vermutlich haben wir auch ein paar Mäuse, Vögel oder ähnliches eingesammelt, die sich davongemacht haben, bevor wir sie bemerken konnten. Sie waren wohl die häufigsten Opfer. Ein Unfall, in den Menschen verwickelt waren, mußte selten sein. Vielleicht einmalig.

(Warum mußte das mir passieren? Die ewige Frage, die sich, glaube ich, jeder früher oder später stellt.)

Sahir sagte, die Instrumente hätten das Abschirmungsleck angezeigt und er hätte sofort eine Bremsung eingeleitet. Sie konnten nicht genau an dem Punkt anhalten, wo sie mich eingesammelt hatten... aufgrund der Trägheit der Maschine. Sie flogen weiter, und Oleg, Uldin und Erissa wurden der Reihe nach mitgerissen.

Und als ihr Flug nahezu zu Ende war, als sie im Raum fast zum Stillstand gekommen waren und sich beinahe wieder dem normalen Zeitfluß angeglichen hatten, da wollte es das Pech, daß sie auf eine ungeheure Energieumsetzung stießen. Normalerweise hätten sie sie sicher passieren können, aber durch das Leck in der Abschirmung mußte diese Energieentladung (oder, genauer, denke ich, die Raum-Zeit-Verzerrung, die diese Entladung hervorrief) mit dem Antriebsfeld in Wechselwirkung treten. Dabei wurde noch mehr Energie freigesetzt – offensichtlich in Form von extrem harter Strahlung im Innern der Kapsel, von der die Insassen eine tödliche Dosis abbekamen.

Ein sonderbarer Zufall, daß ein schadhaftes Zeitfahrzeug ausgerechnet auf eine solche Katastrophe trifft.

Aber Moment. Wahrscheinlich kein Zufall. Wahrscheinlich legen die Chrononauten, das heißt ihre Computer oder Autopiloten, den Kurs immer so fest, daß er in einer Art Swing-by-Technik an derartigen Ereignissen vorbeiführt, wenn welche in Reichweite sind. Sahir hat sowas erwähnt. Solange ihr Gefährt in Ordnung ist, gibt ihnen die H-Bombenexplosion oder der Riesenmeteoreinschlag, oder was es gerade ist, sicher zusätzliche Antriebsenergie. Sicher kommt der Flug ›billiger‹, wenn sie unterwegs einen Schubs kriegen können, und damit werden mehr Zeitreisen möglich, als sie sich sonst leisten könnten.

Wußten Sahir und sein Freund, daß sie auf ihr Verderben zuhielten, versuchten sie vergeblich, noch abzudrehen, den Kurs zu ändern? Oder haben sie es vergessen, in der Aufregung über das Versagen der Abschirmung, in den wenigen Augenblicken der Panik? Ich hatte den Eindruck, daß einem die Flugzeit in der Kapsel sehr kurz vorkommen muß. Uns, die wir draußen von dem Fahrzeug durch die Jahrhunderte gerissen wurden, war nicht mehr bewußt als eine knappe Minute wirbelnder Dunkelheit.

Also – wir sitzen hier fest, wenn wir nicht andere Leute aus der Zukunft finden können. Oder sie uns. Ich nehme an, wenn wir hierbleiben, kommt über kurz oder lang eine Suchexpedition vorbei.

Oder? Aber wie genau können sie ihre Raum-Zeit-Sprünge steuern? Wenn es jedesmal erforderlich ist, einen Generator zu bauen, der sich durch bloße Hitzestrahlung selbst zerstört, wenn er in Betrieb gesetzt wird?

Aber müssen sie – nennen wir sie Futurier – es nicht zumindest versuchen? Und sei es nur aus dem Grund, damit sichergestellt war, daß die in der Vergangenheit gestrandete Maschine diese nicht verändert hatte und damit die Zukunft gefährdete?

Konnte sie das? Dieser Teil meiner Arbeit ist noch nicht widerlegt: daß eine Veränderung der Vergangenheit ein Widerspruch an sich ist. Ich vermute, daß das Vorhandensein der Maschine hier und jetzt und unsere Anwesenheit ein fester Bestandteil des Geschehenen, der Geschichte ist. Ich vermute, diese Nacht hat es ›immer‹ gegeben.

Denn was können wir schon anrichten? Wie die Dinge liegen, sterben wir in ein paar Tagen. Die Tiere werden mit unseren Knochen aufräumen. Vielleicht werden ein paar Eingeborene, wenn dieses unbarmherzige Land überhaupt bewohnt ist, den leuchtenden Zylinder einige Zeit anbeten. Aber eines Tages werden seine Batterien, oder was immer die Energie liefert, erschöpft sein. Das Kraftfeld wird erlöschen, ohne seinen Schutz wird das Metall korrodieren oder von einheimischen Schmieden geplündert werden. Die Tatsache, daß hier einst ein geheimnisvolles Ding gelegen hat, wird zur Legende werden, die man in wenigen Generationen wieder vergißt.

Oh Pam, was wirst du denken, wenn ich nie mehr in unsere Kabine zurückkomme?

Daß ich durch einen unglücklichen Zufall über Bord gefallen bin? Das stelle ich mir vor. Das hoffe ich. Verdammt, ich hätte meine Lebensversicherung erhöhen sollen.

»Duncan.«

Erissa war zurückgekommen. Reid warf einen Blick auf die Uhr. Sie war eine Stunde fortgewesen. Also keine Regung der Natur.

»Ich habe gebetet«, sagte sie freimütig, »und danach habe ich einen Zauber gemacht, der uns Glück bringen soll. Ich zweifle jedoch nicht, daß du uns retten wirst.«

In ihrem Mund klangen die Kehllaute der Sprache, die sie Keftiu nannte, weich – sie besaß eine dunkle, sanfte Stimme. Reid hatte jedoch nicht die geringste Ahnung, wie diese Sprache in seiner Zeit hieß, wenn man überhaupt von ihrer Existenz wußte. Seine Versuche, Ähnlichkeiten und mögliche Beziehungen zu bekannten, lebenden Sprachen herauszufinden, wurden durch die Tatsache erschwert, daß er, wie auch Oleg und Uldin, eigentlich zwei Sprachen gelernt hatte, die Erissa gleich gut beherrschte, und noch einige Redewendungen aus anderen.

Er kannte den Namen der zweiten Sprache, die mit Keftiu nicht verwandt war, so wie er die Bezeichnung ›English‹ oder ›español‹ kannte. Er konnte diesen Namen aussprechen, wie auch den gesamten Wortschatz dieser harten, schnellen Sprache. Er konnte die Worte sogar schreiben – es gab eine vereinfachte Hieroglyphenschrift dafür, und Keftiu besaß ebenfalls eine, allerdings kompliziertere Schriftform. Die Übertragung in lateinische Buchstaben jedoch fiel ihm ungeheuer schwer, so daß ein Vergleich mit Worten aus seiner Zeit nicht einfach war. So gab ihm die Kenntnis der Sprache und ihres Namens – *Ah-hiä-wa* war eine grobe phonetische Wiedergabe dafür – keinerlei Hinweise auf ihren Ursprung.

Da Erissa Keftiu vorzog, verschob Reid alle Überlegungen hinsichtlich dieser zweiten Sprache auf später, obwohl sie in der Gegenwart durchaus wichtig sein konnte. Keftiu allein war schon verwirrend genug. Er war zwar linguistisch wenig beschlagen, konnte es jedoch als hauptsächlich isolierend, zum Teil agglutinierend klassifizieren, während die zweite Sprache stark reflektierend war.

Vielleicht nur um dem Schweigen ein Ende zu bereiten, fragte ihn Erissa etwas. Wörtlich übersetzt sagte sie ungefähr: »Von was unbekannt-für-mich Art ist ähnlich-Herrin-Mond Juwel das du (als ihr Zeichen) trägst?« Was er hörte, war dies: »Sag, was ist das? So glänzend in seiner runden Schönheit wie das Zeichen der Göttin.«

Er zeigte ihr die Uhr. Sie untersuchte sie ehrfürchtig. »Du hattest dies damals nicht«, murmelte sie.

»Damals?« Er starrte sie an. Ihr Gesicht war undeutlich in dem schwachen Lichtschimmer, verschwamm immer wieder in tiefen Schatten. »Du benimmst dich wirklich ganz so, als kenntest du mich schon«, sagte er langsam.

»Natürlich kenne ich dich! Duncan, Duncan, du kannst es nicht vergessen haben.« Sie streckte die Hand unter der stinkenden Satteldecke hervor, mit der sie sich naserümpfend wohl oder übel zugedeckt hatte. Ihre Finger berührten seine Wange. »Oder hat der Zauber auch dich getroffen?« Sie ließ die Hand sinken. »Die Magierin ließ mich soviel vergessen. Dich ebenso?«

Er hatte die Hände tief in die Jackettaschen vergraben und krampfte eine Faust um die vertraute Form seiner Pfeife. Sein Atem dampfte in der Kälte. Es tat ihm leid um die vergeudete Feuchtigkeit.

»Erissa«, sagte er müde, »ich weiß ebensowenig wie du, was mit uns geschieht oder geschehen ist. Ich habe euch nur gesagt, was ich von Sahir erfuhr, daß wir in der Zeit verlorengegangen sind. Und das ist etwas Furchtbares.«

»Ich verstehe das nicht.« Fröstelnd stand sie vor ihm. »Du hast geschworen, wir würden einander wiederbegegnen; aber nie ahnte ich, daß es in einem Land des Todes sein würde, in das mich ein Drache verschleppt hat.« Sie richtete sich auf. »Ist dies die Erklärung? Du hast das alles vorausgesehen und kamst, mich zu retten, die ich nie aufgehört habe, dich zu lieben.«

Er seufzte. »Zu tief sind diese Wasser für uns, da unser Schiff noch nicht einmal einen Kiel besitzt«, sagte er und erkannte ein Keftiu-Sprichwort. »Ich bin wie... ausgeleert. Ich kann nicht über die wenigen greifbaren Tatsachen hinausdenken, die wir bisher kennen.« Er verstummte, bemühte sich, Worte zu finden in seinem dumpfen, schweren Hirn. »Zuerst«, sagte er, »müssen wir herausfinden, wo wir sind und welches Jahr dies ist.«

»Welches Jahr? Aber, Duncan, weißt du nicht, es ist jetzt vierundzwanzig Jahre her, seit wir Abschied nahmen, du und ich, als die Welt zugrundeging?«

»Als die – was?«

»Als der Berg auseinanderbrach und die Feuer der Unterwelt heraufquollen und das Meer die Keftiu verschlang und ihre Welt zerstörte, weil sie zu glücklich waren.« Erissa hob mit trostsuchender Geste ihr Doppelaxt-Amulett.

In Reids Gehirn zerbarst etwas. Mein Gott, zuckte ein Gedanke auf, hat dieser Energieausbruch schon stattgefunden? Sind wir in der Zeit danach statt davor gelandet? Dann sitzen wir wirklich für immer hier fest. Oder gibt es noch eine Rettung?

»Du zitterst, Duncan.« Erissa legte ihm die Hände auf die Schultern. »Wenn dich friert, so will ich dich wärmen.«

»Nein. Danke, nein.« Eine Weile stand er schweigend da, gewann langsam seine Fassung zurück.

Es konnte ein Mißverständnis gewesen sein. Sahir hatte ausdrücklich von einer ungeheuren, einmaligen Katastrophe in diesem Teil der Welt gesprochen, die sich in nicht allzu ferner Zukunft ereignen würde. Es hat keinen Sinn, dachte er, dies alles auf einmal entwirren zu wollen. Ein Knoten muß nach dem anderen gelöst werden, das ist die einzige Möglichkeit. Erissas Heimat ist geographisch nicht weit von hier entfernt, das hat Sahir doch erwähnt? Beginnen wir also damit.

»Sage mir«, wandte sich Reid an sie, »wo kommst du her?«

»Wie?« Sie zögerte. »Oh, ich... war an vielen Orten, seit wir auseinandergingen. Jetzt lebe ich auf der Insel Malath. Vorher... ach, immer in der Fremde, Duncan, und die ganze Zeit sehnte ich mich nach der Heimat, wo du mich fandest.«

»Deine Heimat? Wo? Nenne mir den Namen. Wo hast du damals gelebt?«

Sie schüttelte den Kopf. Obwohl die Nacht dunkel war, sah er die Bewegung ihres Haars im Licht der Sterne als gleitenden Schimmer. »Das weißt du doch«, sagte sie verwirrt.

»Sage es mir trotzdem«, drängte er.

»Nun, Kharia-ti-yeh.« Land der Säule, übersetzte Reid automatisch. In dem Bemühen, ihm zu helfen in seiner unerklärlichen Verständnislosigkeit, fügte Erissa hinzu: »Oder, wie sie auf dem Festland sagen, Atlantis.«

KAPITEL 6

Zu erwachen war ein weiterer Schock. Damit war die Möglichkeit, alles nur geträumt zu haben, endgültig zunichte. Jetzt war es die Welt des 20. Jahrhunderts, die einem fremd, fantastisch und unvorstellbar wie ein Traum erschien.

»Ich will mich hier umsehen, solange mein Pferd mich noch tragen kann«, verkündete Uldin und ritt davon. Er sah weniger mitgenommen aus als seine Leidensgefährten, vermutlich weil er auch unter günstigeren Umständen noch einen ziemlich heruntergekommenen Eindruck machen mußte. Als er fort war, suchten die anderen Zuflucht im Meer. Dürre Äste, die sie mit Lederstreifen von Olegs Gürtel zusammengebunden hatten, waren das Gerüst, über das sie Kleider hängen wollten, um sich wenigstens vor der direkten Sonnenstrahlung zu schützen. In dem kümmerlichen Schatten dieser Konstruktion konnten sie sich bis zum Hals ins Wasser setzen.

Als der improvisierte Sonnenschirm aufgestellt war, legte Erissa Sandalen und Tunika ab. Oleg schnappte nach Luft. »Was ist?« fragte sie verständnislos.

»Du... eine Frau, ...eine, oh —« Es war bei seinem Sonnenbrand nicht festzustellen, ob der Russe errötete. Er lachte abrupt auf. »Nun, wenn du die Sorte Mädel bist, dann wird dieser Tag keiner der langweiligsten meines Lebens!«

Sie fuhr auf. »Was soll das heißen? Hände weg da!«

»Sie ist keine Frau von deinem Volk, Oleg«, erklärte Reid. Er hatte sofort verstanden. »In ihrem Land, in ihrer Zeit ist nackt sein nichts Unanständiges.« Trotzdem scheute er sich irgendwie, sich vor ihr auszuziehen. Ihr Körper, schlank und geschmeidig und kaum gezeichnet von den Kindern, die sie geboren hatte, war der vollkommenste, den er je gesehen hatte.

»Wenn das so ist, dann wende deine Augen ab, Frau, bis ich tief genug ins Wasser gewatet bin«, brummte Oleg.

Abgekühlt und erfrischt von den Wellen fühlten sie sich sofort besser. Sogar der Durst war leichter zu ertragen. Kopfschüttelnd folgte Oleg Erissas Beispiel, die auf Reids Anraten winzige Schlucke Meerwasser getrunken hatte. »Ich halte nichts davon, versteht ihr«, knurrte er. »Am Ende kommen wir doch um. Aber wenn uns das ein bißchen länger bei Kräften hält, können uns die Heiligen vielleicht noch Hilfe senden. Hört ihr mich?« rief er zum Himmel hinauf. »Ein goldener Kelch, besetzt mit kostbaren Steinen für Sankt Boris. Sechs Altardecken von feinster Seide, bestickt mit Dutzenden von Perlen, für die Kirche der Heiligen Jungfrau Maria.« Er überlegte. »Vielleicht sollte ich das lieber auch russisch sagen, und auf rhomaisch*. Ja, und in der Sprache der Nordmänner.«

Reid konnte die spöttische Bemerkung nicht unterdrükken: »Alle deine Heiligen sind noch nicht einmal geboren.« Oleg erstarrte. Hastig lenkte der Amerikaner ein. »Nun, vielleicht hab' ich unrecht. Kann durchaus sein.« Wozu war es gut, sich darüber auszulassen, daß auch Christus und höchstwahrscheinlich sogar Abraham der Zukunft angehörten?

Er wandte sich zu Erissa. »Der Schlaf hat meine Gedanken geklärt«, sagte er. »Wir wollen einmal überlegen, was wir alles wissen.« Damit ich endlich aufhöre, mich mit dem zu beschäftigen, was ich durch das Wasser von dir sehen kann, dachte er schuldbewußt.

Er fragte beide sehr eingehend aus, und legte lange Denkpausen dazwischen ein. Außer Uldin brachten ihm die anderen eine Art bewundernden Respekt entgegen; der Hunne hatte aber wenigstens einige wichtige Fragen kurz und ziemlich unfreundlich beantwortet, bevor er weggeritten war.

Oleg erwies sich als wahre Goldgrube für Informatio-

---

* = mittelgriechisch. Anm. d. Übs.

nen. Reid kam zu dem Schluß, daß die ruppige Art des Russen im wesentlichen eine Tarnung für einen aufgeschlossenen und intelligenten Geist war. Das Großfürstentum Kiew befand sich keineswegs im dunkelsten Mittelalter wie andere Staaten jener Zeit. Acht Millionen Menschen lebten in einem Gebiet von der Größe der amerikanischen Bundesstaaten östlich des Mississippi, in einem Reich, das seine Rohstoffe und Bodenschätze klug nutzte und regen Handel mit Byzanz unterhielt. Damit kamen nicht nur Waren, sondern auch Kultur und Wissen in den Norden. Die russische Oberklasse, weniger Adelige als Plutokraten, bestand aus gebildeten Menschen, die über die Ereignisse im Ausland so gut wie über die in ihrer Heimat informiert waren; die in luxuriösen Häusern lebten, in denen es Öfen gab, und Glasfenster; die mit goldenem oder silbernem Besteck aßen, prachtvolle Tischdecken benutzten, Delikatessen wie Orangen, Zitronen und Zucker kannten. Nie wurden Hunde im Haus geduldet; es war vielmehr üblich, sich für Pferde und Hunde einen ungarischen Stallmeister zu halten. Die Stadt Kiew insbesondere war Wohnsitz einer kosmopolitischen Bevölkerung; Menschen aus aller Herren Länder besuchten es, ließen sich dort nieder. Und die Monarchie war keineswegs despotisch, im Gegenteil, die Bürger besaßen soviel Freiheiten, daß Volksversammlungen – besonders in Nowgorod – oft in Prügeleien ausarteten.

Kurzum: Oleg konnte seine Herkunft in Raum und Zeit genau festlegen: Die östliche Krümmung des Dnjepr, Anfang Juni, im Jahre 1050 des Herrn...

Uldin hatte dagegen nur einige vage Bemerkungen gemacht, daß sie vor kurzem das Land der Ostgoten erobert und zuvor die Alanen unterworfen hätten; er erwähnte auch verschiedene beutelüsterne Spekulationen hinsichtlich des Römerreichs im Westen. Das gute Gedächtnis des Hunnen für historische Ereignisse (wenigstens etwas!) ermöglichte es Reid, seinen Ausgangspunkt, wenn auch ziemlich ungenau, zu bestimmen: die Ukraine, ein paar hundert Meilen nordwestlich der Krim; Zeit: die zweite Hälfte des vierten nachchristlichen Jahrhunderts.

Erissas Fall bereitete die meisten Schwierigkeiten, obwohl sie hilfsbereit und am willigsten war. Der Name der Insel, von der sie fortgetragen worden war, stammte von der hauptsächlich aus Keftiu zusammengesetzten Bevölkerung. Das moderne Äquivalent war Reid so wenig bekannt, wie er gewußt hätte, daß ›Christiana‹ und ›Oslo‹ ein und dieselbe Stadt bezeichnete, hätte er es nicht einmal zufällig gelesen.

Für den Augenblick wollte er über das Rätsel ihrer früheren Heimat, Atlantis, lieber nicht nachdenken. Ein versunkener Kontinent? Reiner Mythos! Geologisch gesehen völlig unmöglich, jedenfalls nicht in den letzten paar Millionen Jahren der Erdgeschichte. Und doch beschwor der Name das Bild eines heiteren Märchenreiches herauf, das die See, aus der es entstanden war, eines Tages zurückforderte. Durch den Helm beherrschte er die Sprache dieses Volkes, was vielleicht erklärte, warum ihm der Name auf einmal mehr bedeutete als je zuvor, mehr als nur eine Legende... Nun, Erissa hatte gesagt, ihr Atlantis gebe es nicht mehr. Wo hatte sie danach gelebt? Vielleicht half die Bezeichnung in jener zweiten Sprache, die er von ihr gelernt hatte, weiter. Wie hieß ihre neue Heimat in dieser Sprache?

»Rhodos«, sagte sie, und damit wurde ihm schlagartig vieles klar. Einige kurze Fragen über die Lage relativ zum Festland bestätigten die Identifizierung: tatsächlich Rhodos.

Er schloß die Augen und stellte sich wieder einen Globus vor. Es war vernünftig anzunehmen, daß das Raum-Zeit-Fahrzeug den optimalen geographischen Kurs gewählt hatte; diese Annahme wurde bestätigt durch die Tatsache, daß Hawaii, die Position des Dampfers im Nordpazifik, das Dnjeprknie, die südliche Ukraine und Rhodos wirklich annähernd auf einem Großkreis lagen.

Aha, dachte Reid mit wachsender Erregung. Jetzt extrapoliere. Wo bringt dich dieser Kurs dann hin? Wo ist die nächste Küste?

Westägypten oder Ostlibyen. Wenn ich mich recht erinnere, reicht die Wüste dort bis zum Mittelmeer.

Er öffnete die Augen und begegnete Erissas goldbraunem Blick. Einen Atemzug lang glaubte er darin zu versinken, dann riß er sich los und sagte: »Ich denke, ich weiß jetzt, wo wir sind.«

»Oh, Duncan!« Sie erhob sich auf die Knie und umarmte ihn begeistert. Und er vergaß Erschöpfung, Durst, Hunger und Sorgen, als er spürte, wie ihre Brüste sich gegen ihn preßten, ihre Lippen die seinen trafen.

Oleg hüstelte. Erissa ließ Reid los. Der Amerikaner suchte nach einer Erklärung. Es war zuerst nicht einfach, da die Frau Ägypten »Khem« nannte, was, wie sie sagte, sowohl der einheimische als auch der Keftiu-Name sei. Als sie begriff, worauf er hinauswollte, schwand die Freude aus ihrem Gesicht. »Ja, die Achäer sagen ›*Aigyptos*‹. So weiß man in deiner Welt nichts mehr von meinem Volk und seiner Sprache?«

»Ägypten.« Oleg zupfte an seinem Bart. »Könnte stimmen, nach allem, was ich von Seeleuten hörte, die diesen Teil des Meeres befahren. Ich selber bin nie weiter als bis nach Jerusalem gekommen.« Er warf einen vorwurfsvollen Blick gen Himmel über dem improvisierten Sonnendach. »Es war eine Pilgerfahrt«, erinnerte er die Heiligen. »Die Sarazenen machten uns die Reise ziemlich ungemütlich. Ich brachte ein Fläschchen Jordanwasser mit heim und stiftete es der Sophienkathedrale, die *Knjas* Jaroslaw der Weise in Kiew erbaut hat.«

Erissas Miene hellte sich auf. »Dann haben wir gute Aussicht auf Rettung. Den ganzen Sommer hindurch segeln Schiffe nach Ägypten und zurück.« Dann kam mit einer schmerzlichen Erinnerung wieder Niedergeschlagenheit. Sie ließ den Kopf sinken. »Doch werden uns die Seeleute wohl nur mitnehmen, um uns als Sklaven zu verkaufen.«

Reid legte ihr beruhigend eine Hand aufs Knie. »Keine Sorge, ich kenne ein paar Tricks, um sie von solchen Absichten abzubringen, sagte er mit mehr Zuversicht, als er empfand, nur um ihr Gesicht wieder aufleuchten zu sehen.

Moment mal, blitzte ein Gedanke durch sein Hirn. Wenn sie etwas über das Ägypten dieser Zeit weiß, hilft uns das vielleicht, das Jahr festzustellen, in dem wir hier gelandet sind. Nicht, daß ich in der Chronologie der Pharaonenzeit sonderlich bewandert wäre... wir müssen uns mitten darin befinden, aber...

Automatisch zeichnete sein mathematisch geschulter Geist ein Diagramm des Weges, den die Zeitkapsel zurückgelegt hatte: Entfernung gegen Zeit. Wenn man annahm, daß Sahirs Ära ein paar Jahrhunderte auf die des Amerikaners folgte, und Erissas ein oder zwei Jahrtausende vor Christus lag, dann entstand eine Kurve, die wie der eine Teil einer Hysteresisschleife aussah. War das von Bedeutung? War das vielleicht eine Erklärung für den ›Trägheitseffekt‹? — Aber jetzt gab's genug andere Sorgen.

»Hee-jah!« Der Schrei ließ sie auffahren, hastig die Köpfe unter dem Sonnendach hervorstecken. Uldin ließ sein Pferd am Rand der steilen Strandböschung steigen und fuchtelte wild mit dem Säbel. Sie beeilten sich, aus dem Wasser zu kommen, fuhren in die Kleider und hasteten den steinigen, glutheißen Hang hinauf.

Der Hunne spuckte ihnen zornig vor die Füße. »Sich wie die Schweine im Schlamm zu wälzen! Ihr wollt Männer sein, ihr zwei?«

Oleg schwang wütend seine Axt, Erissa griff nach dem Dolch. Reid schluckte, dachte: Und ich? Ich bin der immer nachgebende, weil friedliebende Trottel, der sich alles bieten läßt, der brave Staatsbürger, der zwar pflichtgetreu wählt, aber im übrigen die Finger von der Politik läßt, der Ehemann, der sich schweigend verdrückt, wenn ein häusliches Gewitter aufzieht...

Irgend etwas gab ihm die Fähigkeit, ruhig in das verächtliche Narbengesicht zu sehen und zu sagen: »Es ist vernünftiger, kühl an Körper und Geist zu überlegen, Uldin, statt wie ein Käfer sinnlos herumzustrampeln. Ich habe nachgedacht. Jetzt wissen wir, wo wir uns befinden und was wir zu erwarten haben.«

Die Miene des Hunnen wurde ausdruckslos. Dann sagte er langsam: »Du hast nicht behauptet, ein Schamane zu sein, Duncan, und ich glaube auch nicht, daß du einer bist. Aber du scheinst doch mehr Weisheit zu besitzen, als ich zuerst dachte. Wir wollen nicht streiten, denn wir müssen uns bereitmachen. Ich sah in der Ferne Menschen, die auf uns zuhalten. Sie sind unberitten, eine verwahrloste, zerlumpte Horde, aber sie sind bewaffnet und sie gefallen mir wenig. Wenn etwa ein Reisender am Morgen in ihr Lager kam und berichtete, er hätte in der Nacht hier einen leuchtenden Schatz gesehen mit nur vier Bewachern, dann kann uns das eine ganze Bande an den Hals hetzen.«

»Umff«, bemerkte Oleg. »Wann werden sie hier sein?«

»Nicht vor Mittag. Aber ich denke mir, daß sie während der ärgsten Tageshitze rasten werden. Also könnten sie gegen Abend hier sein.«

»Gut. Brauche ich diesen Kochkessel von Panzer wenigstens nicht gleich anzulegen. Sollen wir uns davonmachen?«

Reid schüttelte den Kopf. »Wir würden kaum weit kommen«, wandte er ein. »Selbst wenn wir sie abschütteln können, bringt uns die Wüste um. Bleiben wir hier wo wir sind und überlegen wir, wie wir mit den Leuten verhandeln könnten.«

»Verhandeln ist nicht so einfach, wenn du eine durchgeschnittene Kehle hast«, lachte Uldin. »Packt euer Zeug. Wenn wir das erste Stück waten, verlieren sie vielleicht unsere Spur.«

»Du bist so sicher, daß man sich nicht mit ihnen einigen kann«, entgegnete Reid.

Oleg und Uldin starrten ihn mitleidig an. »Ja, Mann, natürlich kann man das nicht«, sagte der Russe. »Das sind doch Wüstenbewohner!«

»Könnten wir ihnen nicht irgendwie Respekt beibringen? Ich würde lieber hierbleiben und versuchen, mit den Leuten fertigzuwerden, als in die Wüste zu stolpern und in ein paar Tagen jämmerlich zu verdursten.«

Uldin klatschte wütend mit der Hand auf den Schenkel. »Los jetzt!« befahl er.

»Nein«, sagte Reid.

Erissa nahm seinen Arm. »Geht ihr zwei nur, wenn ihr Angst habt«, sagte sie verächtlich. »Wir bleiben.«

Oleg kratzte sich die dichtbehaarte Brust. »Hrrmm«, brummte er. »Mja... ich auch. Du hast recht, vermutlich.« Uldin warf einen eisigen Blick auf sie hinunter. Sie rührten sich nicht. »Ihr laßt mir keine Wahl«, knurrte er. »Wie ist also dein Plan? Was hast du vor?«

Wer A sagt..., dachte Reid und überlegte, ob nicht manch einer erst Führungsqualitäten entwickelte, weil er sich zum B-Sagen gezwungen sah. »Ich hab' einiges vor, das sie sicher beeindrucken wird«, erklärte er. »Zunächst haben wir den leuchtenden Zylinder — und dann, hier...« Er knipste sein Feuerzeug an. Als er die Flamme fauchend hervorschießen ließ, gab es verblüffte Ausrufe. »Natürlich werden wir uns wehren, wenn es wirklich zum Kampf kommt. Ihr beide, Uldin, Oleg, seht euch um, wo wir uns günstig verschanzen können. Ich stell' mir aber vor, daß bei eurem Anblick — ein berittener Bogenschütze und ein eisengewappneter Krieger — eine Bande zerlumpter Nomaden einiges an Angriffslust verliert. Erissa und ich werden Holz für ein Signalfeuer sammeln, falls ein Schiff vorbeikommt.«

Als sie miteinander am Strand Treibholz auflasen, sagte sie zu ihm: »Mehr und mehr zweifle ich, ob das klug ist, Duncan. Wer weiß, ob es ein Schiffskapitän überhaupt wagt, die Küste anzulaufen — er wird unser Signal für eine Falle halten. Wenn er jedoch landet, so sieht er uns vielleicht als wehrlose Beute an, raubt uns aus und verkauft uns in die Sklaverei. Vertrauen wir doch lieber auf die Hilfe der Großen Göttin und hoffen wir, daß uns dieses

Wüstenvolk nach Ägypten bringt... Die Seefahrt wird gefährlicher von Jahr zu Jahr, jetzt, da die starke Hand des Minos nicht mehr dem Piratengesindel Einhalt gebietet.«

»Minos!« keuchte er, und es fiel ihm wie Schuppen von den Augen. Jetzt wußte er, wo das Hier und wann das Heute war.

Atemlos begann er sie auszufragen — die Keftiu, ja, die Bewohner von Keft, einer großen Insel in der See zwischen Ägypten und dem nördlichen Festland, das die Achäer unterjocht hatten: Kreta! — Ja, die zweite Sprache, die sie konnte, war natürlich Achäisch, jeder, der mit den Fremden zu tun hatte, mußte sie beherrschen, jetzt, da diese Barbaren über das Meer der vielen Inseln ausschwärmten und zu eingebildet waren, die Sprache zu lernen, die man einst im mächtigen Knossos und im untergegangenen Atlantis gesprochen hatte.

Achäisch, dachte Reid und verspürte ein sonderbares Frösteln. Er konnte nicht mehr Griechisch als jeder andere gebildete Amerikaner seiner Zeit — hatte nicht mehr können —, denn jetzt begriff er plötzlich, was für eine zweite Sprache er durch den *mentatór* gelernt hatte. Er verstand, und sah hinaus über die Diskrepanz zwischen jener hieroglyphenähnlichen Schrift und einem Alphabeth, das erst entstehen würde, sah die Sprache selbst: Achäisch war Ursprung des klassischen Griechisch.

Und griechisch war der Name Atlantis. ›Land der Säule‹ wurde als *Gaia Atlantis* übersetzt.

»Segel ahoi!« brüllte Oleg.

Das Schiff war groß für seine Zeit, etwa neunzig Fuß lang und mit fünfzig Ruderplätzen, die bei ungünstigem Wind besetzt wurden. Der schwarzgeteerte Rumpf war mittschiffs ziemlich breit (Erissa erklärte, dies sei ein Handelsschiff, Kriegsboote seien schlanker), das Heck rund, während der Vordersteven vom Schegg senkrecht nach oben stieg. Bug- wie Heckteil waren abgedeckt, geschützt durch ein Schanzkleid aus Korbgeflecht, und mit geschnitzten

Holzpfosten verziert, die einen Pferdekopf beziehungsweise einen Fischschwanz darstellten. Ein riesiges, aufgemaltes Augenpaar starrte in Fahrtrichtung. Unter den Ruderbänken, die quer von einer Bordwand zur anderen verliefen, waren Planken über die darunter verstaute Ladung gelegt, damit man nicht immer über die einzelnen Ballen klettern mußte. Im Augenblick war der Mast umgelegt, und samt Segel und Rah in zwei Gabelpfosten vorne und achtern festgemacht. Mit dem Kiel leicht auf den sandigen Grund gesetzt, wartete das Schiff.

Der Großteil der Besatzung war mißtrauisch an Bord geblieben. Blendend fing sich das Sonnenlicht an bronzenen Speerspitzen. Sonst war wenig Metall zu entdecken. Die viereckigen Schilde bestanden einfach aus mehreren Schichten Rindsleder, die mit ein paar Messingnieten zusammengehalten wurden. Die gewöhnlichen Seeleute begnügten sich mit einem Lederwams als Schutz über einem kurzen Chiton, ähnlich dem Erissas, oder hatten gar nichts an.

Diores, der Kapitän dagegen und die sieben jungen Männer, die ihn an Land begleitet hatten, waren grandios herausstaffiert. Sie konnten sich das Beste leisten: die Seltenheit von Kupfer und Zinn war wirtschaftliche Grundlage für die Herrschaft der Militäraristokratie, die für das Bronzezeitalter charakteristisch war. Mit hohem Federbusch oder bunten Roßschweifen geschmückte Helme, ziselierte Brustpanzer, Messingbeschlägen auf den Schilden und an den Lederstreifen, die über dem Schurz bis zu den Knien fielen, Beinschienen, kurze, lanzettenförmige Schwerter in goldverzierten Scheiden, weite Mäntel, rot und blau und safranfarben — die Männer hätten direkt aus einer Verfilmung der *Ilias* stammen können.

Aber den Untergang Trojas haben sie noch vor sich, dachte Reid seltsam berührt. Aber es würde nicht mehr lange dauern. Auf seine Frage erfuhr er, daß Troja ein starker und wohlhabender Stadtstaat war ... und hier vor ihm standen die Achäer — Danaer, Argiver, Hellenen — die Vorfahren des Agamemnon, des Odysseus.

Sie waren groß, hellhäutig, schmalschädelig; erst vor wenigen Generationen waren ihre Vorväter aus dem Norden gekommen; die meisten hatten braunes Haar, aber auch rot und blond war nicht selten. Sie trugen es schulterlang, und diejenigen, bei denen schon ein Bart sproßte — die meisten waren recht jung, fast noch im Knabenalter — bevorzugten eine Art Vandyck-Bärtchen. Ihre Haltung hatte etwas von der unbewußten Überheblichkeit geborener Krieger.

»Ah ja«, sagte Diores. »Sonderbar. Wahrhaftig sonderbar, das alles.«

Die vier in der Vergangenheit Gestrandeten waren sich einig gewesen, daß man eine an sich schon unglaubhafte Geschichte nicht noch durch die Erwähnung von Zeitreisen komplizieren sollte, eine Sache, die ohnehin keiner außer dem Amerikaner auch nur annähernd verstand. So erzählten sie nur, sie seien aus ihrer jeweiligen Heimat fortgetragen worden durch den leuchtenden Wagen eines Zauberers, der gestorben sei, bevor er ihnen mehr erklären konnte als seine magischen Helme, die Sprachen lehren konnten. Diores hatte den Leichnam freilegen und nach der Untersuchung begraben lassen.

Er schnalzte mit der Zunge. »Beim Donner des Zeus, eine unheimliche Geschichte!« Das sonst harte Stakkato des attischen Dialekts war bei ihm gemildert durch seine gewohnheitsmäßig gedehnte Sprechweise. »Ich weiß wirklich nicht, ob ich euch an Bord nehmen soll. Ehrlich nicht. Vielleicht verfolgt euch ein Gott mit seinem Zorn?«

»Aber... aber...«, Reid wies verblüfft auf das *mentatór*-Paar. »Wir möchten dies deinem König bringen.«

Diores kniff die Augen zusammen. Er war kleiner und von dunklerer Gesichtsfarbe als die meisten seiner Gefährten, grauhaarig, aber offensichtlich zäh und wendig; von der ledrigen, gebräunten Haut seines scharfgeschnittenen Gesichts hoben sich kalte wintergraue Augen ab.

»Nun, versteht mich nicht falsch«, sagte er. »Ich würde euch gerne mitnehmen. Bei den Brüsten der Aphrodite, ich würde es tun. Besonders dich, fremder Krieger« – er nickte Oleg zu – »der du in dieses sonderbare Metall Eisen gehüllt bist. Wir hörten Gerüchte, daß man es im Land der Hethiter zu bearbeiten wisse, aber der Großkönig behält dieses Geheimnis verständlicherweise für sich. Vielleicht kennst du es? Oh, und viele wunderbare Geschichten könntet ihr uns erzählen – Was aber, wenn Poseidon uns zürnt? Er ist ein launischer Gott, vor allem zu dieser Jahreszeit, da bald die Herbststürme beginnen.« Sein abschätzender Blick streifte Uldin, der noch immer unbewegt im Sattel saß. »Und dann du, der du auf deinem Pferd sitzt, statt dich in einem Wagen ziehen zu lassen – ich gäbe einen fetten Ochsen, wüßte ich, wozu das gut sein soll. Fällst du nicht herunter im Kampfgetümmel? Und du willst das Tier mit an Bord nehmen?«

»Ich trenne mich nicht von ihm«, fauchte Uldin.

»Pferde sind Poseidon heilig, nicht?« warf Reid hastig ein.

»Ja, gewiß, gewiß, aber wir haben da praktische Probleme... ein paar Schafe und unsere landfindenden Tauben nehmen bereits genug Platz weg, und unsere Fahrt wird noch mehrere Tage dauern, versteht ihr. Ganz im Vertrauen, unsere Reise war nicht gerade nur eine Handelsfahrt. Durchaus nicht. Oh, natürlich haben wir in Avaris angelegt und die Männer genossen das Hafenleben, die Schenken, das gute Essen, ja, das wohl. Aber einige von uns sind flußaufwärts bis Memphis gereist, der Hauptstadt, wißt ihr, und haben eine Botschaft von meinem Fürsten überbracht, und jetzt muß ich ihm die Antwort bringen. Was bleibt mir übrig; schließlich habe ich der Königsfamilie gedient als Mann und als Knabe, schon bevor unser Prinz geboren wurde.«

»Willst du uns hier den ganzen Tag in der Hitze dünsten lassen, bis die Nomaden kommen?« schnaubte Uldin.

»Immer mit der Ruhe«, sagte Oleg zu ihm. Er musterte Diores, und sein Gesichtsausdruck war ebenso undurchdringlich wie der des Achäers. »Wir sehen ein, daß wir dir

Unannehmlichkeiten bereiten, Kapitän«, sagte er ruhig. »Ich bedauere das sehr. Aber würdest du mir die Freude machen, wenigstens einen kleinen Beweis unserer Dankbarkeit für deine Großmut anzunehmen – hast du doch jenen Wasserkrug für uns angebrochen... Ein Geschenk unter Edelleuten, selbstverständlich, das dir und deinem König zeigen möge, daß wir keine Bettler sind?«

Während er sprach, hatte er in seinen Beutel gelangt. Die Goldmünzen blinkten kaum einen Herzschlag lang auf, dann schlossen sich Diores' behende Finger darum.

»Es ist offensichtlich, daß ihr Leute von Stand und guter Erziehung seid«, stellte der Achäer mit glatter Zuvorkommenheit fest, »und dies allein verpflichtet mich, euch zu helfen, soweit es in meiner Macht steht. Bitte kommt an Bord. Mein Schiff steht euch zur Verfügung. Was das Pferd betrifft – Fremder, du bist mein Gast, und wenn du einwilligst, ein Tier hier zu opfern, auf daß die Götter uns eine sichere Reise gewähren, dann magst du dir jedes Pferd aus meiner Herde wählen, wenn wir erst glücklich daheim sind. Das schwöre ich.«

Uldin knurrte, gab aber schließlich nach. Diores wies mit einer einladenden Handbewegung auf das Schiff.

»Zuerst nach Rhodos«, sagte Erissa. Dann freudestrahlend: »Duncan, Duncan, du wirst unseren Sohn kennenlernen!«

Reids Verblüffung und ihre Begeisterung wurden von Diores' Einwand weggewischt. »Tut mir leid. Ich *habe* einen Auftrag für Prinz Theseus zu erfüllen und kann keinen Umweg machen. Der einzige Grund, daß wir so weit nach Westen segelten, nachdem wir das Nildelta verlassen hatten, war...«

»Furcht vor den Piraten der Inseln«, warf sie bitter ein.

»Was Piraten? Hat die Sonne deine Gedanken verwirrt? Oh, nichts für ungut, Herrin – ich weiß wohl, welche geehrte Stellung die Frauen auf Kreta haben, und du mußt einst eine heilige Stiertänzerin gewesen sein, nicht wahr? Nichts anderes könnte die Anmut deiner Bewegungen und deine Körperhaltung erklären... Jedenfalls — Piraten haben hier nichts zu suchen; glaubst du, wir seien in thyrrhenischen Gewässern? Es ist einfach so, daß mir bei der jetzigen Windrichtung der günstigste Kurs jener erscheint, der uns westlich an Kreta vorbei und dann entlang des Peloponnes heim nach Athen führt. Von dort kann dich ein Schiff nach Rhodos bringen, allerspätestens im kommenden Frühjahr.«

In ihrer Enttäuschung konnte sie das nicht besänftigen. »Du sprichst, als wachten der Minos und seine Kriegsschiffe immer noch über den Frieden des Meeres und die Sicherheit ehrlicher Leute.« Ihre Stimme hatte einen schneidenden, giftigen Unterton.

»Ich glaube wirklich, Herrin, du solltest an Bord gehen und dich ausruhen, geschützt vor der Sonne.« Diores' Leutseligkeit war unvermindert. »Denn als ich das letzte Mal nach Knossos kam, und das war zu Beginn dieser Fahrt, vor weniger als einem Monat, da herrschte der Minos im Labyrinth und seine Hafenbeamten waren fett von den Zöllen wie eh und je.«

Sie wurde kreidebleich.

»Ah, dieses ungerechte Schicksal«, murrte einer von Diores' Offizieren. »Wie lange noch, Vater Zeus, müssen wir dieses Joch dulden?« Auch die Mienen seiner Gefährten hatten sich verdüstert.

KAPITEL 7

Zunächst kam ihnen das Leben an Bord wie das Paradies vor. Reid erkannte erst nach einem Tag und einer Nacht, daß dieses Paradies in Wirklichkeit nur gerade nicht die Hölle war, denn anfangs betäubte ihn eine Sturzflut ganz neuer Eindrücke, auf die ihn kein historischer Roman oder Film hatte vorbereiten können...

Als ihr Hunger und Durst gestillt waren – die Kost bestand aus eingesalzenem Rindfleisch, rohem Lauch, grobem schwarzen Brot und mit Wasser vermischtem Wein – setzte er sich an den Bug und genoß den herrlich kühlen Wind, der ihm durch die Haare strich. Unter dem blassen, klaren Himmel tanzten tausende Sonnenfunken auf dem tiefblauen, gischtgekrönten Meer. Er mußte an Homers Vers über das vielfältige Gelächter der Wellen denken. Sie waren kleiner als auf dem Pazifik, diese Wellen, lebhafter, jede in einem anderen Blauton, und ihm sehr nahe, als sie unter dem niedrigen Dollbord vorbeiliefen. Er konnte jedes Kräuseln, jeden Wirbel sehen und erkannte aufs neue voll Staunen, welch wunderbares, ewig veränderliches Kunstwerk eine Welle war.

Das Schiff durchpflügte das Meer, zerteilte das aufschäumende Wasser, das hinter seinem Kiel wirbelnd wieder zusammenschlug. Der Rumpf schwang in langsamem Rhythmus auf und nieder, Planken ächzten, gespannte Taue summten im Wind, manchmal kam der Peitschenknall eines Schots, wenn Strömung oder Windrichtung sich änderte, und darauf das Knattern des erschlafften Segels. Die weiche klare Luft war würzig und voll vielfacher Gerüche, von sonnenwarmem Teer, nassem Holz und Salz. Auf dem Achterdeck hielten die beiden Steuermänner – ein Schiff dieser Größe hatte beidseitig Ruder – reglos Wache, jungen Göttern gleich.

Die übrige Mannschaft hatte es sich bequem gemacht;

manche hielten unter den Duchten ein Schläfchen (nackt, das Gewand zusammengerollt als Kopfkissen, aber meist in ein Schaffell gewickelt). Viel Platz zum Ausstrecken hatte niemand, aber auf kaum einer Reise war man länger als ein paar Tage hintereinander auf See; meistens blieben die Schiffe in Küstennähe, so daß die Besatzung an Land übernachten konnte.

Immer wieder wanderten die Blicke der Männer zu den Passagieren, zum Teil neugierig, zum Teil ängstlich. Wußte man denn, was für Menschen diese Fremden waren? Noch geraume Zeit, nachdem sie an Bord waren, wagte keiner ein Wort, höchstens einen gemurmelten Gruß, außer Diores und seinen Kriegern natürlich. Die einfachen Seeleute unterhielten sich mit gedämpfter Stimme, widmeten sich mit übertriebener Geschäftigkeit kleinen Arbeiten, und öfters machte einer eine heimliche Abwehrgeste, wie sie Reid während eines Armeeurlaubs in den Mittelmeerländern gesehen hatte, Jahrtausende in der Zukunft.

Das war weiter kein Problem. Sie würden mit der Zeit ihre Zurückhaltung aufgeben, wenn das befürchtete Unheil nicht eintraf. Jedenfalls – sie waren unterwegs nach Athen!

Nicht das Athen, das du kennst und liebst, machte sich Reid klar. Die Tempel der Akropolis, der Turm der Winde, die Säulen des Olympischen Zeus – winzige, freundliche Cafés mit *dolmades* und *tourko* und *ouzo*, elegante Geschäfte, wahnwitzige Taxifahrer, alte Frauen ganz in Schwarz, Straßenverkäufer mit gerösteten Maiskolben und klebrigen Süßigkeiten, heitere, gesprächige Männer, die anscheinend viele Verwandte in Amerika hatten – vergiß das alles, die Erinnerung würde schmerzen. Vergiß auch Aristoteles, Perikles, Aeschylos, den Sieg bei Marathon, die Belagerung Trojas, Homer selbst. Nichts davon existiert schon, es sei denn, irgend ein paar Zeilen eines Heldenliedes überleben lange genug, um in der einen oder anderen Form in das Epos übernommen zu werden, und werden so bewahrt für eine Zeit, in der ihr Schöpfer jahrtausendealter Staub geworden ist. Alles andere ist ein Gespenst; weniger als ein Gespenst, ein verblassender Traum, nein, eine Vision.

Du kommst in das Athen des Prinzen Theseus.

Wenigstens davon weiß deine Zeit noch. Du wirst als Junge begeistert lesen, wie ein Held namens Theseus den blutrünstigen Minotaurus tötete —

Ein Schatten fiel auf ihn.

— den Minotaurus, dem Erissa diente.

Sie wollte in seiner Nähe sein, setzte sich auf die Bank neben ihn und ignorierte die Seeleute, die die beiden aus sicherer Entfernung anstarrten. Sie hatte sich einen geliehenen Mantel um die Hüften geschlungen, so daß er einen langen Rock bildete.

»Wozu das?« fragte Reid und zeigte auf den Mantel.

Sie zuckte die Schultern. »Ich muß mich daran gewöhnen, eingemummt zu sein wie diese Achäerinnen.« Die Keftiu-Worte kamen trocken und tonlos. Sie starrte an ihm vorbei zum Horizont.

»Ist das Meer nicht herrlich?« sagte er in dem unbeholfenen Versuch, sie aufzuheitern. »Ich kann verstehen, warum Aphrodite aus dem Schaum der Wellen geboren wurde.«

»Was?« Ihre Augen, jetzt zu stumpfer Jade geworden, sahen ihn steinern an. »Wovon sprichst du?«

»Ich, ich dachte, die Achäer glauben«, stotterte er, »daß die Göttin der... Liebe... bei Zypern dem Meere entstieg?«

Sie verzog angewidert das Gesicht. »Aphrodite, die kuheutrige, fetthüftige, die Hündin, die ständig in Hitze ist?«

Reid warf einen besorgten Blick über ihre Schulter. Höchstwahrscheinlich verstand der Großteil der Besatzung soviel Kretisch. Im Singen des Windes hatte aber anscheinend niemand etwas gehört.

»Unsere Große Herrin, ja, die Göttin in ihrem Aspekt als die Jungfrau Britomartis, *sie* ist die Schaumgeborene«, erklärte Erissa.

Er dachte: Also haben die Achäer – werden die Achäer, nachdem sie Kreta unterjocht haben, wohl diese zauberhafte Idee beibehalten und in ihrem Mythos auf etwas übertragen, das jetzt nur eine primitive Fruchtbarkeitsgöttin ist.

Erissa schlug mit der Faust auf den Bootsrand. »Das Meer gehört *ihr* – und uns!« rief sie. »Welcher Zauberbann ließ dich das vergessen, Duncan?«

»Ich sage dir doch, ich bin ein gewöhnlicher Sterblicher, hilfloser als du in dieser Zeit«, sagte er verzweifelt. »Ich bemühe mich zu verstehen, was mit uns geschehen ist. Auch du wurdest zurück in die Vergangenheit gerissen, aber...«

»Sch-scht.« Sie hatte ihre Beherrschung wiedergewonnen und flüsterte, eine Hand warnend auf seinen Arm gelegt: »Nicht hier. Später. Sobald es möglich ist, aber nicht hier. Dieser Diores ist nicht der biedere Seemann, für den er sich ausgibt. Er beobachtet, lauscht, plant. Und er ist unser Feind.«

Es waren nicht mehr viele Schiffe unterwegs, da der Herbst mit seinen Stürmen nahte, aber schon am ersten Nachmittag begegneten sie zwei anderen Fahrzeugen und riefen sie an. Das erste, das gegen den Wind ruderte, war ein Frachtschiff der Keftiu, obgleich die Besatzung sich anscheinend aus allen östlichen Mittelmeerländern rekrutierte; es kam von Pylos mit einer Ladung Häute, die im Libanon gegen Holz eingehandelt werden sollte. Der Schiffer hatte vor, das Holz nach Ägypten zu bringen und dort gegen Glaswaren zu tauschen, bevor er den Heimathafen Naxos anlaufen würde für die winterliche Ruhezeit. Diores erklärte, daß solche Handelsfahrten wieder einträglich geworden seien, seit Pharao Amenhotep seine syrischen Provinzen befriedet hätte. Das andere, größere Schiff war mit Zinn von Britannien nach Avaris unterwegs. Seine Besatzung war eine noch buntere Mischung, zwei Männer schienen sogar – soweit man das vom schwankenden Schiff auf

Rufweite feststellen konnte – aus Nordeuropa zu stammen. Die Welt dieser Ära hatte einen erstaunlich viel weiteren Horizont als manch spätere Zeit.

Und einmal sah Reid in der Ferne den Grund dafür. Eine schlanke Galeere kreuzte am Horizont. Mehrere von Diores' Leuten zückten die Dolche gegen das fremde Schiff oder drückten ihre Gefühle durch obszöne Gesten aus. »Was ist das für ein Boot?« erkundigte sich Oleg.

»Ein kretisches Kriegsschiff«, antwortete Diores. »Auf Patrouille.«

»Um Seefahrern in Not zu helfen«, sagte Erissa, »und gegen Piraten und Barbaren zu wachen.«

»Gegen alle, die frei sein wollen«, fuhr einer der jungen Achäer hitzig dazwischen.

»Ruhe da!« befahl Diores. Der Bursche verzog sich nach achtern. Erissa preßte die Lippen zusammen und sagte nichts mehr.

Bald nach Einbruch der Dunkelheit legte sich der Wind, und das Boot drehte bei, lag leise schaukelnd unter den unwahrscheinlich hellen Sternen. Bevor er einschlief, sah Reid lange zu ihnen hinauf und erinnerte sich, daß die Zeit auch für sie verging. »Sage mir«, wandte er sich an Erissa, »mit welchem Sternbild beginnt euer Tierkreis?«

»Mit dem Stier natürlich, Asterions Stier, der sein Erwachen im Frühling ankündet.« Ihre Stimme, die anfangs scharf geklungen hatte, war zu einem ehrfürchtigen Flüstern geworden. Im blassen Licht sah er, wie sie ihr Amulett küßte und gegen das Dunkel des Wassers ein Kreuz zeichnete, das Symbol der Sonne.

Präzession des Frühlingspunktes, dachte er. Ich bin zwei Zwölftel von sechsundzwanzigtausend Jahren in die Vergangenheit getragen worden. Ungefähr jedenfalls. Er fröstelte, obwohl die Nacht nicht besonders kühl war, und kroch unter eine Ruderbank, um sich in das Schaffell zu wickeln, das Diores ihm geliehen hatte.

Als es hell wurde, legten sie den Mast um, holten die Riemen hervor, und dann tastete sich das Schiff spinnenbeinig über die gläserne See, die anfangs milchig hell war, später saphirfarben und indigoblau. Wasser spritzte auf, und das Ächzen der Riemen in den Dollen begleitete den rhythmischen Gesang des Rudermeisters – *»Rhypapai! Rhypapai!«* Oleg erklärte, sich etwas Bewegung verschaffen zu wollen, und ruderte zwei Schichten hintereinander.

Das brach das Eis. Als wieder Wind aufkam – nicht so günstig wie tags zuvor, doch stellte Reid mit einigem Erstaunen fest, daß man mit dieser scheinbar plumpen Rahtakelung verblüffend nahe am Wind segeln konnte –, da umringte die Besatzung den Russen, der auf dem Vorderverdeck saß und die Beine baumeln ließ. Sie gaben ihm unverdünnten Wein und bestürmten ihn mit Fragen.

»Woher kommst du, Fremder? – Wie ist's bei euch zu Hause? – Wo bist du überall gewesen? – Was für Schiffe hat man bei eurem Volk? – Diese Rüstung, die du trägst, diese Waffen, ist das alles wirklich Eisen? – Eisen ist nicht gut, zu spröde, selbst wenn man's aus dem Erzgestein herausschmilzt, und das ist eine lausige Arbeit, wird erzählt. Wie macht ihr's? – Ajeh, wie sind eure Weiber – Euer Wein? – Trinkt ihr Bier wie die Ägypter?« Zähne blinkten in sonnenverbrannten Gesichtern, muskulöse Körper drängten heran, Gelächter und Geschrei flog hin und zurück und hinaus über die blaue Weite.

Konnten diesen fröhlichen, lachenden Jungen, diese erfahrenen Seeleute mit den geschickten Händen jene mörderischen Barbaren sein, als die Erissa sie hinstellte?

Sie saß achtern auf einer Bank, abseits von den anderen, und starrte düster vor sich hin. Uldin gleichfalls. Sie sprachen auch nicht miteinander. Der Hunne hatte kaum ein Wort gesagt seit der unseligen Stunde, die er gestern über Bord gebeugt verbracht hatte, während die Achäer sich an dem Schauspiel ergötzt hatten. Die Seekrankheit hatte er inzwischen überwunden, nicht aber den Gesichtsverlust, wie es schien. Oder war seine mürrische Miene nur eine Maske, hinter die er sich in seinem Schrecken zurückzog?

Diese endlose Wasserfläche, über die einen kein Pferd tragen konnte!

Diores lag neben Oleg auf der Ducht, stocherte in seinen Zähnen und sagte wenig. Reid saß beunruhigt in der Nähe, an das Schanzkleid gelehnt, und hoffte, daß der Russe sich nicht irgendeinen Blödsinn leistete, weinselig wie er langsam wurde. Er war kein Dummkopf, aber nach all den verrückten Dingen, die ihm in der letzten Zeit zugestoßen waren, mußte die Versuchung groß sein, einmal wieder ein bißchen über die Stränge zu hauen.

»Also, was wollt ihr alles wissen? Ah ja. Nun, ich bin 'n Russe, wenn ihr das versteht.« Oleg leerte seinen Becher und reichte ihn zum Nachschenken hinunter. Seine gelbe Lockenmähne flatterte im Wind, seine hellblauen Augen blinzelten heiter in dem geröteten, pausbäckigen Gesicht; versonnen kratzte er sich unter dem Hemd und rülpste. »...'s übrige, da m-müssen wir uns erst einig werden. P-paßt auf, ich beschreib euch die Gegend, un' ihr sagt mir, was ihr erkennt. Damit wir die Namen richtig hinbekommen.«

Seine Zuhörer machten es sich bequem. Er nahm einen Schluck aus dem frischgefüllten Becher, räusperte sich und begann.

»Ich fang' mit dem Nordland an. Darüber habt ihr wohl noch nie gehört. Wälder, nichts als Wälder, sag' ich euch, so weit man sieht. Gehöfte gibt's wohl auch nicht, zwischendurch, aber durch diese Wälder könnte man streifen, ein Leben lang, und käm' an kein Ende. Hab' das ausprobiert, als kleiner Bengel... Mein Vater war Kaufmann, hatte alles verloren, als die Polen Nowgorod einnahmen, dann hat's Jaroslaw zurückerobert, aber der lange Krieg zwischen Jaroslaw und seinem Bruder hat uns auch die Geschäfte im Süden verdorben. Wir sind nach Norden gezogen, damals, haben in den Wäldern gejagt, Fallen gestellt. Ich sag' euch, ich hab' bald gelernt, in dem Land durchzukommen. Die Finnen haben, äh, Schuhe aus Holz, mit denen sie auf'm Schnee gehen können. Sind Zauberer, das ganze Volk, versteht ihr? Brachten mir bei, wie man günstigen Wind herbeisingt, bloß klappt's bei mir nicht so recht, und, hrrm, eigentlich ist das ja nichts für einen guten Christen.« Auf den Mienen der Männer zeigte sich Verblüffung, denn sie hatten ihn eben sagen hören, er sei ein *Gesalbter;* dann erklärten sie es sich offenbar damit, daß er wohl die Weihen irgendeines Mysterienkultes empfangen hatte.

»Wir sind endlich zurückgekommen, haben neu angefangen, als die Zeiten besser waren, und ich hab's nicht schlecht getroffen. Weil, in diesen Jahren im Norden, da hab' ich noch was anderes gelernt.« Oleg lachte glucksend, trank, und wedelte mit einem Zeigefinger. »War nämlich wieder nichts mit dem Handel, beinah' jedenfalls, für 'n paar Jahre nach unserem Krieg mit Konstantinopel. Ich war in Norwegen in dieser Zeit. Der König dort ist den Russen wohlgesinnt; hat selber sogar unter Jaroslaw gekämpft, jawohl, und auch eine Tochter von ihm zur Frau genommen. Und ich, nun ich sammelte viele Schiffsladungen Pelze in diesem Land. Als ich dann das erste mal wieder nach Konstantinopel kam, Brüder, da hab' ich abgesahnt!«

»Du wolltest von deiner Heimat erzählen«, rief einer der Männer.

»Ah ja. Stimmt. Ja... Nowgorod. Weit im Landesinneren, aber doch ein Seehafen. Unglaublich, nicht? Man rudert vom finnischen Meerbusen die Newa hinauf, über den Ladogasee, den Wolchow flußaufwärts bis zum Ilmensee, und daheim ist man. 'türlich geht's dann nicht weiter. Da muß man über Land, erst auf den Dnjepr stoßen, aber dann ist's nur mehr Wasser den gesamten Weg. Bis auf die Stromschnellen, die sind heikel. Kiew ist durch diesen Wasserweg groß und fett geworden, das kann ich euch versichern. Aber ich, ich bin und bleibe ein Nowgoroder, da hat man Pelze und Bernstein näher bei der Hand. — Ja, und dann endlich kommt man zum Schwarzen Meer, und segelt an seiner Küste entlang nach Süden bis Konstantinopel, also *das* ist eine Stadt, Freunde, da findet ihr in der ganzen Welt keine zweite wie diese Königin der beiden Meere.«

»Wart' einmal«, sagte Diores langsam. »Was du das Schwarze Meer nennst, ist es durch zwei Wasserstraßen mit einem kleinen Meer dazwischen mit diesen Gewässern hier verbunden?«

Oleg nickte heftig. »Du hast's erfaßt. Genau so ist's. Konstantinopel liegt am inneren Ende der nördlichen Meerenge.«

»Aber dort gibt es keine Stadt«, wandte einer von der Mannschaft ein.

»Oh, ihr habt wohl nur noch nicht davon gehört«, sagte Oleg von oben herab.

»Beim Donner des Zeus, so ein Unsinn!« fuhr Diores dazwischen, plötzlich gar nicht mehr wohlwollender Gastgeber. Stille trat ein, nur die Wellen klatschten unbeeindruckt weiter an den Schiffsrumpf, und unter dem Vorderverdeck blökten jämmerlich die beiden dort untergebrachten Schafe. »Höre! Ich habe mehr als hundertmal diese Meeresstraße befahren«, sagte Diores. »Einmal kam ich sogar bis Kolchis am Fuße des Kaukasus. Und ich bin nicht der einzige Achäer, der dieses Meer gut kennt.«

»Du meinst, ihr wagt euch in einer Nußschale wie dieser in die gefährlichen Strömungen der Meerengen?« rief Oleg verblüfft. »Ja was, da kann ich ja fast mit der bloßen Faust ein Loch in die Planken hauen!«

»Ein Gast sollte keine Lügen erzählen«, sagte Diores.

»Warte«, begann Reid und hob beschwichtigend die Hand.

Oleg schüttelte den Kopf. »Tut mir leid. Zuviel Wein.« Er glotzte zerknirscht in seinen Becher. »Hab' vergessen. Wir sind in der Zeit rückwärts gereist. Konstantinopel ist wohl noch nicht gebaut worden, denke ich. Aber es wird, ja, es wird gebaut werden. War dort. Weiß es.« Er schüttelte den Rest Wein fort und warf den Becher einem der Seeleute in den Schoß.

Diores verzog keine Miene. Sein wettergegerbtes Gesicht hätte genausogut ein Stück Treibholz sein können. Die anderen rutschten unruhig herum, tuschelten. Hände tasteten nach bronzenen Dolchen; Finger zeichneten hastige Gesten in die Luft.

»Oleg«, sagte Reid. »Hör' auf.«

»Was ist?« brummte der Russe. »Ist doch die Wahrheit, oder nicht? Bieten wir uns doch als Propheten an. Wär' ein gutes Geschäft.«

»Hör' auf!« wiederholte Reid beschwörend. »Ich habe dir gesagt, woher *ich* komme. Tu, was ich dir sage.«

Oleg biß sich auf die Lippen. Reid drehte sich zu Diores um. Ein sonderbares Gefühl der Beunruhigung überkam ihn, ließ seine Haut prickeln. Er versuchte, es durch ein entschuldigendes Grinsen zu kaschieren. »Ich hätte dich warnen sollen, Kapitän«, sagte er. »Mein Gefährte hier erzählt gern tolle Geschichten. Und wenn wir erzählen, was wirklich mit uns geschah, würde das nur alle verwirren.«

»Ich glaube, es ist besser, wir reden vorläufig nicht darüber«, schlug Diores vor. »Bis wir im Palast in Athen sind, ja?«

KAPITEL 8

Die Stimmung hatte unter Olegs sonderbaren Bemerkungen nicht gelitten. Die Männer erklärten sich die unverständliche Erwähnung einer Reise durch die Zeit einfach als ein Mißverständnis, das nur natürlich war bei jemandem, der aus so fernen Gegenden stammte, als die Oleg – jetzt vorsichtiger geworden – sein Rußland und das Oströmische Reich hinstellte. Natürlich trug auch dazu bei, daß die Fahrt keineswegs unter dem Fluch der Götter zu stehen schien, sondern im Gegenteil ungewöhnlich günstige Winde herrschten. Reid war sich nicht sicher, wieviel man von der Erzählung des Russen geglaubt hatte, und inwieweit man dem Hunnen, nachdem er einmal seinen Groll überwunden hatte, seine Abenteuer abnahm; jedenfalls hörten sie alle gern eine gute Geschichte. Auch waren die Seeleute froh, endlich für ihre eigenen Erlebnisse neue Zuhörer gefunden zu haben: Handelsfahrten in jenen Gewässern über die die minoische Seemacht wachte, Beutezüge und Sklavenraub in anderen Gegenden; Jagden auf dem Festland, nach Rotwild, Bären, Wildschweinen, und Löwen, die es um diese Zeit noch gab in Europa; Scharmützel mit den wilden Bergvölkern oder mit anderen achäischen Kleinstaaten; Prügeleien, Sauftouren, genüßliche Erinnerungen an die Hetären in vielerlei Häfen, an Tempel in Asien, wo ein Mädchen sich erst einem Fremden hingeben mußte, bevor es heiraten durfte; Geschichten, feierlich beschworen, von Göttern und Geistern und Ungeheuern...

Reid vermied es, viel von seiner Welt zu erzählen und konzentrierte sich darauf, die kennenzulernen, in der er sich befand. Die Achäer waren, so erfuhr er, im Grunde genommen ein Volk von Landwirten. Selbst die Könige pflügten ihre Felder und bauten ihre Häuser. Selbst der ärmste Freie hatte seine eifersüchtig gehüteten Rechte. In den Reihen seines recht ungestümen Adels (der aus jenen bestand, die sich eine vollständige bronzene Kriegsausrüstung leisten konnten, die sie dem gewöhnlichen Soldaten unendlich überlegen machte) war der König nicht mehr als *primus inter pares,* eher Kriegshäuptling als Monarch, dachte Reid. Die Frauen genossen nicht jene volle Gleichberechtigung, die ihre Geschlechtsgenossinen bei den Keftiu besaßen — deren Stellung Diores verächtlich als Weiberherrschaft abtat, andererseits wurden sie auch nicht, wie später im klassischen Griechenland, in strenger Abgeschlossenheit gehalten; verheiratete Frauen wurden in ihrem eigenen Haushalt als Herrin geachtet.

Erst seit wenigen Generationen fuhren die Achäer in größerer Zahl zur See, und bislang waren es auch erst wenige Staaten, in denen man sich überhaupt dafür interessierte. Diores gehörte zu den paar mutigen Schiffern, die sich wenigstens eine Tagesreise weit über das offene Meer wagten, während das und auch viel längere Fahrten bei den Keftiu alltäglich waren. Aber seine Landsleute waren erfahrene Viehzüchter und begeisterte Wagenlenker; kein einziger in der Mannschaft war nicht fanatischer Pferdeliebhaber, und der Austausch von Erfahrungen und die heftigen Debatten mit Uldin dauerten oft stundenlang.

Sie hielten in unerschütterlicher Treue zu ihrer Familie, ihrem Anführer, und ihrem gegebenen Wort. Man erwartete von jedem Mann, daß er so gastfreundlich und freigebig war, als ihm seine Mittel erlaubten. Er hielt sich sauber, übte seinen Körper in Sport und Kampfspiel, er kannte die Legenden und Gesetze, er wußte Qualität zu schätzen, sei es bei einem kunstfertigen Handwerker, einer Tänzerin, einem Sänger; und er fürchtete weder Unglück noch Tod.

Dagegen, dachte Reid, standen Eigenschaften wie heftiger Stolz, der in jedem Augenblick zu Ausbrüchen von mörderischer Wut oder beleidigter Ablehnung führen konnte; Vergnügen an blutigen Kämpfen; penetrante Herzlosigkeit jedem gegenüber, der als tieferstehend angesehen wurde — und falls man nicht freigeborener Achäer oder ein verdammt mächtiger Fremdling war, dann *war* man von geringerem Stand; und eine geradezu pathologische Streitsucht, die das Volk in zahlreiche Mikrokönigreiche zersplitterte, in denen es dann auch noch zu grausamen Bürgerkriegen kommen konnte.

»Es gibt einen Grund dafür, daß die Kreter uns beherrschen«, bemerkte Diores, der neben Reid am Bug stand und den Flug einer freigelassenen Taube verfolgte. »Wahrscheinlich ist's der Hauptgrund: wir sind zu uneinig. Nicht, daß uns das Labyrinth je ein Bündnis gestatten würde. Die großen Festlandstädte, Mykene, Tiryns, die haben sich längst verkauft. Kretische Waren, kretische Sitten, kretische Riten, Kreta hier und Kreta da, daß einem übel wird. Ich wünschte, sie würden sich lieber gleich dem Minos unterstellen! Aber dazu ist der wieder zu schlau, ja: er hält sich diese Speichelleckerkönige eigens dafür, daß sie mit den unseren im Rat sitzen und unter den wahren Achäern intrigieren und Ränke schmieden, spionieren und Unfrieden stiften können. Und wenn einmal jemand plant, sich seine Freiheit zu erkämpfen, wie es mein König Ägeus tat, dann hört gewiß so ein Spitzel aus Mykene oder Tiryns davon und hat nichts Eiligeres zu tun, als uns in Knossos zu verklatschen.«

»Und dann?« erkundigte sich Reid.

»Nun, dann peift der Minos seine Kriegsschiffe herbei und sperrt jeden Hafen und nimmt jedem Vasallen und ›Bundesgenossen‹ — lausige Bande das — alle Schiffe weg, wenn er nicht spurt. Also helfen sie ihm alle. Und deshalb werden nächstes Jahr wiederum sieben Knaben und sieben Mädchen von Athen zum Minotaurus reisen.«

Diores brach ab, beschattete seine Augen und hielt Ausschau, nach einer Weile bemerkte er gleichmütig: »Ja, dort liegt es. Nun wirst du bald sehen, was der Vogel sah. Erkennst du diesen schwachen Dunstfleck am Waldrand? Ein Gipfel auf Kreta. Das könnte ich beschwören, beim Bauch der Aphrodite.«

Sie passierten die große Insel noch vor Sonnenuntergang. Weiße Klippen glänzten. Dahinter stieg das Land in steilen, grünen Stufen an. Schiffe kreuzten in den Küstengewässern so zahlreich wie Möwen durch den Himmel segelten. Erissa stand am Bootsrand und sah hinüber. Sie hatte in den letzten Tagen ihren Unmut nicht mehr gezeigt. Sie sprach nur, wenn es nötig war, und saß ansonsten allein mit ihren Gedanken. Reid trat neben sie.

Sie wandte ihm das Gesicht nicht zu. Er fragte sich, welche Wünsche, welche Ängste hinter diesem klaren Profil verborgen waren. Als hätte sie seinen Gedanken gelesen, blickte sie auf und sagte: »Mach dir keine Sorgen um mich, Duncan. Die Jahre haben mich warten gelehrt.«

Als das nächste Mal die Sonne sank, tauchte der Peleponnes aus dem violetten Meer. Die gerodeten Hügel, die hellen Tupfen verstreuter Dörfer, der rege Bootsverkehr, alles, woran Reid sich erinnerte, gab es nicht mehr — gab es noch nicht. Tiefgrüner, dichter Wald zog sich über das Hügelland; leer und still waren Wasser und Luft, so still, daß das Klatschen der Ruder zu laut erschien, und der Rudermeister seine rhythmischen Rufe dämpfte. Kühl strich die Luft über das Schiff. Ein Kranichpaar hoch oben tauchte die Schwingen in goldenes Licht.

Diores wies auf die Insel Kythera ein paar Meilen von der Küste. Sie war gleich dem Festland dicht bewaldet. »Von hier sind es nur mehr zwei Tage bis zum Piräus, vielleicht weniger«, sagte er. »Hier wollen wir übernachten, ein Dankopfer für eine glückliche Reise feiern, uns die Beine vertreten und einmal wieder genug Platz zum Schlafen haben.«

Der Strand in der kleinen Bucht trug Spuren häufiger Besuche: feuergeschwärzte Ringe aus Steinen, Tauenden und ähnlicher Abfall. Gegenüber von einem bienenkorbförmigen Steingrab stand ein grob geschnitzter Holzgott, dessen auffallendstes Merkmal der Phallos war; hinter der Statue begann ein schmaler Pfad, der landeinwärts führte, zu einer Quelle, wie Diores sagte. An diesem Abend hatte das Schiff jedoch die Bucht für sich allein. Die Männer ließen den Kiel auf den Sandgrund laufen, warfen vom Heck einen großen Stein als Anker aus, und wateten dann mit einem Seil zum Vertäuen an Land.

Uldin taumelte. »Dieser Ort ist verflucht!« brüllte er, zog seinen Säbel und blickte wild um sich. »Die Erde schwankt!«

»Das gibt sich«, grinste Oleg. »Da – dies hilft dagegen.« Er rannte zu den anderen Männern, die mit Wettläufen, Ringkämpfen, Herumspringen und sonstigen Turnübungen unter Kriegsgeschrei ihre steifen Glieder lockerten. Diores ließ sie sich etwa eine halbe Stunde austoben und befahl dann, das Lager aufzuschlagen und Holz für ein Feuer zu sammeln.

Erissa war zu dem Kuppelgrab hinübergegangen. Sie zog ihren Chiton aus, behielt aber den Mantel um die Hüften; mit bloßem Oberkörper kniete sie nieder, griff nach ihrem Amulett und beugte den Kopf im Gebet, so daß die losen Haarflechten ihr Gesicht verbargen. Diores' Miene verdüsterte sich.

»Ich hätte sie daran hindern sollen«, murmelte er Reid zu. »Hab's nur zu spät bemerkt.«

»Was macht sie?«

»Sie betet um einen Orakeltraum, nehm' ich an. Das wollte ich tun. Er soll besondere Kräfte haben, der Mann, der hier begraben ist. Jetzt kann ich's nicht mehr; er könnte zwei Anrufungen am gleichen Abend übelnehmen. Dabei hätte ich ihm einen Teil des Opfers gegeben...« Diores zerrte mit finsterem Blick an seinem Bart. »Ich wüßte gern, was sie ihm statt dessen verspricht. Das ist keine gewöhnliche Kreterin, Freund Duncan; auch keine gewöhnliche Stiertänzerin. Es ist etwas Unheimliches an ihr. Wenn ich du wär', ich würde einen weiten Bogen um sie machen.«

Erissa zog ihre Tunika wieder über und kam zurück. Sie schien irgendwie zu innerer Ruhe gefunden zu haben. Reid versuchte nicht, sie anzusprechen. Er fand erst nach und nach heraus, wie fremd ihre Welt für ihn war.

Es war dunkel, bevor die Glut des Lagerfeuers soweit zusammengesunken war, daß man die Schafe darüber braten konnte, die man von Ägypten mitgebracht hatte. Das Opferritual war kurz und eindrucksvoll: hochgewachsene Männer, die im zuckenden roten Licht, in flackernden Schatten stehen, Waffen, die blitzend emporfahren zur Ehrung für Hermes, den Gott der Reisenden; Diores' halb gesungene Anrufung; dann, wie er feierlich die Tiere tötet, die Schenkelknochen auslöst, in Fett wickelt und ins Feuer wirft; und dumpfe Rufe: »*Xareis! Xareis! Xareis!*«, die mit dem Opferrauch zu den Sternen aufsteigen; das Klirren von Schwertern gegen Helme und kupferne Schilde.

Oleg bekreuzigte sich, Uldin ritzte seinen Daumen und ließ etwas Blut in die Flammen tropfen, Erissa konnte Reid im Dunkeln nicht sehen.

Sie nahm aber an der folgenden Mahlzeit teil. Die Männer stopfen sich unbekümmert voll, Weinschläuche machten die Runde. Später erhob sich einer der Krieger, zupfte an einer Leier und sang ein altes Heldenlied:

... stürmt heran Hippothous, Bezwinger des wütenden Bergvolks,
er, der verbrannte die Dörfer und Raubtieren ließ die Erschlagenen,
raubte die Frauen der Hügel, nahm Gold und Haupt dem Fürst Skedyon.
Laut sang die Sehne des Bogens und schnellte den tödlichen Pfeil ab...

Während die anderen auf dem Sand im Tanz herumstampften.

Als sie sich wieder setzten, stand Uldin auf. »Nun will ich euch ein Lied singen«, schlug er vor.

»Dann ich«, sagte Oleg. »Ein Lied von einem, der weit fort ist von der Heimat, den Seinen und Mütterchen Nowgorod.« Er wischte sich verstohlen die Tränen aus den Augenwinkeln und schluckte gerührt.

»Mein ist die Steppe«, begann Uldin. »Das Grasland, in dem im Frühjahr die Mohnblumen aufflammen rot wie Blut und die Fohlen unsicher auf jungen Beinen stehen, mit Nüstern so weich wie die Wangen kleiner Mädchen, und von dem Tag träumen, da sie ohne zu ermüden bis zu den Wurzeln des Regenbogens galoppieren werden.«

Er hob den Kopf und sang, nun in seiner eigenen Sprache. Seine Stimme klang überraschend weich, und die Melodie hatte einen eigenartigen Zauber.

Reid war etwas von der Gruppe um das Feuer abgerückt, um beobachten zu können. Plötzlich spürte er, wie jemand an seinem Ärmel zupfte. Sein Herz setzte einen Schlag lang aus. Leise stand er auf und folgte ihr vorsichtig, am Rande des Lichtkreises entlang zum Pfad.

Unter den Bäumen war es sehr dunkel. Hand in Hand tasteten sie sich vorwärts. Es ging sacht bergauf, und nach einigen Minuten stolperten sie hinaus auf eine Lichtung.

Dort begann eine Wiese, die sich bis zum Strand hinunterzog, auf den anderen Seiten aber von hohem Wald begrenzt war. Der Mond stand hoch, noch eine dicke Sichel, aber jetzt jede Nacht schmäler werdend. Oft hatte Reid abends den Mond über dem Meer bewundert, doch hier und heute herrschte eine urzeitliche Magie. Kein Vollmond hatte je eine solche Lichtflut ausgegossen wie diese Silbersichel auf die Gewässer von Erissas Göttin. So still und glatt war die Wasserfläche, daß sich Sterne und der blasse Fleck eines Planeten in ihrer Schwärze spiegelten. Auch Steine und Gras waren voller Sterne – im Mondlicht glitzernde Tautropfen. Hier oben war die Luft wärmer als am Strand; der Wald hauchte die gespeicherte Tageswärme aus. Der Atem der Bäume roch nach Moos und Harz und feuchten Blättern. Eine Eule klagte sanft, beinahe fragend. Kaum hörbar rieselte die Quelle zwischen bemoosten Steinen hervor.

Erissa seufzte: »Darauf habe ich gehofft«, sagte sie leise. »Auf einen Ort, der durch *ihre* Nähe geheiligt ist, wo wir miteinander reden können.«

Das hatte er befürchtet. Aber jetzt, da der Augenblick gekommen war, wo sie die Wahrheit finden mußten, wußte er, daß Erissa ihr Geschick hinnahm, wie es sie traf — weder klagend noch jubelnd, sondern mit einer Gelassenheit, die stark machte, und von der er nicht gewußt hatte, daß es sie gab.

Sie breitete ihren Mantel auf die Erde. Dann setzten sie sich, mit dem Blick auf das Wasser hinunter. Ihre Finger strichen über den Bart, der ihm zu wachsen begann. Das Mondlicht erhellte ihr Gesicht, und er sah, wie zärtlich ihr Lächeln war. »Mit jedem Tag siehst du dem Duncan ähnlicher, den ich kannte«, flüsterte sie.

»Erzähle mir, was geschah«, sagte er ebenso leise.

Sie schüttelte langsam den Kopf. »Ich weiß nur wenig. Meine Erinnerungen an das Ende sind wie verwischt, Bruchstücke von Bildern in ziehenden Nebeln, hier eine tröstende Hand, da ein Wort — und die Zauberin, die Hexe, die mich einschlafen ließ und vergessen...« Sie seufzte wieder. »Vielleicht eine Gnade, wenn ich an alles denke, was ich nicht vergessen habe. Oft und oft habe ich gewünscht, dieser Schleier hätte sich auch über das gebreitet, was ich nachher erlebte.«

Sie umklammerte seine Hand so fest, daß es schmerzte. »Wir — Dagonas und ich — wollten versuchen, mit dem Boot die östlichen Inseln zu erreichen, um in einer Keftiu-Kolonie Zuflucht zu suchen«, sagte sie. »Aber wir konnten weder Sonne noch Himmel sehen durch diese von Blitzen zerrissenen Wolken, durch den Aschenregen; und das Meer wütete in seinem Schmerz. Ein Sturm brach los und trieb uns heulend vor sich her. Wir konnten nichts tun, hielten uns nur mit Mühe über Wasser. Als sich endlich der Aufruhr von Himmel und Meer legte, entdeckten wir ein Schiff. Es waren Trojaner, die ihre Reise aufgegeben hatten und heimkehrten, da die entsetzliche Finsternis sie erschreckt hatte. Sie nahmen uns gefangen, und als wir an Land kamen, wurden wir als Sklaven verkauft.«

Sie holte tief Atem. Was immer ihr der Anblick Kretas

oder der tote Krieger mit seinem Orakel an innerer Ruhe geschenkt haben mochte, es mußte eine tiefe Wunde sein, die sie nun erneut aufriß. Reid griff mechanisch nach seiner Pfeife und zündete sie an.

Wie Erissa mit einem leisen, zitternden Lachen bemerkte, hatte diese Ablenkung vielleicht der Sohn der Göttin, der Sonnenknabe, in kindlichem Schmerz bewirkt. Als Reid ihr erklärt hatte, was er da mochte, konnte sie wieder fast gleichmütig sprechen. Er fand seine Ruhe in dem vertrauten Prickeln des Rauchs auf der Zunge und hörte zu, eine Hand um die ihre geschlossen.

»Mein Käufer hieß Mydon. Er war Achäer – sie haben sich mit List und Gewalt auch schon in die Troas gedrängt, wußtest du das? – aber ich hätte einen schlimmeren Herrn bekommen können. Und dann war auch Dagonas bei mir. Er hatte sich Mydon selbst angepriesen, um mit mir gekauft zu werden, und brachte es schließlich zu seinem Schreiber. So lebten wir im selben Haus. Dies aber weiß ich noch, Duncan: wie du mich beim Abschied in Dagonas Schutz empfahlst. Wie kannst du da behaupten, du seist kein Gott?

Als Deukalion zur Welt kam – dein Sohn: mein Blut sagt mir, daß er der deinige ist – nannte ich ihn so, weil es ähnlich wie dein Name klang, und weil ich mir schwor, er würde wie sein Namenspatron Vater von freien Menschengeschlechtern sein – er durfte nicht als Sklave aufwachsen. So wartete ich ein zweites Jahr, beobachtete, machte Pläne und traf meine Vorbereitungen. Auch Dagonas lernte Geduld, als ich ihm erklärt hatte, daß dies gewiß alles vom Geschick bestimmt sei. Als wir endlich flohen, Deukalion in meinen Armen, da wollte ich Mysons Tochter von mir erdrosselt zurücklassen, als mein Abschiedsgeschenk an ihn. Aber sie lag so winzig und hilflos in ihrer Wiege, daß ich es nicht tun konnte. Ich hoffe, er hat ihr ein bißchen Glück gegönnt.

Wir bestiegen das Boot, das wir versteckt und mit allem Nötigen versehen hatten, und brachen auf. Wir beabsichtigten, nach Süden zu den Keftiu im Dodekanes zu segeln. Aber wieder war der Wind gegen uns und trieb uns nach Norden, bis wir an der Küste Thrakiens strandeten. Dort fanden wir Zuflucht bei den wilden Bergvölkern und lebten mehrere Jahre bei ihnen. Anfangs nahmen sie uns freundlich auf, weil wir sie mit Dingen beschenkten, die wir in Troja gestohlen hatten. Später wurde Dagonas ein einflußreicher Mann, denn er ist klug und kennt viele Künste unseres Volkes. Und ich, obwohl ich auf Atlantis nur Laientänzerin, nicht Priesterin gewesen war, lehrte die Menschen vieles über die Verehrung der Göttin und Asterion, das ihnen gefiel. Zum Dank nahmen sie mich in ihren Hexenorden auf. Da lernte ich die Magie, aber auch Heilkünste kennen, von denen man in Attika und auf den Inseln nichts weiß – Kräuter, Beschwörungsformeln, die Versorgung von Wunden, das Herbeirufen des Schlafes. Dies alles hat mir dann in meiner neuen Heimat zu viel Ansehen verholfen. So war es kein übelwollender Gott, der uns nach Thrakien verschlug. Es muß jenes Geschick gewesen sein, das du mir auferlegtest.

Noch später dann, als wir etwas Besitz erworben hatten, konnten wir auf einem Kauffahrer eine Überfahrt nach Rhodos bezahlen. Im Heimathafen dieses Schiffes fanden wir entfernte Verwandte von mir, die uns halfen, ein neues Leben zu beginnen. Endlich ging es uns wieder gut.

Aber ich bin nicht mehr das Mädchen, das du geliebt hast, Duncan.«

Stille breitete sich aus. Die Quelle wisperte, und die Eule schwebte auf Geisterschwingen durch das Mondlicht. Reid hielt seine warme Pfeife und Erissas Hand fest.

»Noch bin ich der Gott, an den du dich erinnerst«, sagte er nach einer Weile. »Ich war es niemals.«

»Vielleicht handelte ein Gott durch dich und verließ dich dann. Du wärst mir deshalb nicht weniger lieb.«

Er legte die Pfeife weg und drehte sich zur Seite, um sie ansehen zu können – wie diese Augen schimmerten! – und sagte ernst: »Du mußt versuchen, dies zu verstehen.

Wir wurden alle in die Vergangenheit zurückversetzt. Auch du. Ich bin sicher, daß in diesem Augenblick das Mädchen, das du warst, auf Atlantis lebt, das noch nicht untergegangen ist.«

»Das nicht untergehen *wird.*« Ihre Stimme war voll metallener Härte. »Deshalb wurden wir hierher gebracht, Duncan: damit wir, die wir die Zukunft kennen, mein Volk retten.«

Er wußte keine Antwort.

Später sagte sie leise: »Wie ich mich nach dir gesehnt habe, wie ich von dir geträumt habe. Bin ich zu alt geworden, Geliebter?«

Ihm war, als antworte ein anderer aus ihm: »Nein. Das wirst du niemals.«

Er selbst jedoch dachte: Herr im Himmel, es wird wenigstens, wenn schon sonst nichts, aus Mitleid geschehen. Nein. Hör bloß damit auf. Schließlich hast du dir schon ein paar Abstecher vom Pfad der Tugend geleistet, von denen Pamela nichts zu wissen brauchte. Und Herrgott, Pamela wird erst in drei- oder viertausend Jahren geboren werden, und Erissa ist hier und jetzt und ist schön... Aber das dachte dann doch nicht er selbst, sondern der Fremde, der Ausgestoßene einer unwirklichen Zukunft. Er war derjenige, der geantwortet hatte.

Weinend und lachend zugleich zog ihn Erissa an sich.

KAPITEL 9

Ägeus, der König der Athener, war einmal ein athletischer Mann gewesen. Das Alter hatte ihm jedoch Haar und Bart gebleicht, die Muskeln um die starken Knochen schrumpfen lassen, seine Augen getrübt und seine Finger mit Gichtknochen verkrüppelt. Aber immer noch saß er mit königlicher Würde auf seinem Thron, und als er das Helmpaar des *mentatór* untersuchte, zeigte er keine Furcht.

Der Sklave, der damit Keftiu gelernt hatte, wälzte sich auf dem reisigbestreuten Lehmboden. Er konnte seine neue Sprache nicht deutlich sprechen, da seine Lippen geschwollen und aufgeplatzt waren vom Schlag mit einem Speerschaft, der seiner entsetzten Gegenwehr der ersten Sekunden Einhalt geboten hatte. Die Krieger – Ägeus' Wachen und zufällige Gäste, etwa fünfzig insgesamt – hielten sich tapfer, aber öfter befeuchtete einer die Lippen, rollte unruhig mit den Augen, die Stirn schweißbedeckt. Gesinde und Frauen drückten sich furchtsam gegen die Wände. Die Hunde, riesige Bulldoggen und Wolfshunde, spürten die Angst der Menschen und knurrten.

»Dies ist ein mächtiges Geschenk«, sagte der König.

»Wir hoffen, daß es von Nutzen sein wird, mein Fürst«, antwortete Reid.

»Das wird es. Aber seine Macht ist noch eine andere: es ist ein Omen, ein Schutzgeist. So sollen diese Helme im Schrein der Weissagung aufbewahrt werden. In zehn Tagen soll das Stiftungsopfer gebracht werden, gefolgt von einem dreitägigen Fest und Spielen. Diese vier jedoch, die dieses Geschenk brachten, sind Gäste des Königs, und jeder möge dies erfahren. Man gebe ihnen die besten Schlafräume, reiche Gewänder, anmutige Dienerinnen und wonach sie sonst verlangen. Jeder möge sie als Gäste ehren.«

Ägeus beugte sich auf seinem löwenfellbedeckten Marmorthron vor und kniff die Augen zusammen, wie um die Fremden deutlicher sehen zu können. Weniger feierlich und formell fügte er hinzu: »Ihr müßt müde sein. Möchtet ihr nicht in eure Räume geführt und gebadet werden, einen Imbiß zu euch nehmen und ruhen? Heute abend werdet ihr mit uns essen, da könnt ihr eure Geschichte ausführlicher erzählen.«

Sein Sohn Theseus, der auf einem niedrigeren Thron zu seiner Rechten saß, nickte. »So sei es«, ordnete er an. Die Miene des Prinzen blieb jedoch unbewegt wie zuvor, sein Blick wachsam.

Ein leibeigener Kämmerer führte die Gruppe aus dem Saal. Reid nutzte die Gelegenheit, sich eingehender umzusehen. Athen, kleiner, ärmer und primitiver als Reid gedacht hatte, konnte sich nicht der eindrucksvollen Steinbauten rühmen, wie Mykene und Tiryns sie besaßen. Der Königspalast auf dem Akropolishügel bestand aus Holz. Allerdings waren die Stämme riesig — in diesem Zeitalter besaß Griechenland noch weite, dichte Wälder. Massive Holzsäulen trugen Balken und Dachsparren, die gut dreißig Meter lang sein mochten. Fenster mit offenen Läden, in einer Art Lichtgaden, ließen ein wenig Tageshelle herein, ebenso der Rauchabzug im Dach. Trotzdem war es ziemlich dämmrig in dem großen Raum; die hinter den Sitzbänken aufgehängten Schilde und Waffen blitzten bereits im Licht zahlreicher Steinlampen auf. Pelze und Wandteppiche, goldene und silberne Gefäße schufen eine Atmosphäre barbarischer Pracht.

Drei Seitenflügel gingen von dieser Haupthalle aus. Der eine enthielt die Wirtschaftsräume und die Quartiere für das Gesinde, der mittlere war für die Königsfamilie und ihr freigeborenes Gefolge, der dritte für Gäste. Die Räume lagen einer neben dem anderen an einem Längsgang. Es waren einfache Schlafkammern, deren Eingänge nur mit Vorhängen versehen waren. Allerdings waren diese Türvorhänge aus schwerem, reich gemusterten Stoff. Die weißverputzten Wände schmückten wiederum Wandteppiche; die Bettstellen waren verschwenderisch mit Schaffellen und anderen Pelzen bedeckt, behaglich – auch wenn darunter nur Stroh lag; neben kostbaren *rhyta* – Trinkbechern – standen Krüge mit Wein und mit Wasser; und in jeder Kammer verbeugte sich scheu und ehrerbietig ein Mädchen.

Oleg klatschte in die Hände. »Oho!« schmunzelte er. »Hier wird's mir gefallen!«

»Wenn wir nicht mehr heimkehren können«, stimmte Uldin zu, »dann wäre es nicht das schlechteste, Ägeus Gefolgschaft zu leisten.«

Der Kämmerer wies Erissa einen Raum zu. »Äh – sie und ich, wir gehören zusammen«, wandte Reid ein. »Und eine Dienerin ist mehr als genug.«

Der Kämmerer warf ihm einen schiefen Blick zu. »Ihr bekommt jeder eine Unterkunft, Herr. So lautete der Befehl. Sie können sich ja das überzählige Zimmer teilen. Wir haben jetzt nicht viele Gäste hier, kein Wunder, ist doch Erntezeit auf dem Land und Herbstwetter auf See.« Er war ein kahlköpfiger Illyrer mit der Vertraulichkeit eines alten Dienstboten. – Nein, dachte Reid plötzlich. Er ist ein Sklave und benimmt sich wie ein Lebenslänglicher, der's in seinem Gefängnis endlich zum Vertrauensmann des Wärters gebracht hat.

Die Mädchen sagten, sie würden gleich die versprochene Kleidung bringen. Ob Speisen gewünscht würden? Wollten der Herr und die Herrin ins Badehaus geführt, gewaschen, massiert und mit Olivenöl gesalbt zu werden von ihren demütigen Dienerinnen?

»Später«, entschied Erissa. »So daß wir rechtzeitig für das Fest des Königs bereit sind – und das der Königin«, fügte sie hinzu, denn bei den Achäern nahmen die Frauen nicht an formellen Banketten der Männer teil. »Jetzt wollen wir ruhen.«

Als sie und Reid allein waren, schlang sie die Arme um ihn, legte eine Wange auf seine Schulter und flüsterte bedrückt: »Was können wir tun?«

»Ich weiß nicht«, antwortete er und atmete den Sonnenduft ihres Haars. »Bis jetzt hatten wir wohl kaum eine Wahl, oder? Es kann sein, daß wir bis zum Ende unserer Tage hierbleiben müssen. Wie unsere Freunde feststellten, gibt es Schlimmeres.«

Ihre Fingernägel gruben sich in seinen Rücken, als ihr Griff sich verkrampfte. »Das ist nicht dein Ernst! Dies ist das Volk, das Knossos niederbrannte — niederbrennen wird und den Frieden des Minos zerstören, um ungehindert auf Seeraub fahren zu können!«

Er antwortete nicht sofort, sondern dachte: So sieht sie die Sache. Was mich betrifft — ich weiß nicht. Sie sind wohl eine grobe Bande, diese Achäer, aber sind sie nicht auch auf ihre Weise offen und anständig? Und was ist mit diesen Menschenopfern für den Minotaurus?

Laut sagte er: »Nun, ich kann auf jeden Fall dafür sorgen, daß du in ein Keftiu-Land zurückgebracht wirst.«

»Ohne dich?« Sie löste sich von ihm. Ein fremder Ton klang in ihrer Stimme auf. Ihr Blick begegnete dem seinen und hielt ihn fest. »Wie kann das sein, Duncan? Du wirst nach Atlantis fahren, und mich lieben, und dann, in Knossos, wirst du deinen Sohn zeugen. Später...«

»Pscht!« Beunruhigt legte er ihr eine Hand auf den Mund. Diores zumindest hatte wohl keine Hemmungen, den geheimnisvollen Gästen des Königs nachzuspionieren, insbesondere, wenn einer eine Kreterin von Rang war. Und der Türvorhang war alles andere als schalldicht. Jetzt, da es zu spät war, bedauerte Reid, seinen Gefährten nicht durch den *mentatór* eine Sprache vermittelt zu haben, die hier unbekannt war. Hunnisch oder altrussisch wären nun sehr brauchbar gewesen.

Aber in der Wüste hatte er seine Gedanken noch nicht genug beisammengehabt, um eine solche Eventualität vorauszuahnen, und wahrscheinlich hätte Diores Zauberei auf seinem Schiff nicht zugelassen; nein, ganz sicher nicht — und wenn auch nur, um sie zu hindern, einen Vorteil zu erlangen, da er ihnen offensichtlich mißtraute.

»Dies sind, äh, zu heilige Dinge, um hier darüber zu sprechen«, erklärte Reid. »Wir werden später Gelegenheit dazu finden.«

Erissa nickte. »Ja. Ich verstehe. Bald.« Ihr Mund zuckte, sie blinzelte und unterdrückte die Tränen. »Zu bald. Wann immer unser Geschick uns einholt, es wird zu bald sein.« Sie zog ihn zum Bett. »Du bist doch nicht zu müde, oder? Wo wir nur mehr so kurze Zeit für uns haben?«

Die Sklavin, die ihnen am nächsten Morgen das Frühstück brachte – Reste des Ochsenbratens vom vergangenen Abend – verkündete: »Prinz Theseus ersucht um die Gesellschaft meines Herrn. Die Herrin ist freundlich eingeladen, den Tee mit der Königin und ihren Mädchen zu verbringen.« Sie sprach mit Akzent. Nach welcher fernen Heimat sehnte sie sich?

Erissa warf Reid einen Blick zu und rümpfte die Nase. Das waren trübe Aussichten, auch wenn die Mädchen aus vornehmen Familien stammten und als Hofdamen von Ägeus' Gemahlin die Haushaltsführung lernen sollten. (Sie war seine vierte Frau, und würde ihn sicher überleben, da er zu alt war, um auch sie durch ein Dutzend Kinder ins Grab zu bringen – ihr erstes hatte sie mit fünfzehn bekommen.) Reid bedeutete Erissa, die Einladung anzunehmen. Wozu empfindliche Gastgeber verärgern?

Das tunikaartige Gewand, das er nun anlegte, die Sandalen und die phrygische Mütze waren Geschenke aus Theseus' eigener Garderobe. So groß die meisten Achäer auch waren, kaum einer kam auf die einsachtzig, die in Reids Welt als Folge der gesünderen Ernährung gang und gäbe waren. Tatsächlich maß der Prinz aber um ein paar Zentimeter mehr als der Amerikaner, was diesen ziemlich überraschte – unerklärlicherweise, bis ihm der Grund dafür einfiel: in Mary Renaults prachtvollen historischen Romanen war Theseus als kleinwüchsig beschrieben. Nun, sie hatte – nein, sie würde vermutlich eine logische Auslegung des Mythos suchen; wieviel davon entsprach aber der Wahrheit? Und was das betraf, waren dieser Ägeus und Theseus überhaupt identisch mit dem Vater und Sohn der Überlieferung?

Sie mußten es sein, dachte Reid bedrückt. Ihre Namen sind mit dem Fall von Knossos und der Zerstörung Kretas verknüpft. Und Knossos *wird* zerstört, Kreta *wird* erobert, — in nicht allzu ferner Zukunft, wenn Atlantis untergeht.

Das Bronzeschwert, das er nun umgürtete, hatte ihm Ägeus geschickt. Die lanzettförmige Klinge war gut ausgewogen; eleganter, zweischneidiger Tod... Man konnte weder den König noch seinen Sohn als geizig bezeichnen.

Theseus erwartete ihn in der großen Halle. Es waren nur ein paar Sklaven anwesend, die aufräumten; der Raum wirkte mit einemmal verödet und leer wie eine riesige Höhle im Vergleich zu dem Gelage gestern abend. (Fackelschein; ein brüllendes Feuer auf dem Herdstein in der Mitte, kaum leiser als Gesang, Fußestampfen, Klang von Lyren, Syrinxen und Trommeln, Geschrei und prahlerische Rufe, mit denen die rauchgebeizte Luft erfüllt ist; Hunde, die sich um die Knochen balgen, die man ihnen von den niedrigen Tischen zuwirft; hin und her eilende Diener, eifrig Wein nachschenkend; und während des ganzen Abends die unerschütterliche Ruhe Theseus', der leise die Fremden ausfragt.) »Sei gegrüßt, mein Prinz«, sagte Reid.

»Sei gegrüßt.« Der Prinz hob einen kräftigen Arm. »Ich dachte mir, du würdest vielleicht gerne unser Land besichtigen.«

»Du bist sehr freundlich, Prinz. Äh... und meine Freunde...?«

»Mein Kapitän Diores wird die Krieger Uldin und Oleg auf sein Landgut mitnehmen. Er hat ihnen Pferde versprochen, und sie wiederum haben zugesagt, den Gebrauch jenes Sattels mit Fußstützen vorzuführen, den Uldin mitbrachte.«

Und er wird ihnen um den Bart gehen, versuchen, sie von Erissa und mir abzusondern... Steigbügel wurden zumindest ein Jahrtausend später als jetzt erfunden, nicht? Ich hab' so was irgendwo gelesen. Wenn sie sich nun hier und heute durchsetzen, was dann?

Kann die Zeit aus der Vergangenheit heraus geändert werden? Muß Erissas Thalassokratie wirklich untergehen? Muß ich sie wirklich verlassen, um ihres jüngeren Selbst willen?

Wenn nicht... wird dann die Zukunft nicht so aussehen, wie ich sie kenne? Wird es Pamela jemals geben? Wird es mich geben?

Er versuchte, das Bild seiner Frau heraufzubeschwören, und es fiel ihm schwerer, als es die wenigen Tage, die er subjektiv von ihr entfernt war, gerechtfertigt hätten.

Theseus sagte: »Komm mit«, und ging ihm voran ins Freie. Er war, gemessen an seiner Größe, ziemlich breit gebaut, bewegte sich jedoch leichtfüßig und geschmeidig. Und er sah gut aus: helle Haut, dunkelblonde Haare, gerade Nase und volle Lippen. Seine Augen waren bemerkenswert, weit auseinanderstehend und bernsteinfarben wie die einer Raubkatze. Für die Ausfahrt hatte er anstelle des reich bestickten Prunkgewandes eines aus einfacher grauer Wolle angelegt. Den goldenen Stirnreif trug er jedoch noch, ebenso die goldene Schmucknadel am Halsausschnitt und den Armreif um das kräftige Handgelenk.

Der Wind war frisch draußen, aber es war noch kein Herbststurm, und die Wolken, die er vor sich herjagte, waren weiß. Ihre Schatten strichen rasch über die weite Landschaft, die Berge im Norden und Nordwesten, den Saronischen Golf im Westen und Süden. In dieser Richtung konnte Reid vor dem Hintergrund blaugrüner Brecher die Bootshäuser und auf den Strand gezogene Schiffe im Piräus erkennen. Eine ungepflasterte Straße führte von dort nach Athen, ein brauner Schnitt durch Stoppelfelder und staubiggrüne Weingärten. Die gesamte attische Ebene war von den vielfach getönten Karomustern der Felder und Gärten überzogen. In der Ferne bemerkte er zwei große Häuser mit zahlreichen Nebengebäuden, die wohlhabenderen Gutsbesitzern zu gehören schienen, und eine Menge kleiner Gehöfte. Eine Gruppe Eichen oder ein Pappelhain umgab die meisten von ihnen. Die Berge dahinter waren dicht bewaldet. Das war nicht sein Griechenland.

Er sah, daß die Luft von unzähligen Vögeln belebt war. Die meisten kannte er nicht, wußte höchstens die einzelnen Arten allgemein zu benennen: da gab es Drosseln, Tauben, Wildenten, Reiher, Habichte, Schwäne, Krähen. Noch hatten die Menschen die Fülle der Natur nicht vermindert. Über die Pflastersteine des Hofes hüpften Spatzen. Abgesehen von den Hunden fehlten hier alle die Tiere, die sonst einen Bauernhof bevölkerten, Schweine, Esel, Schafe, Ziegen, Kühe, Hühner, Gänse. Aber in den Gebäuden, die den Hofplatz begrenzten, waren zahlreiche Sklaven an der Arbeit. In einem so großen Haushalt gab es wohl dauernd zu tun, zu kochen, putzen, mahlen und backen, zu brauen, spinnen und weben. Das Gesinde bestand in der Hauptsache aus Frauen, und den meisten von ihnen liefen kleine Kinder um die bloßen Füße oder hingen an den abgetragenen Kitteln: die nächste Sklavengeneration. Verschiedene Handwerksarbeiten wurden jedoch von Männern ausgeführt. Durch offene Türen entdeckte Reid eine Schmiede, eine Seilerei, eine Gerberei, eine Töpferwerkstatt, einen Zimmermann bei der Arbeit.

»Sind das alles Sklaven, mein Prinz?« erkundigte er sich.

»Nicht alle«, sagte Theseus. »Es ist unklug, zu viele unfreie Männer hier zu haben. Wir stellen auch Arbeiter ein, meistens Athener, ein paar kunstfertige Fremde auch.« Er lächelte breit, ein Lächeln, das nie tiefer zu gehen schien als bis zu den Zähnen. »Wir ermutigen sie, unseren Sklavenweibern Bälger zu machen. So hat jeder was davon.«

Außer vielleicht die Sklavinnen, dachte Reid, besonders, wenn ihre Söhne in die Fremde verkauft werden.

Theseus runzelte die Stirn. »Wir müssen uns allerdings einen kretischen Schreiber halten. Überflüssig, der Kerl, wir haben genug Männer, die schreiben können — Männer, deren Vorfahren den Kretern ihre Schrift gaben! Aber der Minos verlangt es.«

Um auf Handel und Ernte ein Auge haben zu können, vermutete Reid, teils, um den Tribut danach festzusetzen, teils, um von etwaigen Plänen der Athener rechtzeitig Wind zu bekommen. Aber was sollte das heißen? Sollten die Achäer eine Schrift gekannt haben, bevor die Minoer eine hatten? Das war höchst sonderbar.

Theseus wechselte das Thema, bevor er in seiner Verärgerung indiskret werden konnte. »Ich hatte vor, zu meinem eigenen Gut hinauszufahren«, meinte er. »Du kannst unterwegs allerlei sehen, und ich selbst würde gerne nachschauen, ob das Dreschen und Einlagern zu meiner Zufriedenheit durchgeführt wird.«

»Das würde mich freuen, Prinz.«

Der Stall war das einzige Steingebäude, wohl deshalb, weil Pferde so kostbar und geschätzt waren, daß man sie nicht der Gefahr eines Brandes aussetzen wollte. Zwar nicht so groß wie ihre Verwandten im zwanzigsten Jahrhundert, waren sie doch kräftig gebaut und voll Feuer. Sie wieherten leise und rieben ihre Mäuler an Theseus' Hand, wenn er sie streichelte. »Schirrt Donnerhuf und Sturmmähne an den gewöhnlichen Wagen«, befahl er dem Stallmeister. »Nein, rufe keinen Lenker. Ich fahre selbst.«

Auf dem flachen Wagenbett konnten gerade zwei Männer stehen, geschützt durch das bronzene Halbrund der reliefgeschmückten Vorderwand. Im Kampf würde Theseus in voller Rüstung hinter einem halbnackten Wagenlenker stehen, ohne jeglichen Halt, und Speer und Schwert gegen das feindliche Fußvolk einsetzen. Reid überlegte, daß dies wohl eine Kunst war, die man nur durch langes Training von Kind auf lernen konnte. Er nämlich hatte alle Hände voll zu tun, um nicht von dem ungefederten Gefährt heruntergeschleudert zu werden.

Theseus ließ die Peitsche über dem Gespann knallen, und sie rollten los. Die beiden Räder knarrten und ratterten. Aber auch ohne Kugellager konnte ein solcher Wagen für zwei frische Pferde nicht schwer zu ziehen sein. Dann bemerkte Reid das beengende Brustgeschirr. Wenn nun Oleg ein Kummet anfertigte?

Die Häuser von Athen drängten sich fast bis auf die Kuppe des felsigen Burgberges. Die Stadt war nach derzeitigem Maßstab ziemlich groß; Reid schätzte die Zahl ihrer Bewohner auf zwanzig- oder dreißigtausend, obwohl vermutlich Pendler aus den Landgebieten und Reisende und Händler diese Zahl beträchtlich erhöhen mochten. (Er fragte Theseus danach und erntete einen verständnislosen Blick. Die Achäer führten über eine Menge Dinge genau Buch, aber Menschen zu zählen war ihnen nicht eingefallen.) Ein Großteil des verbauten Gebiets lag außerhalb der Befestigungsmauern, was auf ein rasches Wachstum der Stadt schließen ließ. Die Häuser selbst bestanden aus ungebrannten Lehmziegeln, hatten flache Dächer und manchmal bis zu vier Stockwerke. Unten in den engen Gassen gab es Schweine, in steter Konkurrenz mit streunenden Hunden, Mäusen, Ratten, sonstigem Ungeziefer und Wolken von Fliegen, was auf den aus den Häusern geworfenen Abfall zurückzuführen war.

»Aus dem Weg!« brüllte Theseus. »Aus dem Weg!«

Und sie gaben ihm den Weg frei, die Krieger, Handwerker, Kaufleute, Seefahrer, Schankwirte, Ladenbesitzer, Schreiber, Arbeiter, Prostituierten, Hausfrauen, Kinder, Hierophanten und der Himmel weiß, wer noch, die mit ihrem Getriebe und Geschrei der Stadt Leben gaben. Einzelne Bilder prägten sich Reid ein: eine Frau, die eine Hand am Wasserkrug auf ihrem Kopf, mit der anderen ihr langes Gewand über den Schlamm lüpfend, ein magerer Esel, fast begraben unter einer Last aus Reisigbündeln, angetrieben von der Gerte seines Besitzers; ein Stand, an dem ein Sandalenmacher laut seine Ware anpreist, eine zweite Bude, in der gerade ein typisch verwickelter Handel abgeschlossen wird — der Preis soll teils in Naturalien, teils in einer bestimmten Menge Metall bezahlt werden; ein Kupferschmied an der Arbeit, der die gesamte Welt vergißt bis auf seinen Hammer und die Axt, die er schmiedet; die offene Tür einer Schenke, ein betrunkener Seemann, der langwierige Lügengeschichten über bestandene Gefahren hervorstottert; zwei kleine Buben, splitternackt, die etwas spielen, das verblüffend an Tempelhüpfen erinnert; ein gewichtiger Bürger, von seinen Klienten vor Anrempelungen des gewöhnlichen Volks behütet; ein feister, dunkelhäutiger, bärtiger Mann in einer langen Robe und hoher, randloser Mütze, der aus Kleinasien stammen muß... nein, hier sagen sie nur Asien...

Der Wagen ratterte über einen ebenen Platz, auf dem mehrere hölzerne Tempel standen, und der später einmal der Areopag sein würde. Dann passierten sie ein Tor in der Stadtmauer, die, nur grob behauen und primitiv, nicht mit dem Mauerwerk mykenischer Ruinen vergleichbar war, die Reid einmal gesehen hatte. (Er fragte sich, wie lange nach Pamelas Zeit wohl Seattle oder Chicago Ruinen sein würden, leblos in einer Stille, die nur das Zirpen der Grillen unterbrach.) Außerhalb der Vorstadt kam das Gespann auf eine Lehmstraße mit tiefen Fahrrinnen, und Theseus ließ die Zügel schießen.

Reid klammerte sich an das Geländer des Wagens und hoffte, daß seine Knochen und Zähne dort bleiben würden, wo sie hingehörten.

Theseus bemerkte, daß sein Gast sich nicht eben wohl fühlte und zwang seine Tiere in den Schritt. Sie schüttelten sich ungeduldig, gehorchten aber. Der Prinz sah sich um. »Du bist dies nicht gewohnt, oder?« fragte er.

»Nein, mein Prinz. Wir... reisen auf andere Art in meiner Heimat!«

»Reitet ihr?«

»Mm-ja. Und wir fahren in Wagen, die Federn besitzen, um die Stöße aufzufangen.« Nach allem was er wußte, war Reid irgendwie überrascht, daß die Achäer ein Wort für Sprungfedern besaßen. Als er sich die Sache genauer überlegte, kam er darauf, daß er ›metallene Bogenstäbe‹ gesagt hatte.

»Hmm«, knurrte Theseus. »Die müssen aber teuer kommen. Und nützen sie sich nicht rasch ab?«

»Wir verwenden Eisen, Prinz. Eisen ist sowohl billiger als auch stärker, wenn man es zu gewinnen und zu bearbeiten weiß. Auch sind seine Erze häufiger als die von Kupfer oder Zinn.«

»Ja, das sagte mir Oleg gestern schon, als ich mir seine Rüstung ansah. Kennst du das Geheimnis?«

»Ich fürchte nein. In meinem Land ist es kein Geheimnis, aber es hat leider mit meiner Arbeit nichts zu tun. Ich, nun, ich plane Bauten.«

»Vielleicht wissen es deine Gefährten?«

»Vielleicht.« Reid dachte, daß er, wenn er ein bißchen experimentierte, den Prozeß wohl auch selbst rekonstruieren könnte. Das wichtigste war, den Schmelzofen mit einem mechanischen Gebläse zu versehen, damit die Temperatur hoch genug wurde, um das Element auszuschmelzen, und dann das Roheisen zu legieren und zu veredeln bis es schmiedbarer und härtefähiger Stahl wurde. Oleg konnte in seiner Zeit durchaus einmal die Prozedur beobachtet haben und wäre wahrscheinlich fähig, die Einrichtungen aus dem Gedächtnis nachzubauen.

Eine Weile fuhren sie schweigend dahin. Bei diesem Tempo war es nicht schwer, das Gleichgewicht zu bewahren, aber die harten Stöße rüttelten einen ziemlich durch. Das Rattern der Räder verlor sich fast im Brausen des Windes, der heftig die Pappeln am Straßenrand zauste. Seine kalten Finger rissen an den Männern und ließen ihre Mäntel flattern. Ein Schwarm Krähen kämpfte flügelschlagend mit den Böen. Das Sonnenlicht polierte ihr schwarzes Gefieder, bis eine Wolke vorbeizog und einen Augenblick lang die Landschaft verdüsterte. Zerrissene Rauchfahnen quollen aus dem Abzug im Dach eines aus Lehm gemauerten Bauernhauses. Im Weizenfeld daneben schnitten gebückte Frauen mit Sicheln das Getreide. Der Wind preßte ihr groben, braunen Gewänder eng an ihre Körper. Zwei Männer folgten ihnen und banden Garben. Bevor sie ein

Stück weiterrückten, hoben sie ihre Speere auf und nahmen sie mit.

Thesus drehte sich halb um, die Zügel nachlässig in der Rechten, so daß der Blick seiner hellbraunen Augen auf Reid ruhte. »Eure Geschichte ist die wunderlichste, die ich je gehört habe«, sagte er.

Der Amerikaner lächelte trocken. »Auch mir erscheint sie so.«

»In einem Wirbelwind über die Erde getragen zu werden, aus so fernen Ländern, daß wir nie auch nur ein Gerücht über sie hörten, durch den Wagen eines Zauberers – glaubst du wirklich, dies sei durch bloßen Zufall geschehen? Ob dies nicht euer vorbestimmtes Geschick war?«

»Ich... glaube... eigentlich nicht, mein Prinz.«

»Diores erzählte mir, daß ihr Sonderbares erwähntet, über eine Reise durch die Zeit, nicht nur durch den Raum.« Die tiefe Stimme klang beiläufig, aber irgendwie unnachgiebig; die freie Hand des Prinzen ruhte auf seinem Schwertknauf. »Was bedeutet das?«

Da haben wir's, dachte Reid. Obwohl ihm dabei der Mund trocken wurde, klang seine zurechtgelegte Antwort unverdächtig genug. »Das wissen wir auch nicht, Prinz. Bedenke, wie verwirrt wir waren und noch sind. Wir hatten keine Ahnung, welches Jahr ihr zählt. Das ist verständlich, nicht? In unseren Heimatländern gab es kein Ereignis, das auch in deinem bekannt wäre, so daß wir durch Vergleich einen Anhalt gehabt hätten. So fragte ich mich, ob der Wagen des Magiers vielleicht Meilen *und* Jahre zurückgelegt haben könnte. Es war nur eine Vermutung, und ich habe keine Ahnung, was wirklich geschah.«

Damit entfernte er sich nicht zu weit von der Wahrheit. Alles zu leugnen war unmöglich, da zu viele Andeutungen gefallen waren und noch fallen konnten. Für Theseus und Diores war die Natur der Zeit nicht weniger mysteriös als für Reid; das Unbekannte ist zu allen Zeiten und in allen Ländern gleichermaßen geheimnisvoll. Der Begriff der Chronokinese mochte ihnen nicht einmal unvorstellbar sein, da Orakel, Propheten und Geschichten über vorherbestimmtes Unheil zu ihrem täglichen Leben gehörten.

Warum also nicht die volle Wahrheit sagen? Erissas wegen...

Theseus' Stimme wurde rauh. »Meine Besorgnis wäre geringer, wenn nicht diese Kreterin dein Lager teilte.«

»Aber, Prinz«, verteidigte sich Reid, »sie wurde durch blinden Zufall mitgerissen, wie wir alle.«

»So wirst du sie verlassen?«

»Nein«, antwortete Reid, »das kann ich nicht«, und fragte sich, ob nicht genau das der eigentliche Kern der Wahrheit sei. Hastig fügte er hinzu: »Unser gemeinsames Unglück schuf Bande zwischen uns. Gewiß würdest du, Prinz, einen Gefährten in der Not nicht im Stich lassen. Und herrscht nicht Frieden zwischen euch und Kreta?«

»Gewissermaßen«, antwortete Theseus. »Für eine Weile.«

Eine Sekunde stand er reglos, in sich selbst zurückgezogen, dann sagte er abrupt:

»Höre mich an, mein Gast Duncan. Ich wünsche dich nicht zu kränken, aber ein Fremdling wie du wird allzuleicht getäuscht. Laß mich erklären, wie die Dinge wirklich stehen.

Die Wahrheit ist, daß Kreta in diesem Teil der Mittleren See wie eine Spinne in ihrem Netz sitzt, und daß die hellenischen Stämme es allmählich müde werden, wie Fliegen gefangen und ausgesaugt zu werden. Jedes unserer Länder, das in Reichweite der Küste liegt, muß sich unterwerfen, den Tribut leisten, die Geiseln stellen, und darf nicht mehr Schiffe halten, als dem Minos genehm ist, oder ein Unternehmen beginnen, das ihm nicht gefällt. Wir wollen unsere Freiheit!«

»Vergib dem Fremdling, mein Prinz«, wagte Reid einzuwenden, »aber zahlt ihr diesen Tribut – Holz, Getreide, Waren, alles jedenfalls, nehme ich an, das den Kretern Zeit und Mittel für andere Dinge läßt, wenn sie es nicht selbst gewinnen müssen – bezahlt ihr mit diesem Tribut nicht für den Schutz vor Piraten, und habt so eher einen Vorteil davon als einen Nachteil?«

Theseus schnaubte entrüstet: »Piraten nennt nur der Minos sie. Warum sollten unsere jungen Männer sich nicht im Kampf üben und mit dem Schwert Reichtum gewinnen von Schiffen der Levante, von hethitischen Städten, wie es Kriegern geziemt? Weil das den Kretern Ungelegenheiten machen würde mit ihren Handelspartnern in jenen Ländern, deshalb!« Er schwieg einen Augenblick. »Und was vielleicht wichtiger ist, warum wird meinem Vater oder mir nicht gestattet, Attika zu einen? Warum sollten andere Achäerkönige nicht ebenso ihre Völker zusammenbringen? Es wären nur wenige Kämpfe nötig, das zu erreichen. Aber nein, der Minos verhindert es durch ein Netz von Verträgen — um die ›Barbaren‹ entzweit und daher schwach zu halten«, sagte er voller Hohn. Er verwendete nicht das Wort Barbaren, sondern einen Ausdruck mit der Bedeutung ›rückständige Wilde‹.

»Ein Gleichgewicht der Macht...«, versuchte Reid zu erklären.

»Aha, und der Minos hält die Waagschalen! Höre! Im Norden und Osten, in den Bergen, dort leben die wahren Barbaren. Wie Wölfe streiften sie durch die Täler. Wenn wir Achäer ihnen nicht geeint gegenübertreten können, werden sie uns eines Tages überrennen. Wo bleibt dann die ›Erhaltung von Kultur und Zivilisation‹, wenn mit den Städten die Schriftrollen verbrennen?«

»Zivilisation«, murmelte Theseus nach einer Pause. »Sind wir denn solche Tölpel, daß uns kein Anteil daran gebührt? Argiver waren es, die entschieden, daß die alte Schrift der kretischen Priester zu umständlich war, und eine neue erfanden, eine soviel bessere, daß nun wahrscheinlich die Hälfte aller Schreiber in Knossos Argiver sind.«

Das war die Lösung des Rätsels um Linear A und Linear B, dachte Reid geistesabwesend. Keine Eroberung durch die homerischen Griechen — noch nicht — sondern einfach Übernahme einer praktischen Erfindung aus dem Ausland, ähnlich wie Europa die Ziffern von den Arabern und Tapeten von den Chinesen oder Kajaks von den Eskimos übernommen hatte – oder wie er selber sich um Ideen nach Japan gewandt hatte. Anscheinend lebten gar nicht wenige Achäer in Knossos und anderen kretischen Städten. Schreiber unter ihnen, denen Linear B geläufig war, würden dort Beschäftigung finden, und würden natürlich ihre eigene Sprache vorziehen, für die ihre Schrift am besten geeignet war. Eine potentielle Fünfte Kolonne?

»Ich selber halte davon eigentlich nicht viel«, meinte Theseus. »Zeichen in Tontafeln zu ritzen oder auf Papyrus zu kritzeln ist keine Arbeit für einen Mann.«

»Was wäre eine, mein Prinz?«

»Pflügen, säen und ernten, bauen, jagen, zur See fahren, Krieg führen, Nachkommen zeugen, ein starkes Haus für seine Familie und einen geachteten Namen für seine Kinder schaffen. Und für uns, die wir Könige sind, Stärkung und Verteidigung unseres Landes.«

Ein Pferd scheute. Theseus mühte sich mit Zügeln und Peitsche eine Minute lang, sein Gespann unter Kontrolle zu bringen. Danach behielt er beide Hände an den Zügeln und ließ den Weg nicht mehr aus den Augen, sprach jedoch gleichmütig über die Schulter zu Reid:

»Ich will dir die Geschichte erzählen. Sie ist kein Geheimnis. Vor rund fünfzig Jahren zogen die Kalydonier mit verschiedenen Bundesgenossen gegen Kreta und plünderten eine Reihe seiner Städte im Süden, so gründlich, daß sie seither nicht wieder aufgebaut worden sind. Dies war möglich, weil die Vorbereitungen geheimgehalten werden konnten, und weil dreimal hintereinander die Herrschaft an einen schwachen, vergnügungssüchtigen Minos gefallen war, der die Seestreitkräfte vernachlässigte. Auf Kreta ist seit langem fast der gesamte Holzbestand geschlagen, verstehst du, so daß Bauholz für Schiffe eingeführt werden muß, wie du vermutet hast – und das bedeutet natürlich eine gewisse Einschränkung des Luxus.

Dann aber gelangte der Oberbefehl an einen neuen Admiral. Im darauffolgenden Jahr warf er die Kalydonier mit den wenigen Schiffen nieder, die er zur Verfügung hatte. Bald danach bestieg ein neuer Minos den Thron und half seinem Admiral Rheakles, die Flotte zu verstärken. Sie waren sich einig, daß alle Achäer unterworfen werden mußten, die Häfen besaßen und daher eine Bedrohung für die Thalassokratie waren. Das taten sie dann auch, teils durch Gewalt, teils, indem sie uns gegeneinander ausspielten.

Nun, vor siebenundzwanzig Jahren suchte mein Vater Ägeus diese Knechtschaft zu beenden und Attika zu vereinen. Er rebellierte. Der Aufstand wurde niedergeschlagen. Der Minos ließ ihm wohl seinen Thron, um Unruhen zu vermeiden, die um sich gegriffen hätten, aber er stellte harte Bedingungen. So müssen unter anderem jedes neunte Jahr sieben Knaben und sieben Mädchen aus unseren edelsten Familien nach Knossos gebracht werden, wo sie als Geiseln leben, bis die nächsten vierzehn kommen.«

»Was?« fragte Reid entgeistert. »Sie... sie werden nicht dem Minotaurus geopfert?«

Theseus warf ihm einen erstaunten Blick zu. »Wovon sprichst du? Das Opfer ist doch der Minotaurus selbst! — Aber verstehst du nicht, welche List hinter dieser Bedingung steht? Die Geiseln verlassen ihre Heimat im eindrucksfähigsten Alter. Sie kehren als Erwachsene heim, um in unsere höchsten Ratsversammlungen einzutreten, unsere mächtigsten Familien fortzuführen — aber sie sind Kreter geworden mit Haut und Haaren.

Nun gut. Selbst damals schon war Diores ein kluger Ratgeber. Ohne ihn wären die Friedensbedingungen wohl noch übler ausgefallen. Nun hatte mein Vater damals keine lebenden Söhne mehr, und die meines Onkels wurden natürlich zuallererst als Geiseln ausgewählt. Diores drängte meinen Vater, nach Troizen zu gehen, drüben an der Spitze der Halbinsel Argolis. Der dortige König war ein Verwandter und alter Verbündeter. Er stimmte dem

Plan zu, daß mein Vater heimlich mit einer seiner Töchter einen Erben zeugen solle. Dieser Erbe war ich.«

Es konnte nicht schwierig sein, überlegte Reid, ein solches Arrangement geheimzuhalten, in dieser Welt spärlicher Nachrichtenverbindungen zwischen Ländern, die oft eine weglose Wildnis trennte.

»So wuchs ich in Troizen auf«, sagte Theseus. »Auch dort war man Kreta tributpflichtig, aber da das Land arm war, ließ sich nur selten ein Beamter des Minos blicken. — Arm? Nein, unser Leben war reich, denn dort waren wir Männer. Bevor mir der erste Bart sproß, nahm ich an Kämpfen gegen das Räubergesindel im Hinterland und an Raubtierjagden teil.

Diores kam oft auf Besuch. Vor fünf Jahren brachte er mich heim nach Athen. Ich beanspruchte die Nachfolge; meine kretisch erzogenen Vettern hatten Einwände, aber die Schwerter meiner Anhänger saßen locker in der Scheide. Und darauf konnte der Minos nichts mehr tun.«

Oder wollte nichts tun, dachte Reid. Würde man sich in einem Reich, das vor allem an Frieden und gesicherten Handelswegen auf dem Meer interessiert war, denn um dynastische Kämpfe bei den Festlandstämmen kümmern, die ohnehin tributpflichtig waren?... Bis es eines Tages zu spät war und man sich vergeblich wünschte, rechtzeitig eingegriffen zu haben?

»Welche Pläne hast du nun, mein Prinz?« glaubte er fragen zu dürfen.

Kräftige Schultern hoben sich kurz unter dem flatternden Mantel. »Nun — das zu versuchen, was mir das beste erscheint. Ich sage dir, Duncan, ich weiß durchaus, was in der Thalassokratie vorgeht. Ich war dort. Und nicht nur als königlicher Besucher, den man mit honigsüßen Worten abspeist und nur das zeigt, was dem Hof genehm ist. Nein, ich bin unter falschem Namen, als Händler, als Seemann hingereist; ich habe mich umgesehen, umgehört, Leute kennengelernt, Erfahrungen gesammelt.«

Wieder wandte Theseus sich um und musterte Reid mit

diesen sonderbaren Augen. »Merke dir«, sagte er, »ich habe heute nichts Gefährliches gesagt. Sie wissen in Knossos, daß wir Festländer unruhig sind. Sie wissen auch, daß sie solange sicher sind, wie ihre Kriegsschiffe zahlreicher sind als alle, die sie den Achäern bewilligen, zusammengenommen. So stört es sie nicht, wenn wir murren. Hin und wieder gönnen sie uns auch einen hingeworfenen Knochen, verstehst du, denn schließlich werden sie reich durch unseren Tribut, und die Handelswaren, die wir ihnen verschaffen. Außerdem bilden wir einen Schutzwall gegen die Bergvölker im Norden. – Ich habe dir nichts erzählt, was der ständige Gesandte des Minos an unserem Hof oder sein Schreiber nicht oft genug gehört hätten – nichts, das ich nicht auch dem ersten Minister des Minos selbst gesagt hätte, als ich meinen offiziellen Besuch in Knossos machte.«

»Ich bin kein Denunziant, mein Prinz«, antwortete Reid und wünschte sich, diplomatischer sein zu können.

»Du bist eine neue Figur in diesem Spiel«, knurrte Theseus. »Deine sonderbaren Kräfte, dein Wissen, und das Geschick, das dir bestimmt ist – wer weiß? Wenigstens aber kennst du nun die Wahrheit.«

Die Wahrheit, wie du sie siehst, dachte Reid. Und das ist nicht die Wahrheit, die Erissa sieht. So bin ich immer noch ein Blinder in dieser Welt.

»Mich beunruhigen die Dinge, die dir deine kretische Bettgenossin einflüstern oder dir durch ihre Zauberkünste antun könnte«, sagte Theseus. »Diores warnte mich vor ihr. Sie ist eine geheimnisvolle Frau, die der Allmutter näher steht als die meisten.«

»Ich... wußte nicht, daß... daß du ihre Göttin verehrst, mein Prinz.«

So schnell, wie die Sonne in der Wüste versinkt, fiel das Zielbewußtsein des Staatenlenkers von Theseus ab, und er wurde zum primitiven, von Urängsten bedrückten Wilden. Er flüsterte: »Sie ist sehr mächtig, sehr alt. Ich wünschte, ich fände ein Orakel, das mir bestätigt, daß sie nur... nur die Gemahlin von Vater Zeus ist — Hoi!« rief er plötzlich seinen Pferden und ließ die Peitsche über sie hinschnellen. »Jetzt los da!« Der Wagen wurde mit einem Ruck vorwärtsgerissen.

KAPITEL 10

Die Gelegenheit zu einem privaten Gespräch ergab sich drei Tage später, als Diores Oleg und Uldin nach Athen zurückbrachte. Es waren Tage von unvorstellbarer Faszination für Reid gewesen, eine Sturmflut von Bildern, Lauten, Gerüchen, Liedern, Geschichten, von aufblitzenden Erkenntnissen, was eine Sage oder eine bestimmte Zeile der antiken Dichtung wirklich bedeutete. Und die Nächte... Erissa und er waren stillschweigend übereingekommen in ihren leisen nächtlichen Gesprächen nie von der Zukunft zu sprechen. Und Reid war noch zu betäubt von all den neuen Eindrücken, um Besorgnis, den kulturellen Schock, oder auch nur Heimweh zu empfinden.

Der Russe und der Hunne hatten die Zeit höchst angenehm verbracht. Oleg platzte fast vor Begeisterung über die zahllosen Möglichkeiten, Neuerungen einzuführen, insbesondere im Schiffbau und in der Metallurgie, und damit ein Vermögen zu machen. Und auf seine Art zeigte auch Uldin grimmige Begeisterung. In Attika gab es mehr als genug schnelle, feurige Pferde in gerade dem richtigen Alter, sie an den Sattel zu gewöhnen, und junge Männer in jeder Menge, die an seinen Experimenten für eine Kavallerie Interesse zeigten. In ein paar Jahren, sagte er, würde er eine Reitertruppe geschaffen haben, der nichts und niemand Widerstand leisten könne, wenn sie auszog auf Eroberung.

Dies alles wurde in der großen Halle besprochen, vor Ägeus, Theseus, Diores und den Feldherren des Königs. Reid räusperte sich und fragte seine Gefährten: »So glaubt ihr, wir können niemals in unsere eigenen Länder zurückkehren?«

»Wie könnten wir das?« fragte Uldin zurück.

»Wir müssen darüber reden.« Reid holte tief Luft. »O Herr und König, wir haben wirklich vieles zu besprechen, nicht zuletzt, wie wir versuchen könnten, dir unsere Dankbarkeit zu beweisen. Es wird nicht leicht sein, zu einer Einigung zu kommen, so verschieden, wie wir sind. Ich fürchte, es wird unmöglich sein, hier im Trubel und Getriebe deines Palastes eine Lösung zu finden. So hoffe ich, du wirst uns nicht zürnen, mein König, wenn wir fortgehen, um allein mit uns ins reine zu kommen?«

Ägeus zögerte. Theseus runzelte die Stirn. Diores lächelte und sagte glatt: »Beim Donner des Zeus, wer könnte euch dies verdenken! Hört, ich habe eine Idee. Morgen will ich euch einen Wagen schicken mit guten bequemen Sitzen und einem reichen Imbiß sowie einem vertrauenswürdigen Krieger, der euch fahren soll, wohin immer ihr wünscht.« Er hob die Hand. »Nein, schlagt mit das nicht ab, Freunde. Ich bestehe darauf. Für meine Schiffskameraden soll das Beste gerade gut genug sein. Und ihr dürft nicht unbegleitet wegfahren, mit einer schönen Frau, und nur zwei von euch können eine Klinge führen — wirklich, es wäre unklug.«

Und damit, dachte Reid erbittert, war die Sache erledigt. Man würde ihnen nie gestatten, allein miteinander zu sprechen.

Als er jedoch Erissa davon berichtete, war sie aus irgendeinem Grunde durchaus nicht enttäuscht.

Das schöne Herbstwetter hielt an: prickelnd kühle Luft, immer noch wärmere Sonne, die das Gold verdorrter Gräser und die sanften Herbsttöne der Blätter aufleuchten ließ, die eben anfingen, sich zu verfärben. Der Wagen, von einem friedlichen Maultier gezogen, war wirklich bequem. Die Zügel führte ein kräftiger junger Mann namens Peneleos, der seine ›Schützlinge‹ höflich genug behandelte, obwohl sein Blick mit eisblauer Kühle auf ihnen ruhte. Reid war sich sicher, daß man ihn, abgesehen von seinen Muskeln, vor allem wegen überdurchschnittlich guter Ohren und profunder Kenntnis des Keftiu ausgesucht hatte.

»Wohin soll's?« fragte er, als sie aus dem Palasthof hinausratterten.

»An einen ruhigen Platz«, sagte Erissa, bevor jemand anderer eine Antwort herausbrachte, »an einen Ort, an dem wir in Einsamkeit rasten können.«

»M-mh, der Hain der Periböa? Wir könnten um die Mittagszeit dort sein, gerade rechtzeitig, um eure Mahlzeit einzunehmen. Wenn du, Herrin, eine Eingeweihte im Dienst der Göttin bist, wie man mir sagte, so wirst du sicher wissen, was wir tun müssen, um der Nymphe angenehm zu sein.«

»Ja. Das ist wunderbar.« Erissa wandte sich an Oleg. »Erzähle mir über Diores' Landgut. Über alles! Ich war wie eingesperrt. Nichts gegen die höchst gütige Königin, natürlich, aber achäische Sitten sind nicht kretische.«

Sie hat einen Plan, stellte Reid mit wachsender Spannung fest.

Es war kein Problem, das Gespräch zunächst in neutralem Rahmen zu halten. Sie hatten einen unerschöpflichen Schatz an Erinnerungen auszutauschen, aus ihren eigenen Welten und aus dieser. Aber selbst wenn es nicht so gewesen wäre, hätte Erissa die Situation gemeistert, davon war Reid jetzt überzeugt. Sie plauderte nicht einfach kokett dahin, sondern stellte intelligente Fragen, die Oleg, Uldin und Peneleos aus ihrer Reserve lockten. Ihre Bemerkungen waren Köder für ausführliche Erklärungen. (»Wenn eure Schiffe, Oleg, so viel stabiler sind als unsere, daß die... Nordmänner, sagtest du?... tatsächlich damit den Weltenfluß Okeanos überqueren – ist das deshalb, weil ihr härteres Holz benutzt, oder Eisen für Nägel und Klammern, oder was sonst?«) Aufmerksam lauschte sie den Antworten der Männer, lehnte sich interessiert vor. Es war unmöglich, sich nicht ihrer feingemeißelten Züge bewußt zu sein, der Goldfunken in ihren graubraunen Augen, der Lippen, leicht geöffnet über perlweißen Zähnen, ihres schlanken Halses... und wie das Licht einen Metallschimmer in ihrem dunklen Haar weckte, wie der Wind ihr langes achäisches Gewand weich um Brüste und Hüften legte.

Sie kennt die Männer, dachte Reid. Und wie sie sie kennt!

Der heilige Hain bestand aus Lorbeerbäumen, die eine kleine Wiesenlichtung umrahmten. In der Mitte lag ein großer Felsblock, dessen Form vage an eine *Yoni* erinnerte — wohl auch hier Fruchtbarkeitssymbol, und Sinnbild der Halbgöttin Periböa. Auf der einen Seite schloß ein Olivengarten an, auf der anderen ein Gerstenfeld, beide abgeerntet und verlassen. Im Hintergrund, hoch über den Baumwipfeln, träumte der Berg Hymettos im herbstlichen Sonnenschein. Einschläfernd raschelte der Wind in den Kronen der Bäume, das welke Gras war dicht und warm. Hier gab es Frieden und Ruhe.

Erissa kniete nieder, sprach ein Gebet, brach einen Brotlaib und legte ein Stück auf den Stein, für die Vögel der Nymphe. Dann erhob sie sich und sagte. »Wir sind willkommen. Holt unser Essen und den Wein aus dem Wagen. Und Peneleos, willst du nicht Helm und Brustpanzer ablegen? Wir können doch jeden Kommenden schon aus weiter Ferne sehen; und es gehört sich nicht, vor einer weiblichen Gottheit Waffen zu tragen.«

»So bitte ich, daß sie mir vergibt«, sagte der Wächter und legte keineswegs zerknirscht, eher aufatmend seinen Panzer ab und machte es sich bequem. Dann aßen sie friedlich miteinander ihre einfache Mahlzeit.

»Nun, wir wollten über unsere Pläne sprechen«, sagte Uldin, als sie fertig waren.

»Noch nicht«, warf Erissa ein. »Ich habe eine bessere Idee. Die Nymphe ist uns wohlgesinnt. Wenn wir uns niederlegen und eine Weile schlafen, schickt sie uns vielleicht einen Traum, der uns Rat bringt.«

Peneleos zeigte sich beunruhigt. »Ich bin nicht schläfrig«, sagte er. »Außerdem, meine Pflicht...«

»Natürlich. Doch ist es auch deine Pflicht, für deinen König soviel als möglich über diese sonderbare Angelegenheit in Erfahrung zu bringen. So ist es doch?«

»M-m-m... ja.«

»Es könnte doch sein, daß du mehr Gunst bei der Nymphe findest, ist dies doch deine Heimat, nicht unsere. Gewiß aber wird sie erfreut sein, wenn du sie ehrst, indem du ihren Rat erbittest. Komm.« Erissa nahm ihn bei der Hand. Ihrem sanften Drängen folgend stand er auf. »Hier herüber, auf die sonnenbeschienene Seite ihres Steins. Setz dich, lehne dich an und fühle ihre Wärme und nimm sie in dich auf. Und nun...« Sie zog einen kleinen Bronzespiegel aus dem Kleidausschnitt. »Nun blicke in dieses Zeichen der Göttin, die Mutter der Nymphen ist.«

Sie kniete vor ihm. Er starrte verwirrt auf sie und auf die schimmernde Metallscheibe und wieder auf sie. »Nein«, murmelte sie. »Nur in den Spiegel sollst du blicken, Peneleos, nur in den Spiegel, und du wirst darin sehen, was immer die Allmutter will.« Sie drehte das Gerät langsam.

Herr im Himmel! dachte Reid. Er zog Oleg und Uldin fort, hinter den Felsen.

»Was macht sie?« erkundigte sich der Russe beunruhigt.

»Hscht«, flüsterte Reid. »Setzt euch. Seid still. Dies ist eine heilige Sache.«

»Eine heidnische Sache, fürchte ich.« Oleg bekreuzigte sich vorsorglich. Aber er und der Hunne fügten sich Reids Anordnung.

Sonnenlicht tropfte durch wispernde Blätter. Der süße Duft trockenen Grases stieg ihm entgegen wie Weihrauch. Bienen summten um Heckenrosen. Nicht lauter war Erissas Stimme.

Als sie endlich um den Felsen herumkam, war nichts mehr von ihrer früheren Lebhaftigkeit zu erkennen. Sie hatte sie abgelegt wie eine Maske. Jetzt war ihr Gesicht zugleich erregt und ernst. Die weiße Strähne leuchtete in ihrem schwarzen Haar wie ein Kronreif.

Reid sprang auf. »Es ist dir gelungen?« fragte er.

Sie nickte. »Er wird erst aufwachen, wenn ich es ihm befehle. Nachher wird er überzeugt sein, daß er gemeinsam mit uns eingeschlafen ist und das geträumt hat, was ich ihm noch sagen werde.« Sie sah den Amerikaner prüfend an. »Ich wußte nicht, daß auch du von diesem Schlaf weißt.«

»Was für eine Zauberei ist das?« krächzte Oleg mißtrauisch.

Hypnose, dachte Reid. Nur hat sie mehr Begabung dafür als irgendein Hypnotherapeut, von dem ich in meiner Zeit gehört habe. Nun, ich nehme an, das ist eine Sache der Persönlichkeit.

»Es ist der heilige Schlaf«, sagte Erissa, »den ich Kranken auferlege, um ihre Schmerzen zu lindern, oder Besessenen, um ihnen die Dämonen auszutreiben und ihnen Ruhe zu schenken. Nicht immer gelingt es. Aber Peneleos ist ein einfacher Mensch, und ich habe die Fahrt hierher dazu benützt, ihm Vertrauen einzuflößen.«

Uldin nickte. »Ich habe Schamanen dies tun sehen«, bemerkte er. »Fürchte nichts, Oleg. Nie jedoch hätte ich gedacht, einen weiblichen Schamanen zu treffen.«

»Jetzt werden wir reden«, sagte Erissa.

Ihre kühle Zielstrebigkeit machte Reid mit einem schmerzlichen Stich bewußt, daß sie in Wirklichkeit gar nicht jene angstvolle Schiffbrüchige, sehnsüchtige Heimatlose, die glühende und trostbedürftige Geliebte war, als die er sie zu kennen glaubte. Dies waren nur einzelne Wogen auf einem tiefen Meer. Sie war jetzt nicht mehr das Mädchen, das sich ein Vierteljahrhundert nach ihm gesehnt hatte, sie war eine Fremde – die Sklavin, die ihre Freiheit errang, eine kluge Frau, die, unter Wilde verschlagen, am Leben blieb, eine Königin des starken Hauses, das sie selbst geschaffen hatte, eine Heilerin, Hexe, Priesterin, Seherin. Plötzlich hatte er einen Moment das eigenartige Gefühl, daß ihre dreifaltige Göttin wahrhaftig an diesem Ort waltete und von ihr Besitz ergriffen hatte.

»Was bringt das Verderben über Atlantis?« drängte sie.

Reid bückte sich und füllte seinen Becher mit Wein, um damit den sonderbaren Schauder zu vertreiben, der ihn überkam. »Du erinnerst dich nicht?« fragte er lahm.

»Nicht an das Ende. Die Monate davor, die dir und mir

gehörten, auf der heiligen Insel und in Knossos, die sind unvergessen. Aber ich will nicht über etwas sprechen, das – wie ich jetzt weiß – mit dir erst geschehen wird, auch wenn ich es schon erlebt habe. Dies ist zu heilig.

Sagen will ich nur folgendes: Ich habe herausgefunden, welches Jahr man hier zählt, und auch wie lange die Thronbesteigung des jetzigen Minos, oder der Krieg zwischen Kreta und Athen zurückliegt. Damit habe ich errechnet, daß wir uns wirklich vierundzwanzig Jahre vor jenem Tag befinden, da ich von Rhodos nach Ägypten versetzt werde. So wirst du bald fortgehen, Duncan.«

Oleg war so blaß geworden, wie es seine gesunde Röte gestattete. Uldin hatte sich hinter seine steinerne Maske zurückgezogen.

Reid stürzte den scharfen Rotwein hinunter. Er sah Erissa nicht an; sein Blick wich aus und heftete sich an den Gipfel des Hymettos über den Baumwipfeln. »Was ist das letzte, an das du dich deutlich erinnerst?« fragte er.

»Wir reisten im Frühjahr nach Knossos, wir Schwestern des heiligen Ritus. Ich tanzte mit den Stieren.« Ihr gemessener, unpersönlicher Tonfall wurde weich. »Und dann kamst du, und wir – aber Theseus war auch schon dort, und andere, an die ich mich nicht klar erinnere. Vielleicht war ich zu glücklich, um mich darum zu kümmern. Aus jener Zeit blieb mir nur unser Glück.« Und leiser: »Es wird mir bleiben, solange ich lebe, und ich werde es mit mir nehmen, wenn die Göttin mich ruft.«

Wieder wurde sie zur weisen Frau, die mit ihrem Rat die Menschen lenkt: »Wir müssen Genaueres über die Zukunft wissen als meine nebelhafte Erinnerung vom Ende oder Gerüchte, die ich später darüber hörte, uns erzählen können. Was weißt du?«

Reid krampfte die Finger um den Becher, daß es schmerzte. »Dein Atlantis«, sagte er, »ist es nicht eine Vulkaninsel etwa sechzig Seemeilen nördlich von Kreta?«

»Ja. Ich glaube, der Rauch, der so oft von dem Berg auf der Insel aufsteigt, war Anlaß für den Namen ›Land der

Säule‹. Atlantis ist die Residenz der Ariadne, die im ganzen Reich über Riten und Heiligtümer gebietet, so wie der Minos über weltliche Angelegenheiten herrscht.«

Ariadne? Kein Name, wie der Mythos überliefern würde, sondern ein Titel: ›Die Höchstgeweihte.‹

»Ich weiß, daß Atlantis untergehen wird in Feuer, Aschenregen, Sturm und Finsternis«, sagte Erissa.

»Dann weißt du soviel wie ich, beinahe jedenfalls«, antwortete Reid niedergeschlagen. »In meiner Zeit gibt es nur mehr Bruchstücke. Es ist zu lange her.«

Er hatte ein paar populärwissenschaftliche Berichte über die Theorien und jene Ausgrabungen gelesen, die man in seiner Ära gerade erst begonnen hatte. Eine Inselgruppe, Thera und einige noch winzigere Nachbarn, die Santorin-Inseln, waren einzig und allein dadurch bemerkenswert geworden, daß man auf ihnen Spuren eines Vulkanausbruchs entdeckte, der selbst den des Krakatau bei weitem übertroffen haben mußte. Dann aber hatten ein paar Archäologen und Altertumsforscher – ja, ein gewisser Angelos Galanopoulos war der erste gewesen – begonnen, sich Gedanken zu machen. Wenn man rekonstruierte, wie die ursprünglich zusammenhängende Hauptinsel einst ausgesehen haben mußte, dann entstand ein Bild, das überraschend an Platos Beschreibung von Atlantis und seiner Hauptstadt erinnerte; und unter Lava und Aschenschichten tauchten tatsächlich uralte Mauerreste auf. Was von jenen Bauwerken die Katastrophe überstanden hatte, würde vielleicht sogar besser erhalten sein als die Häuser von Pompeji.

Es war natürlich denkbar, daß Plato im *Timaios* und *Kritias* nur seine Dialoge mit einem Märchen ausschmükken wollte. Er hatte seinen unglaubhaft großen verlorenen Kontinent weit hinaus ins Weltmeer und weit in die Vergangenheit versetzt, als daß Athen mit Atlantis hätte Krieg führen können. Und doch gab es Gründe, die dafür sprachen, daß diesen Schriften Reste echter historischer Überlieferung zugrunde lagen, Erinnerungen an das minoische

Reich, die nebelhaft durch die Legenden der klassischen Zeit geisterten.

Nehmen wir einmal an, daß Platos Zahlen falsch waren. Er behauptete, den Atlantisstoff von Solon übernommen zu haben, der die Geschichte von einem ägyptischen Priester hatte, der wiederum sich auf Berichte in einer anderen, älteren Sprache berief. Wenn man ägyptische Ziffern in griechische überträgt, kann man sich — das habe ich irgendwo gelesen — bei Zahlen über hundert leicht um den Faktor zehn irren; dann war es möglich, daß eine Zeitspanne, die einige Monate zählte, zu mehreren Jahren wurde.

In diesem Fall war Plato logischerweise gezwungen, sein Atlantis jenseits der Säulen des Herkules zu lokalisieren. Im Mittelmeer war einfach kein Platz dafür. Aber lassen wir einmal das offensichtlich erfundene Hinterland weg. Verkleinern wir die Maße der Stadt um eine Größenordnung, dann bekommen wir etwas, das durchaus Santorin gewesen sein könnte. Ändern wir Jahre in Monate. Damit verschiebt sich der Untergang von Atlantis auf die Zeit zwischen 1500 und 1300 vor Christus.

Und das paßte wunderbar auf das Datum 1400 v. Chr., auf das die Archäologen — plus oder minus ein paar Jahrzehnte — die Zerstörung von Knossos und den Fall der Thalassokratie festsetzten.

Reid dachte: Ich kann ihr nicht sagen, daß ich zwar interessant fand, was ich las, aber nicht interessant genug, daß ich hingefahren wäre, oder auch nur mehr gelesen hätte.

»Wovon sprecht ihr?« schnaubte Uldin.

»Wir wissen, daß die Insel zerstört werden wird«, erklärte ihm Reid. »Es wird das Furchtbarste sein, was sich in diesem Teil der Welt je ereignet. Ein Berg wird auseinanderbrechen, Steine und Asche werden vom Himmel fallen, und die Finsternis wird sich bis Ägypten ausbreiten. Riesige Flutwellen, von der bebenden Erde aufgetürmt, werden die kretische Flotte zerstören, und Kreta hat keine andere Verteidigungswaffe. Erdstöße werden seine Städte in Schutt verwandeln. Wehrlos wird das Land den achäischen Eroberungen offenstehen.«

Eine Weile sannen sie über das Gehörte nach, in der verzaubernden Stille des Heiligtums. Sanftes Flüstern des Windes, Bienengesumm. Endlich fragte Oleg, die Augen zusammengekniffen unter grüblerisch gerunzelter Stirn: »Warum gehen die Schiffe der Achäer nicht ebenfalls unter?«

»Sie sind weiter davon entfernt«, vermutete Uldin.

»Nein«, sagte Erissa. »In den Jahren danach hörte ich viele Berichte. Überall entlang des Peleponnes und an der Westküste Asiens wurden Schiffe von der Flutwelle erfaßt, ans Land geworfen und zerschmettert; über alle Küsten unseres Meeres brach der Wasserwall herein und überflutete sie. Der athenischen Flotte geschah jedoch nichts. Sie befand sich auf See und überstand die Katastrophe mit geringen Schäden. Sein Leben lang brüstete sich Theseus, daß Poseidon damals für ihn gekämpft habe.«

Reid nickte. Er hatte von Tsunamis schon einiges hört. »Eine solche Flutwelle hebt die Schiffe mit sich hoch und schadet ihnen kaum, solange sie sich auf dem offenen Meer befinden. Ich nehme an, die kretische Flotte lag im Hafen oder befand sich nahe der Küste, die sie zu beschützen hatte. So erfaßte sie die Riesenwoge und warf sie an Land.«

»Wie schwere Brandung es tut.« Oleg fröstelte trotz der Sonnenwärme.

»Tausendmal schlimmer«, sagte Reid.

»Wann soll das geschehen?« fragte Uldin.

»Anfang nächsten Jahres«, antwortete Erissa.

»Sie meint, zeitig im nächsten Frühjahr«, erklärte Reid, da man in Rußland wohl einen anderen Kalender verwendete und bei den Hunnen vielleicht gar keinen.

»So«, sagte Oleg nach kurzem Schweigen. »So.«

Er trottete zu der Frau hinüber und tätschelte ihr unbeholfen die Schulter. »Es tut mir leid um dein Volk«, murmelte er. »Kann man gar nichts tun?«

»Wer konnte den Dämonen Einhalt gebieten?« wandte Uldin ein. Erissa sah an ihnen allen vorbei ins Leere.

»Die Mächte waren uns wohlgesinnt«, fuhr der Hunne fort. »Sie brachten uns auf die Seite des Siegers, nicht?«

»Nein!« brach Erissa los. Mit geballten Fäusten fuhr sie herum, starrte die Männer an; ihre Augen flammten. »Es wird nicht geschehen! Wir können den Minos und die Ariadne warnen. Unsere Flotte muß aufs Meer hinaus. Und... die verfluchten Athenerschiffe müssen im Hafen gehalten werden, irgendwie. Dann überlebt unser Reich.«

»Wer wird uns glauben?« flüsterte Reid.

»Kann Vorherbestimmtes abgewandt werden?« fragte Oleg ebenso leise und erschüttert. Er bekreuzigte sich zitternd.

Uldin zuckte die Achseln. »*Sollte* es abgewendet werden?«

»Was?« rief Reid entgeistert.

»Was schadet's, wenn die Achäer gewinnen?« sagte Uldin. »Sie sind ein starkes und gesundes Volk. Die Mächte stehen auf ihrer Seite. Nur ein Wahnsinniger würde sich dagegen auflehnen.«

»Schweig«, sagte Oleg rauh. »Es ist unklug und gefährlich, solche Dinge auszusprechen.«

Unerschüttert sprach Erissa wie das verkörperte Schicksal: »Wir müssen es versuchen. Wir werden es versuchen. Ich weiß es.« Und zu Reid gewandt: »Bald wirst auch du es wissen.«

»Was auch immer geschieht«, fügte der Architekt hinzu, »in Atlantis liegt unsere einzige Hoffnung, jemals wieder heimzukommen.«

KAPITEL 11

An diesem Abend kam der Regen, getragen von einem brausenden Sturm. Er prasselte gegen Mauern, peitschte über die Dächer, gurgelte über das Steinpflaster. Der Wind pfiff und klapperte mit Türen und Läden. Tönerne Glutbecken in der großen Halle konnten die feuchte Kühle nicht vertreiben, noch Lampen, Fackeln und Herdfeuer die Finsternis: mißgestaltige Schatten kauerten im Gebälk und huschten über die Krieger, die auf den Sitzbänken saßen und sich gedämpft unterhielten, immer wieder unruhige Blicke auf die Gruppe um die Thronsessel werfend.

Ägeus saß eingemummt in ein Bärenfell und gab sich wortkarg. Theseus, wuchtig zu seiner Rechten thronend, und Diores links von ihm waren es, die für den König sprachen. Von den Menschen, die ihnen gegenüberstanden, verhielten sich Oleg und Uldin ebenfalls schweigend.

Reid und Gathon hatten sich vorher nicht besprechen können, hatten einander kaum gesehen, bis das Protokoll verlangte, daß diese sonderbaren Fremdlinge der Stimme des Minos vorgestellt wurden; in jenem Augenblick jedoch, als der Kreter durch die Tür trat und seinen durchnäßten Mantel abwarf, traf sich sein Blick mit dem des Amerikaners und sie waren Verbündete.

»Welches Anliegen ist so dringend, daß ihr mich heute noch sprechen wollte?« erkundigte sich Gathon nach den einleitenden Formalitäten.

Er sprach höflich, doch ohne Ergebenheit, da er Ägeus' Oberlehnsherrn vertrat. Geringer als ein Vizekönig, höher gestellt als ein Gesandter, war er im wesentlichen Beobachter, der nach Knossos berichtete und die Einhaltung der Vertragsbedingungen durch die Athener beaufsichtigte. Seinem Aussehen nach war er ein typischer Kreter: feinknochiges Gesicht mit schmaler Nase, großen, dunklen Augen; ein schlanker Körper, trotz mittleren Alters. Die schwarzen Haare waren in sorgfältig gedrehten Locken in die Stirn gekämmt, zwei geflochtene Strähnen vor jedem Ohr und eine offene, gepflegte Mähne fielen weit über die Schultern. Er war bartlos, so weit sich dies mit einer Pinzette und einem sichelförmigen Bronzespiegel bewerkstelligen ließ. Mehr des Wetters wegen als aus Rücksicht auf Festlandsitten hatte er den einfachen Lendenschurz seines Volkes durch eine knöchellange, gefältelte Robe ersetzt. Das Gewand wirkte ägyptisch; die Länder des Pharao und des Minos standen seit langem in enger Verbindung.

Theseus beugte sich vor. Das Licht der Flammen spielte über seine kraftvollen Züge und glühte in den Raubtieraugen. »Unsere Gäste hier wünschten dich so bald als möglich zu sehen«, stellte er kurz fest. »Sie berichteten von einem Orakel.«

»Die Angelegenheit der Göttin duldet keinen Aufschub«, erklärte Reid mit Pathos. Erissa hatte ihm die nötigen Phrasen beigebracht und erklärt, daß Eile um so überzeugender wirken würde. Er verbeugte sich vor Gathon. »Herr der Stimme, du hast vernommen, auf welche Weise wir aus unseren verschiedenen Heimatländern entführt wurden. Wir wissen jedoch nicht, ob dies durch einen zufälligen Zauber, das Wirken eines Dämons oder durch göttlichen Willen geschah. Wenn letzteres der Fall ist, welche Gottheit veranlaßte es und was wünscht sie von uns?

So suchten wir heute einen einsamen Ort, um uns zu besprechen. Der Krieger des Königs, der uns begleitete, schlug den Hain der Periböa vor. Dort opferte die Herrin Erissa der Göttin, der sie dient, nach dem Ritus von Keft. Dann überkam uns alle ein Schlaf, der mehrere Stunden dauerte, und ein Traum. Als wir erwachten, stellten wir fest, daß wir alle den gleichen Traum gehabt hatten — ja, selbst unser Begleiter.«

Oleg trat von einem Fuß auf den anderen, verschränkte die Arme, löste sie wieder. Er hatte schließlich zugesehen, wie Erissa Peneleos diesen Traum eingab. Über Uldins Gesicht schien Hohn zu flackern, oder täuschten die Schatten, die über seine Narben zuckten? Eine Regenbö fauchte durch den Rauchabzug herein; das Herdfeuer prasselte auf, dampfte und spuckte graue, beißende Schwaden.

Gathon machte eine rituelle Abwehrgeste; sein Blick jedoch, der unverwandt auf Reid ruhte, verriet vor allem forschenden Intellekt, während Ägeus neben fröstelnder Müdigkeit nur Beunruhigung zeigte, Theseus unterdrückte Heftigkeit, und Diores versuchte seine Wachsamkeit zu verbergen. »Gewiß ist das göttliche Fügung«, sagte der Minoer ruhig. »Wie war der Traum?«

»Wie wir schon den Fürsten hier berichtet haben«, antwortete Reid, »erschien uns im Schlaf eine Frau, die wie eine Adelige von Keft gekleidet war. Wir sahen ihr Gesicht nicht, vielleicht ist auch unsere Erinnerung daran verblaßt. Sie hielt in jeder Hand eine Schlange, die sich um ihre Arme wanden. Sie sprach, nicht laut, sondern flüsternd, so daß ihre Stimme mit dem Zischen der Schlangen verschmolz: ›Nur Fremde aus fremdem Land sind berufen, das Wort zu verkünden, auseinandergerissene Häuser sollen wieder eins werden, und die See soll vom Blitze getroffen fruchtbar werden in der Stunde, da der Stier sich der Eule vermählt, doch wehe denen, die nicht hören wollen!‹«

Schweigen folgte; nur die Stimme des Sturms sprach. In einer Zeit, in der jeder glaubte, die Götter oder die Toten verkündeten den Menschen ihr Schicksal, erstaunte es niemand, daß jene, deren enge Verbindung mit den Mächten offenbar war, eine prophetische Erscheinung gehabt hatten. Nun mußte man sich bemühen, die Bedeutung des Spruchs zu enträtseln.

Reid und Erissa hatten nicht gewagt, deutlicher zu werden. Orakel durften das nicht sein. Vermutlich hätte sie Diores ohnehin der Lüge bezichtigt, wenn nicht sein Krieger alles bestätigt hätte; trotzdem war er wohl immer noch mißtrauisch.

»Wie legst du dies aus, Stimme?« fragte Theseus.

»Was meinen jene, die den Spruch erhielten?« erwiderte der Minoer.

»Wir glauben, uns wird dadurch befohlen, dein Land aufzusuchen«, stellte Reid fest. »Tatsächlich fühlen wir uns verpflichtet, ohne unsere Gastgeber kränken zu wollen, vor allem ihrem Oberherrn unsere Dienste anzubieten.«

»Hätten die Götter das gewollt«, sagte Theseus, »dann würden sie euch doch gleich ein kretisches Schiff nach Ägypten gesandt haben.«

»Dann aber wären die Fremden niemals nach Athen gekommen«, wandte Gathon ein. »Und die Orakelbotschaft scheint mir anzudeuten, daß sie im Gegenteil dazu bestimmt sind, irgendwie... entzweite Häuser zusammenzubringen. Zwist wuchert seit langem zwischen unseren Ländern, und die Zeit hat unsere Beziehungen nicht gebessert. Diese Männer kommen von so weit her, daß ihre Beweggründe zu keinem Mißtrauen Anlaß geben, wie es bei anderen der Fall wäre. So können sie Vermittler sein, die es ermöglichen werden, den Willen der Götter zu erfüllen. Wenn der Stier von Keft sich mit der Eule von Athen vereinigt – wenn der Blitz des Zeus die Wasser unserer Herrin befruchtet – so weist das auf ein Bündnis. Vielleicht eine königliche Heirat zwischen Labyrinth und Akropolis, aus der ein mächtiger Herrscher geboren wird? Ja, diese Fremden müssen unbedingt nach Knossos kommen zu eingehenderen Beratungen. Und zwar sofort. Noch ist die Jahreszeit nicht so weit fortgeschritten, daß nicht ein gutes Schiff mit erfahrener Besatzung sie hinüberbringen kann.«

Unvermittelt knurrte Uldin: »Das geht nicht!«

Du Hundesohn, durchfuhr es Reid.

Dann legte sich sein Ärger. Der Hunne wußte, daß sie alles nur vortäuschten, um ein Land zu erreichen, dessen Untergang gewiß war. Im Hain noch hatte er sich bitter gewehrt: sich auf die Seite des Verlierers – einer Rasse von Seefahrern noch dazu! – zu schlagen war Wahnsinn genug, aber nur ein von einem bösen Dämon Besessener würde gegen den Willen der Götter handeln. Sie hatten ihn erst dazu gebracht, daß er wenigstens zu schweigen versprach, als Reid erklärt hatte, nur der Kontakt mit Atlantis könnte sie jemals wieder heimbringen. Nun mußte ihn seine Besorgnis überzeugt haben, daß diese vage Hoffnung nicht das Risiko wert war.

Oleg funkelte ihn an. »Warum nicht?«

»Ich – also...« Uldin richtete sich entschlossen auf. »Ich habe Diores versprochen, gewisse Dinge für ihn zu unternehmen. Wie können die Götter ein gebrochenes Versprechen wünschen?«

»Wissen wir überhaupt, was wirklich ihr Wille ist?« warf Theseus ein. »Das Orakel könnte sehr wohl die gegenteilige Bedeutung von jener haben, die der Herr der Stimme ihm gibt. Es könnte eine Warnung vor dem Unheil sein, das folgt, wenn wiederum eine unnatürliche Vereinigung vollzogen wird.« Zähne blitzten in seinem Bart auf.

Gathon erstarrte bei dieser kaum verschleierten Anspielung auf eine schmutzige Geschichte, die sich die Achäer über die Zeugung des ersten Minotaurus erzählten. »Mein Gebieter wird nicht erfreut sein, wenn er erfährt, daß ein für ihn gedachter Spruch ebenso wie ein gewisses Helmpaar ihm vorenthalten werden«, sagte er drohend.

Das war ein Patt. Keine Seite gönnte der anderen die Fremden, ihre möglicherweise revolutionären Fähigkeiten und ihr gewiß ungeheures *Mana.* Andererseits wollte auch niemand offenen Streit, noch nicht.

Diores trat vor, hob eine Hand. Ein Lächeln zog Falten in seinem ledrigen Gesicht. »Meine Fürsten«, sagte er, »meine Freunde. Wollt ihr mich anhören?« Der Prinz nickte. »Ich bin nur ein einfacher alter Seefahrer und Pferdezüchter«, fuhr Diores fort. »Weder besitze ich eure Weisheit, noch eure Kenntnisse. Doch manchmal kommt es vor, daß ein kluger Mann am Steuer steht und erfolglos zu ergründen sucht, was vor ihm liegt, bis sein einfacher Tropf von Ruderknecht den Mast hinaufklettert und sich einfach umsieht. Stimmt's?«

Er strahlte und gestikulierte und zog seine Publikum in den Bann. »Nun also«, dröhnte seine Stimme durch Regenprasseln, Windbrausen und Knistern der Flammen, »was ist unser Problem? Zum einen wissen wir, daß die Götter nichts dagegen haben, daß diese Leute bei uns in Athen leben, denn keinerlei Unheil geschah, das ihre Mißbilligung ausgedrückt hätte. Richtig? Zum zweiten jedoch ist es klar, daß der Minos ein Recht hat, die Fremden zu sehen — wenn es ohne Gefahr zu bewerkstelligen ist — und wir glauben, die Götter haben ihnen heute Befehl zum Lossegeln gegeben. *Glauben* wir.« Er legte einen Finger an die Nase. »*Wissen* wir es? Dies sind trügerische Gewässer, Freunde, an einer gefährlichen Küste. Ich sage, rudern wir langsam und loten wir die Untiefen aus... auch zum Besten der Keftiu, Stimme Gathon.«

»Was schlägst du vor?« fragte der Kreter ungeduldig.

»Also, ich will's geradeheraus sagen, wie's ein grober alter Schiffer wie ich nun mal gewohnt ist. Sehen wir zuerst, was jene denken, die über die Götter mehr wissen, im besonderen über die Keftiu-Götter, als wir hier. Ich meine die Ariadne und ihre Räte auf Atlantis...«

Theseus richtete sich abrupt auf. Seine Hand klatschte aufs Knie, hörbar stieß er den Atem aus. Reid fragte sich verwundert, was so plötzlich seine Begeisterung geweckt haben mochte.

»... und ich meine außerdem, daß wir nicht das Risiko eingehen sollten, alle vier hinzuschicken, da schließlich die Herbststürme vor der Tür stehen. Warum nicht nur einen, der für seine Freunde sprechen mag, zu denen ich hoffentlich alle heute hier Anwesenden zählen darf? Und, hmmm, würdet ihr nicht auch Duncan für den geeignetsten halten? Ich denke, er ist der Klügste — ohne Oleg und Uldin damit beleidigen zu wollen. Oder die Herrin Erissa, wenn ihr meine Worte berichtet werden. Aber es ist doch so, daß sie nichts weiß, das nicht auch der Ariadne bekannt wäre. Duncan jedoch kommt aus dem entferntesten Land; er allein konnte verstehen, was der sterbende Zauber zu sagen hatte; er kann Feuer in seinen Fingern aufflammen lassen, und ich weiß nicht, was noch alles. Jedenfalls wenden sich seine Gefährten an ihn, wenn Rätselhaftes zu klären ist, und das gewiß zu Recht. Laßt ihn zur Ariadne nach Atlantis fahren. Mit ihrer Hilfe wird es gelingen, diesen verhakten Anker klarzubekommen. Einverstanden?«

»Einverstanden, bei Ares!« schrie Theseus.

Gathon nickte nachdenklich. Ohne Zweifel verstand er, daß dieser Plan eine Kompromißlösung war, die den Athenern erlaubte, Geiseln zu behalten, deren Kenntnisse ihnen brauchbarer schienen als die Reids. Jedoch war die ganze Angelegenheit ominös und verworren; Vorsicht war angebracht; und schließlich war die Ariadne als geistliches Oberhaupt der Keftiu wirklich am besten dazu geeignet, Licht in die Sache zu bringen.

Die Dinge nehmen ihren Lauf wie vorherbestimmt, erkannte Reid, und wieder glaubte er das Walten des Schicksals zu spüren wie einen übermächtigen Zwang — wie damals unter dem Mond von Kythera; jetzt aber war ihm, als sei er ein Regentropfen, den der Sturm durch die Nacht schleudert.

Sie ließen die Lampen brennen. Das sanfte Licht liebkoste Erissa, wie es seine Hand tat. »Macht es mich jung?« flüsterte sie mit tränenglänzenden Augen.

Reid küßte ihren Mund und die pulsierende Mulde unter ihrer Kehle. Sie war Wärme in dem kalten Raum. Er spürte die geschmeidige Bewegung ihrer Muskeln an seiner Haut, wo ihre Körper sich berührten auf dem Lager; ein Sonnenduft wie auf der Wiese der Nymphe war um sie. »Du bist schön«, war die einzige, armselige Antwort, die ihm einfiel.

»Morgen schon ...«

Ein Tag war mit Reisevorbereitungen vergangen. Er und sie hatten ihn gemeinsam verbracht... und hol' der Kuckuck das Gerede der anderen.

»Wir können nicht länger warten, zu dieser Jahreszeit.«

»Ich weiß, ich weiß, Und doch könntest du es. Dir kann

nichts zustoßen, Duncan. Du wirst sicher nach Atlantis gelangen. Du *bist* hingekommen.« Sie barg ihr Gesicht an seiner Schulter. Er spürte die Nässe von Tränen. Ihr Haar fiel seidig über seine Brust. »Versuche ich, jenes Mädchen um ein paar Tage Glück zu betrügen? Ja. Aber es hilft nichts, oder? – Wie froh bin ich, daß wir nicht wissen, was mit uns nach dem kommenden Frühjahr geschieht. Ich könnte das nicht ertragen.«

»Ich glaube, du könntest alles ertragen, Erissa.«

Eine Weile sprach nur ihr Atem zu ihm. Dann richtete sie sich halb auf, sah ernst auf ihn herab und sagte: »Noch braucht nicht alles verloren sein. Vielleicht können wir sogar mein Volk retten. Vielleicht sind wir die Klinge, mit der die Götter schlechten Wuchs des Schicksalsbaumes zurückschneiden. Wirst du dich bemühen, Duncan, wo immer du bist, so wie ich mich hier bemühe, während ich auf dich warte?«

»Ja«, versprach er, und das wenigstens meinte er ehrlich.

Trotzdem glaubte er nicht, daß sie ihre Welt retten konnten. Oder wenn das möglich war – wenn der Wille des Menschen wirklich die Bahn der Sterne ändern konnte: denn Geschehenes ändern hieß das Universum ändern bis ins letzte Zeitjahr und Lichtjahr – dann würde er niemals Bitsy dazu verdammen, nie geboren zu werden. Und doch, konnte nicht irgendwo eine Tür offenstehen in diesem Käfig der Zeit?

Erissa zwang sich ein Lächeln ab. »Dann laß uns nicht länger traurig sein«, sagte sie. »Liebe mich, bis der Tag anbricht.«

Er hatte nicht gewußt, was Liebe sein konnte, bevor er sie traf.

KAPITEL 12

Selbst die Unheimlichkeit des festgesetzten Schicksals, um das er wußte, konnte nicht die Faszination trüben, die Reid empfand, als das sagenhafte Atlantis am Horizont auftauchte.

Die Insel hob sich aus einem Meer, das an dem Tag mehr grün als blau war, und auf dem schaumgekrönte Wellen dahinjagten, um die Wette mit den kleinen schnellen Wolken über ihnen. Das Land war fast kreisrund, mit einem Durchmesser von etwas mehr als elf Meilen; es stieg von der Küste in steilen felsigen Stufen hoch. Wo Klippen und Felsen bloßlagen, sah man die Farben des Gesteins, Schwarztöne, stumpfes Rot, und zuunterst überraschend blaßweißen Bimsstein. In der Mitte der Insel ragte drohend der Kegel aus Lava und Schlacke auf. Ein Fußpfad war zu erkennen, der in Serpentinen zu dem jetzt schweigenden Krater hinaufführte. Nicht weit von der Küste erhob sich ein Nebenvulkan aus den Wellen.

Auf den ersten Blick erschien die Insel keineswegs imposant; ... ›Bezaubernd‹ war das Wort, das Reid in den Sinn kam. Felder, jetzt in herbstlichem Ocker, waren hier und da auf kleinen Erdfleckchen angelegt, aber im wesentlichen hatte man den Boden für Gärten genutzt: Oliven, Feigen, Äpfel oder Weingärten, die nun rot und purpurfarben glühten. Noch mehr von dem steilen Land war unbebaut geblieben: Gras, würzigduftende Stauden, verstreute Eichen und Zypressen, zwergwüchsig geworden durch dünne Erde und salzige Winde. Reid war überrascht, auf diesen Weiden nicht die sonst allgegenwärtigen Ziegen zu sehen, sondern große, braunweiß gefleckte Rinder; dann fiel ihm ein, daß dies das heilige Land der Keftiu war und daß Erissa (hier! heute!) mit diesen schwerbehörnten Stieren tanzte.

Die Gehöfte lagen weit verstreut. Die Häuser ähnelten

denen in Griechenland oder in anderen Mittelmeerländern; flache Würfel aus luftgetrockneten Ziegeln, meist sauber verputzt. Bei vielen führten Stiegen an der Außenwand aufs Dach, aber nur wenige Fenster gingen nach außen; das Übliche war ein Innenhof, in dem sich das Familienleben hauptsächlich abspielte. Die Keftiu gaben ihren Heimen jedoch durch pastellfarbenen Putz und bunte Fresken eine charakteristische Note.

Geschäftig durchschnitten Fischerboote die Küstengewässer; ansonsten war, außer Diores' Schiff, kein größeres Fahrzeug zu sehen. Am südlichen Horizont zeigte eine verwaschene Wolkenkappe die Lage Kretas an.

Reid zog fröstelnd den Mantel enger um die Schultern. War Atlantis nicht mehr als das?

Dann ruderte das Schiff an einer kleinen Insel zwischen steilen Klippen vorbei, die den Eingang zu einer weiten Lagune schützte. Reid sah, daß der große Vulkan gerade in der Mitte der Bucht aufragte. Und er sah auch, daß dies hier wirklich ein Ort war, den die Legende niemals vergessen würde. Im Vordergrund war eine Stadt über sanfte Hügel gelagert, die sich aus dem Wasser erhoben. Sie war zumindest so groß wie Athen, regelmäßiger angelegt und von bunter Vielfalt, und sie bedurfte keines Schutzwalls ... Die Hafenanlagen waren verlassen, die meisten Schiffe über den Winter an Land gezogen. Reid entdeckte auf einem künstlich verbreiterten Strand weiter draußen ein paar aufgebockte Rümpfe, die gerade geschabt und angestrichen wurden; andere Boote waren bereits in den Schuppen dahinter untergebracht. Einige vogelschnäblige Kriegsschiffe lagen jedoch auslaufbereit am Pier, Mahnzeichen für des Seekönigs Macht.

Hier im geschützten Herzen der Insel glitzerte das Wasser hell und friedlich, die Luft war warm und der Wind nur mehr sanfte, duftende Brise. Eine Reihe von kleineren Booten segelte über die Bucht. Ihre bunten Wimpel und Segel, und die Frauen und Kinder an Bord bewiesen, daß sie nur dem Vergnügen dienten.

Diores wies auf die Wächterinsel im Einfahrtskanal. »Dorthin wollen wir«, sagte er. »Zuerst aber legen wir bei der Stadt drüben an und ersuchen um Genehmigung, die Ariadne sprechen zu dürfen.«

Reid nickte. Es war klar, daß man nicht einfach jedermann in sein Heiligtum lassen konnte. Die kleine Insel war von Meisterhand in ein Gartenparadies verwandelt worden: auf weich abgestuften Terrassen leuchteten selbst jetzt noch unzählige Blumen im Wettstreit mit der Bronze und dem Gold des Herbstlaubs in den Hainen. Auf der Kuppe der Insel dehnte sich ein weiter Gebäudekomplex, mit nur zwei Geschossen, aber großzügig angelegt und eindrucksvoll durch seine Zyklopenmauern. Sie waren weiß verputzt, und auf diesem Untergrund verlief ein Freskenband: Menschen, Stiere, Tintenfische, Pfauen, Affen, Chimären, ein bunter Zug von Gestalten, die von beiden Seiten bis zu den Säulen herantanzten, die das Haupttor flankierten. Leuchtend rot waren diese Säulen – Erissa hatte Reid erzählt, daß der Pfeiler ein heiliges Symbol sei. Ein weiteres Zeichen war in Gold über dem Tor eingelassen: die Doppelaxt, die Labrys. Das dritte heilige Emblem krönte den Dachfirst, ein Paar mächtiger, vergoldeter Hörner.

»Wird man uns lange warten lassen?« fragte er. Ein Teil seines Ichs erwog mit leichter Enttäuschung, daß doch immer, welch ungewöhnliches Abenteuer ein verworrenes Geschick einem auch bereitete, die meiste Zeit von alltäglichen Dingen beansprucht wurde. Zwar hatte ihn der Gedanke an seine Zukunft selbst schweigsam gemacht, aber stundenlanges, prosaisches Geschwätz war ihm auf der Herreise nicht erspart geblieben. Kein ernsthaftes Gespräch war zustande gekommen; Diores hatte es stets geschickt zu verhindern gewußt.

»Uns doch nicht«, sagte der Athener. »Nicht, wenn sie hört, daß wir von Prinz Theseus kommen.«

Diese Erwähnung des Thronerben anstelle des Königs lenkte Reids Aufmerksamkeit mit einem Ruck auf das scharfgeschnittene, graubärtige Gesicht seines Gegenübers. »So sind sie also gute Bekannte?« entfuhr es ihm.

Diores spuckte gelassen über Bord. »Nun ja«, sagte er dann, »sie sind einander hin und wieder begegnet. Du weißt ja, der Prinz ist viel herumgekommen. Natürlich mußte er der Ariadne ab und zu einen Besuch abstatten. Wäre unhöflich gewesen, das zu versäumen, nicht? Und sie ist auch uns Achäern gegenüber weniger hochnäsig als andere, was uns zugute kommen mag. Tatsächlich hat sie ein bißchen kalydonisches Blut, obwohl sie aus Knossos stammt. Ja-a-ah, ich glaube wohl, man wird uns freundlich empfangen.«

Die zu dieser Jahreszeit seltene Ankunft eines Schiffes zog eine Schar Neugieriger zur Anlegestelle. Es war eine heitere Gesellschaft. Zähne blitzten in braungebrannten Gesichtern, Hände gestikulierten lebhaft, Geschrei und Gelächter flog hin und her. Es gab keinerlei Anzeichen von Armut; Atlantis mußte allein schon durch den Strom der Pilger reich werden, ganz abgesehen von weltlichem Handel; und doch hatten die Griechen Reid mit beträchtlichem Neid von ebensolchem Wohlstand im gesamten Reich des Minos berichtet.

Gemessen am Lebensstandard von Reids Ära lebten allerdings auch die wohlhabendsten Atlanter sehr einfach. Aber wieviel echtes Wohlbefinden gewinnt man schon aus einer Übersättigung mit technischem Spielzeug? War nicht ein fruchtbares Meer in einem angenehmen Klima, eine Umwelt von natürlicher, unverdorbener Schönheit ohne Krieg und Hader mehr wert? Was konnte man sich sonst wünschen?

Wenn ein Minoer arbeitete, so arbeitete er angestrengt, oft gefährlich. Aber seine wichtigsten Bedürfnisse waren bald befriedigt; die Regierung, die ihre Einnahmen aus Zöllen, Tributen und dem Ertrag königlicher Güter bezog, stellte keine Ansprüche an ihn; wenn er sich weiter plagte, dann nur in dem Maße, als er sich verschiedene verfügbare Luxusgüter wünschte. Jedenfalls ließ sich jeder genügend

Zeit zum Nichtstun übrig, für Schwimmen, Angeln, fröhliche Gesellschaften, für Liebe, Andacht, Lachen. Reid konnte sich immer weniger des Eindrucks erwehren, daß die Keftiu von 1400 vor Christus mehr Freizeit und wahrscheinlich mehr persönliche Freiheit besaßen als die Amerikaner 3370 Jahre später.

Der Hafenmeister sah Gathon ähnlich, war aber in typisch kretische Tracht gekleidet: ein fest gewickeltes Lendentuch, das zugleich als Unterlage für einen breiten Bronzegürtel diente; Stiefel und Gamaschen; eine turbanartige Kopfbedeckung; Schmuckstücke am Hals, an Hand- und Fußgelenken. Er trug einen Amtsstab, der in einer Doppelaxt endete, und eine Pfauenfeder im Turban. Seine Begleiter waren ähnlich gekleidet, allerdings weniger kostbar. Die meisten waren barhäuptig, einige hatten eine kleine Mütze auf; an den Füßen trugen manche gar nichts, andere Schuhe oder Sandalen; die Lendentücher waren meist bunt gemustert, die Gürtel aus Leder anstatt aus Metall. Auch Frauen trugen diese breiten, korsettähnlichen Leibgute, selbst die nackten Kinder. Diese Gürtel dienten dazu, jene Wespentaille zu schaffen, die die Keftiu bei beiden Geschlechtern bewunderten; nur die älteren Leute strebten diesem Schönheitsideal nicht mehr nach.

Diores stieß Reid an. »Ich muß schon sagen, Freund, diese Keftiu-Mädchen sind ein Anblick«, meinte er mit lüsternem Grinsen. »Was meint du? Und 's ist auch nicht schwer, eine zu finden, die sich überreden läßt... 'n paar Komplimente, ein Becher Wein oder irgendeinen hübschen Tand, mehr braucht's meist nicht. Ich würde meine Töchter nie so rumlaufen lassen, aber für einen Seemann ist das hier gerade richtig, nicht?«

Die meisten Frauen trugen nur einfache, knöchellange Röcke; sie gehörten wohl zum gewöhnlichen Volk, hatten Babys im Arm oder schleppten Wasserkrüge, Körbe mit Lebensmitteln oder Wäsche. Einige elegantere Damen jedoch waren mit kunstvoll gefalbelten Reifröcken ausstaffiert, mit bestickten Miedern, darunter manchmal ein duftiges Leibchen, das die Brüste stützte, aber nicht bedeckte; trugen kostbaren, edelsteinbesetzten Schmuck aus Kupfer, Zinn, Bronze, Gold, Bernstein; schicke kleine hochhackige Sandalen, und eine Vielfalt an modischen Hüten, wie sie zu Reids Zeiten bestenfalls entlang der Champs Elysées zu finden war; das kunstvolle Make-up beschränkte sich keineswegs nur auf die Gesichter. Als die achäische Mannschaft heiter-anzügliche Grüße hinüberrief, kicherten die jüngeren Mädchen und winkten mit kleinen Tüchlein zurück.

Diores und Reid erklärten dem Hafenmeister, daß sie eine offizielle Angelegenheit mit der Ariadne zu besprechen hätten. Er verneigte sich. »Gewiß, ihr Herren«, sagte er. »Ich will sofort mit einem Boot Nachricht zu ihr senden, und sicherlich werdet ihr morgen früh empfangen werden.« Er ließ den Blick seiner dunkelglänzenden Augen auf Reid ruhen, ganz offensichtlich neugierig, welche Sorte Fremdling das wohl sein mochte. »Bis dahin aber darf ich euch als meine Gäste ehren, wenn ihr gestattet.«

»Ich danke dir«, sagte Reid. Diores war weniger erfreut, da ihm der Sinn eher nach einer Tour durch die Hafenschenken stand, mußte aber die Einladung ebenfalls annehmen.

Gehsteige gab es nicht auf den Straßen; dichte Häuserreihen begrenzten sie auf beiden Seiten mit Mauern oder ebenerdigen Verkaufsbuden, aber sie waren breit, einigermaßen gerade angelegt und mit glatt behauenen Steinplatten gepflastert. Den Marktplatz schmückte ein fantastisches Mosaik von Tintenfischen und Lilien; in der Mitte sprudelte ein Springbrunnen, in dem Kinder spielten, von ihren Müttern oder Kinderfrauen beaufsichtigt. Die Reinlichkeit aller Straßen und Plätze war einem hochentwickelten Abwässersystem zu verdanken. Das Alltagsgetriebe erinnerte an Athen, war aber irgendwie geordneter, freier und heiterer, auch bot es Anblicke, die allen Achäern ungewohnt waren, die nicht die kretische Zivilisation übernommen hatten: Verkaufsstände mit Waren von so entfernten Ländern wie Britannien, Spanien, Äthiopien oder Indien; öffentliche Schreiber, ein Architekt, der auf Papyrus seine Vorstellung von einem geplanten Haus skizziert; Unterrichtsschluß an einer Schule, aus der Buben und Mädchen gemeinsam herauskommen, mit Griffeln und Wachstäfelchen für ihre Hausaufgaben — und anscheinend keineswegs nur Kinder aus reichen Familien; ein blinder Sänger, der, eine Bettelschale zu Füßen, mit seiner Lyra ein wehmütiges Lied begleitet, von einer Liebe, die wie ein Herbststurm kam und verging...

Das Haus des Hafenmeisters war so weitläufig, daß zwei Innenhöfe zur Ventilation nötig waren. Fast alle Räume waren mit Fresken geschmückt — Tiere, Pflanzen, und Wellenmuster in dem lebhaften, naturalistischen Stil des minoischen Kreta. Die Böden bestanden aus glatten, mit Mörtel verfugten Kieseln, auf denen Matten lagen; es war üblich, beim Eingang die Schuhe abzulegen. Die Möbel würden Pamela gefallen, dachte Reid. Es gab kunstvoll geschnitzte, hölzerne Truhen, Bettgestelle und Stühle; runde Steintische; Lampen, Krüge und Glutbecken der verschiedensten Größen und Formen. Die Ausführung war meisterhaft, die Farben geschmackvoll. In einer Nische befand sich eine Terakottastatue der Göttin in ihrem Aspekt als Rhea die Mutter. Vor der Abendmahlzeit wuschen sich alle Familienmitglieder, knieten nieder und baten die Große Herrin um ihren Segen.

Nach Ägeus' ziemlich primitiver Tafel genoß Reid die Vielfalt der minoischen Küche doppelt: Es gab raffiniert zubereitete Meerestiere, verschiedene Gemüse, Weizenbrot, Ziegenkäse, zum Nachtisch Honigkuchen, und einen ausgezeichneten Wein. Die Konversation seines Gastgebers war die eines gebildeten Mannes, der sich besonders für Astronomie und Naturkunde interessiert und auch nichts dagegen einzuwenden hat, wenn seine Frau und seine Sprößlinge sich am Gespräch beteiligen. Niemand betrank sich, und in den Gästekammern warteten keine Sklavenmädchen. Sklaven, obwohl sie sonst überall in der

Thalassokratie zu finden waren, durften nicht auf das heilige Atlantis gebracht werden. Die Dienerinnen waren hier zumeist Töchter armer Eltern, die mit Essen und Logis entlohnt wurden und im Fall einer Heirat auch eine Aussteuer bekamen.

In seinem zu kurzen Bett liegend fragte sich Reid, wie es kam, daß die Keftiu, Hüter von Frieden und Gesetz, Patrone eines Handels, der jedem Land Reichtum brachte, das davon berührt wurde, saubere, freundliche, kultivierte, gescheite und begabte Menschen, mit heiter-sinnlicher, durch und durch menschlicher Lebensauffassung, in späteren Zeiten nur mehr durch ein menschenfressendes Ungeheuer in dunklen Korridoren bekannt sein würden. Nun, dachte er, es sind wohl die Sieger, die die Chroniken verfassen und die Legenden formen...

Er öffnete die Augen. Um frische Luft zu haben, hatte er die Tür zum Hof hin offengelassen. Die Nacht war klar, ein lauer Wind strich über die Insel, Sterne zitterten silbern in der Schwärze. Drüben aber schob sich der massige Kegel des Vulkans vor die Gestirne, und er hatte zu rauchen begonnen.

Lydra, die Ariadne von Atlantis, berührte Reids Stirn. »Die Göttin und Asterion gewähren dir ihren Segen.« Mißtrauen in ihren Augen ließ die rituelle Begrüßung bedeutungslos erscheinen.

Er verneigte sich. »Vergib einem Fremdling, meine Herrin, wenn er nicht weiß, wie man sich korrekt verhält«, sagte er unbeholfen.

Schweigen trat ein und verschmolz mit der Stille des langen, düsteren Raums. An der südlichen Stirnseite war die Tür zum Lichthof vor dem Regen geschlossen. Gegenüber gähnte in tiefer Dunkelheit ein Korridor, der weiter in den unüberschaubaren Komplex des Palasttempels führte. Ein Gemälde an der Südwand zeigte die drei göttlichen Aspekte, Jungfrau, Mutter, und Alte nebeneinander. Auf der Nordwand führten Menschenfiguren mit den Köpfen und

Schwingen von Adlern die Verstorbenen vor das Totengericht. Die Fresken zeigten wohl den kretischen Realismus, aber nichts von der kretischen Lebhaftigkeit. Im flackernden Lampenlicht schienen sich die Figuren zu bewegen. Rauch von den bronzenen Glutbecken strich zu ihnen auf, sandelholzduftend, aber unangenehm beizend in dieser dumpfen Luft.

»Nun gut.« Die Hohepriesterin ließ sich auf ihrem gepolsterten Marmortron nieder. »Setz dich, wenn du willst.«

Reid nahm sich einen der niedrigen Hocker. Was kommt jetzt? fragte er sich. Gestern waren er und Diores mit förmlicher Höflichkeit empfangen worden. Danach nahmen zwei geweihte Schwestern den Amerikaner zur Besichtigung der für Laien zugänglichen Teile der Anlage mit, während der Athener und die Ariadne stundenlang hinter verschlossenen Türen verhandelten. Am Abend, wieder im Haus des Hafenmeisters, war Diores allen direkten Fragen ausgewichen: »Oh, sie wollte bloß ein paar Neuigkeiten und den Klatsch aus unseren Gegenden hören. Und ich hatte den Auftrag, um die Hilfe des Tempels zu ersuchen, daß die Vertragsbedingungen gelockert werden – etwa, daß wir mehr Kriegsschiffe halten dürfen, um unsere Interessen im Euxinischen Meer zu schützen, wo die Kreter ja nicht hinkommen – und ähnliches. Sie wird dich morgen privat empfangen. Jetzt aber wollen wir uns noch einen Becher genehmigen, wenn unser Gastgeber so freundlich ist, und du vergiß deine sinnlosen Sorgen.«

Reid musterte sein Gegenüber so eingehend er es wagte. Lydra war in den späten Dreißigern, hatte er gehört: groß, steif aufgerichtet, schlank, fast abgezehrt. Ihr Gesicht war gleichfalls mager, mit blaugrauen Augen, schmaler, gekrümmter Nase, strengem Mund, energischem Kinn. Ihr braunes Haar hatte auszubleichen begonnen, ihre Brüste waren etwas erschlafft, obwohl sie noch immer viel vom Körperbau der Stiertänzerin hatte. Sie trug den ausgestellten Krinolinenrock, die hohe, randlose Kopfbedeckung und die goldenen Schlangenarmbänder, die für die Darstellungen der Rhea charakteristisch waren. Um ihre Schultern lag ein blauer Mantel. Reid kam sich mit seiner achäischen Tunika und dem Bartgestrüpp ziemlich barbarisch vor.

Oder war er nur unsicher, weil er das Gefühl hatte, ihr nicht trauen zu können? Er hatte Erissa einmal bei Gelegenheit erzählt: »Bis in meine Zeit hat sich eine Geschichte gehalten, daß ... eine Ariadne ... Theseus half, den Minotaurus zu töten. Welche Geschehnisse verbergen sich in Wahrheit dahinter?«

Erissa hob die Schultern. »Ich hörte — werde hören — wie Gerüchte von einer Verschwörung der beiden erzählen; fest steht einzig und allein, daß sie nach der Katastrophe mit ihm gemeinsam das Opfer feierte und später auf seinem Schiff davonfuhr. Doch blieb ihr eine Wahl? Er brauchte sie, um seiner Eroberung von Knossos einen dünnen Anstrich von Legitimität zu geben, und er hatte die Macht, sie zu zwingen. Sie kam niemals in Athen an. Er ließ sie und ihre Begleiterinnen auf Naxos zurück. Dort gaben sie in ihrer Verzweiflung und Hoffnungslosigkeit den wahren Glauben auf und wandten sich einem Mysterienkult zu. Wenn schon sonst nichts, beweist nicht wenigstens ihr Schicksal, daß es keine Absprache gab, und daß die Ariadne unschuldig war — ist — sein wird?«

»Nun ja, aber Theseus soll doch mehr als einmal auf Atlantis gewesen sein, und oft gehen Botschaften hin und her.«

Erissa hatte traurig und unsicher gelacht. »Warum sollte er nicht die Freundschaft des geistlichen Oberhaupts der Thalassokratie suchen? Auch war ja ihr Großvater ein Kalydonier. Aber du brauchst nicht zu befürchten, daß sie sich je im Ernst einer weltlichen Sache widmet. Die Geweihte war fast noch ein Kind, als sie eine Vision hatte, in der Höhle auf dem Berg Iouktas. Seither hat sie sich immer als Braut von Asterion bezeichnet. Nach ihrer Zeit als Stiertänzerin legte sie die Gelübde als Priesterin ab —

wozu unter anderem Ehelosigkeit gehört, wie du weißt — und diente mit solchem Eifer, daß sie im frühesten Alter, das jemals vorgekommen war, zur Oberpriesterin des Tempels gewählt wurde. Ich erinnere mich gut an ihre Kasteiungen, ihre strenge Aufsicht über alle Riten und Andachtsübungen, ihre Predigten an uns Laienschwestern über unsere Eitelkeit, Torheit und Faulheit.« Und ernster fügte sie hinzu: »Aber wichtig ist allein, daß du sie überzeugst, Duncan, daß deine Absichten gut und nicht schlecht sind; und das wird nicht leicht sein, Geliebter.«

Richtig, dachte er jetzt, als er zu dem strengen Antlitz aufsah.

»Dies sind schwerwiegende Dinge, die an Geheimnisse rühren, welche die Götter den Sterblichen vorenthalten«, sagte Lydra. »Und ich spreche nicht von Sachen wie deinem feuerspeienden Amulett, oder dem Eisen oder dieser Reiterkunst, von der Diores berichtete. Das ist alles nur Menschenwerk. Die Mondscheibe jedoch, die du an deinem Arm trägst...«

Er hatte seine Uhr tags zuvor herumgezeigt und bemerkt, wie ehrfürchtig die anderen Priesterinnen sie angestarrt hatten. Obwohl man mit Sonne und Mond die Zeit maß und einteilte bis herunter zu Spannen von ungefähr einer Stunde, erinnerten diese kleinen Klingen, die hastig Augenblick von Augenblick abtrennten, zu sehr an Diktynna die Schnitterin.

Er sah eine Gelegenheit. »Sie mißt nicht nur die Zeit, Herrin — außerdem ist sie noch ein Amulett, das gewisse prophetische Kräfte verleiht. Ich hatte beabsichtigt, sie dem Minos zu schenken, aber jetzt sehe ich, daß der geziemende Aufbewahrungsort dafür wohl hier ist.« Er streifte sie ab und legte sie in Lydras Hand, die sich fast krampfhaft darum schloß. »Jenes Orakel wurde uns Fremden nicht zufällig gegeben. Ich kann furchtbare Gefahren vorhersehen. Mein Auftrag ist, dein Volk zu warnen. Das wagte ich den Athenern nicht zu sagen.«

Lydra legte die Uhr weg und drückte ihren Labrys-Talisman an die Lippen. »Wovon sprichst du?« fragte sie tonlos.

Jetzt kommt es, dachte Reid und fragte sich bedrückt, ob er im Begriff stand, jene Welt zu zerstören, aus der er kam, so wie Mittagshitze den Morgennebel vom Boden saugt, oder ob er nur wie ein gefangener Vogel im Käfig der Zeit hilflos mit den Flügeln schlug.

Keines von beidem, hoffe ich, bete ich, der Agnostiker, dachte er zwischen den Hammerschlägen seines Herzens. Ich hoffe, ich kann jenen Einfluß gewinnen, den ich haben muß, um tun zu können ... was immer nötig ist, um ... um diese Reisenden aus der Zukunft zu finden, wenn sie kommen, damit ich endlich heimkann zu meiner Frau und meinen Kindern. Und kann ich dabei nicht ein wenig von Erissas Welt für sie retten? Oder ihr zumindest helfen, in jene zurückzugelangen, die sie sich selbst aus den Trümmern gerettet hat?

Das ist meine Pflicht. Ich glaube, es ist auch mein Wunsch.

»Heilige Herrin«, begann er feierlich und mit trockenem Mund. »Ich habe Bilder des Schreckens, Bilder des Verderbens gesehen. Ich habe gesehen, wie der Berg des Pfeilers auseinanderbricht mit solcher Gewalt, daß Atlantis in die See geschleudert wird, daß Flutwellen die Flotte zerschmettern und Erdbeben die Städte von Kreta, so daß die königliche Insel zur Beute von Männern wird, die das Chaos loslassen.«

Er hätte weiter berichten können, was ihm aus Büchern in Erinnerung geblieben war, die noch nicht geschrieben waren: Schäbiger Wiederaufbau unter den neuen Herren, die eindeutig Achäer waren und kein Interesse hatten, den Frieden im Land und auf See zu bewahren. Das homerische Zeitalter: war eine großartige Dichtung, nicht teuer bezahlt mit mehreren Generationen von Zerfall, Krieg, Piratentum, Raub, Plünderung, Mord, Brandschatzung und überquellenden Sklavenmärkten? Endlich jene Invasion aus dem Norden, über die sich Theseus selbst Sorgen machte: wilde Dorer, die mit ihren eisernen Waffen die Kultur der Bronzezeit so gründlich zerstörten, daß nur wenige Legenden die dunklen Jahrhunderte überdauern, die darauf folgen.

Lydra, die eine Weile geschwiegen hatte, sah nun auf. »Wann soll das geschehen?«

»Anfang nächsten Jahres, Herrin. Wenn Vorbereitungen getroffen werden...«

»Warte. Übereilte Maßnahmen können zur eigentlichen Ursache des Verderbens werden. Die Götter führen die Menschen oft auf verschlungenen Pfaden ins Unheil.«

»Geheiligte Herrin, ich meinte nur die Evakuierung der Atlanter nach Kreta, die Räumung der dortigen Küstenstädte und Vorsichtsmaßnahmen für die Flotte...«

Ihre blassen Augen bohrten sich in die seinen... »Du könntest in die Irre geführt worden sein«, sagte sie langsam, »sei es von einem feindlichen Dämon oder durch böse Magie, oder auch bloß durch ein Fieber. Du könntest auch lügen, aus irgendeinem geheimen Beweggrund.«

»Du mußt doch von Diores einen ausführlichen Bericht über mich erhalten haben, Herrin.«

»Nicht ausführlich genug, anscheinend.« Lydra hob die Hand. »Nein, sage nichts. Ich erhebe keine Beschuldigungen gegen dich. Tatsächlich läßt mich das, was ich gehört habe und was ich in deinem Gesicht lese, an deine Ehrlichkeit glauben... Es mag sein, daß du die Wahrheit sprichst, mit dem was du sagst, aber du läßt vieles ungesagt; so ist es doch, Fremder? Nein, eine so schwerwiegende Angelegenheit bedarf der Beratung; Reinigungsopfer und Andachten müssen abgehalten, Orakel befragt werden. So weit es in der Macht von uns Sterblichen liegt, müssen wir suchen, die Wahrheit zu ergründen. Wir müssen forschen, was der Wille der Götter ist. Nach deinen eigenen Worten haben wir noch Monate vor uns, den weisesten Weg zu finden.«

Mit fast männlicher Entschiedenheit schloß sie: »Du bleibst hier auf dieser Insel, deren Heiligkeit alles Übel bannt, und wo du für weitere Gespräche zur Verfügung stehst. Es gibt genügend Gästeräume in dem Flügel, der für männliche Pilger bestimmt ist.«

»Aber Herrin«, protestierte er, »meine Gefährten in Athen...«

»Sie mögen dort bleiben, zumindest bis wir mehr wissen. Sorge dich nicht um sie. Auch im Winter finde ich Gelegenheit, Boten hinzuschicken, die uns berichten werden.«

Die Ariadne lächelte dünn. »Doch bist du kein Gefangener, Mann aus der Ferne«, setzte sie hinzu. »Es steht dir frei, auch die Hauptinsel zu besuchen, wenn wir hier deiner nicht bedürfen. Es wird gut sein, dir eine Begleitung zu geben... Laß mich überlegen... Eine Tänzerin wird genügen, eine Laienschwester, jung und fröhlich, um dich aufzumuntern in deinen Unheilsvisionen.«

Reid wunderte sich, daß sie seine Warnung so gleichmütig aufnahm. Hatte Diores genügend kleine Hinweise aufschnappen können, um sie vorzubereiten, oder besaß sie eine so unmenschliche Selbstbeherrschung?

»Ich denke da vor allem an eine Tänzerin aus bester Familie, deren Name vielleicht ein Zeichen ist: sie heißt nämlich genauso wie deine Gefährtin, von der man mir berichtete. Erissa.«

KAPITEL 13

Der Stier senkte den massigen Kopf, scharrte mit den Hufen und griff an. Immer schneller raste er über die Koppel heran, der Boden dröhnte.

Gelassen erwartete ihn das Mädchen. Sie trug nur Gürtel und Schurz wie ein Knabe, und weiche Stiefel. Ihr schwarzes Haar war zu einem Pferdeschwanz gebunden, damit keine lose Strähne ihr ins Gesicht fallen konnte.

Reids Fingernägel gruben sich in die Handflächen.

Aus dem blassen Himmel sickerte Sonnenlicht und streifte die dreizackigen Lanzen der Wächter. Diese Männer mußten im Notfall eingreifen und die Tänzerin retten. Müßig standen sie außerhalb des Zauns herum und plauderten. Reids Nerven waren zum Zerreißen gespannt. Trotz des kühlen Windes, voll Heugeruch und Majoranduft von den Hochweiden der Insel, spürte er Schweiß über sein Gesicht rinnen, ätzend und salzig auf den Lippen.

Es war Erissa, die auf diese Hörner wartete.

Aber es wird ihr nichts geschehen, wiederholte er sich in seiner Angst. Jetzt noch nicht.

Hinter ihm schwangen sich die Hügel hinunter zum hell schimmernden Wasser – vergilbtes Gras, grünes Buschwerk, hier und da eine Gruppe verkrüppelter Bäume. Vor ihm lag das Trainingsgelände, dann kam ein Steilhang, unten die Stadt ausgebreitet an der sonnenglitzernden Bucht mit der heiligen Insel, und jener anderen Insel, die schwarz aus dem Blau stieg – dem Vulkan. Über dem Krater stand heute eine dicke Rauchsäule, so mächtig, daß der Wind ihr die ersten paar hundert Meter nichts anhaben konnte. Erst hoch oben zerfaserte er sie zu einer langen Fahne, die nach Süden zum unsichtbaren Kreta hinwies.

Fast hatte der Stier jetzt das Mädchen erreicht. Hinter ihr woben ein halbes Dutzend andere Tänzerinnen ein schnellfüßiges Muster.

Erissa sprang. Jede Hand packte ein Horn. Muskeln spielten unter ihrer Haut. Reid glaubte zu träumen, als er sie hochschnellen sah, die Beine über den Kopf werfen, bevor sie losließ — und mit einem Salto den mächtigen Rücken entlangwirbelte, mit einem übermütigen Satz zum Stehen kam und stolz in die Gruppe der anderen zurückschritt. Schon wurde ein zweiter schlanker Körper von den Hörnern hochgeschleudert.

»Ja-a-a, die ist gut, die da.« Einer der Wächter wies auf Erissa und blinzelte Reid zu. »Aber ich möchte wetten, daß die niemals die Weihegelübde ablegt. Der Mann, dem die mal das Bett wärmt, wird allerhand zu tun... Hejah!« Er war aufs Geländer geklettert, bereit, sich mit seinen Kameraden darüberzuschwingen. Der Stier hatte die Hörner geschüttelt und ein Mädchen zur Seite geworfen.

Erissa lief auf das Tier zu, zupfte an einem zottigen Ohr und wirbelte davon. Der Bulle fuhr herum. Wieder sprang sie mit einem Überschlag über ihn hinweg. Der Tanz nahm seinen Fortgang, die Wächter entspannten sich.

»Einen Moment lang dacht' ich schon, jetzt wird er launisch«, meinte der Wächter. »War aber nur die Aufregung. Kommt vor.«

Reid atmete tief. Seine Knie schienen aus Gummi zu sein. »Gibt... es viele... Unglücksfälle?« fragte er heiser.

»Eigentlich nicht selten, und die Verletzten erholen sich meistens. Das gilt für Atlantis, jedenfalls. Die Burschen, die trainieren auf Kreta, und da passiert öfters was, hab' ich gehört. Die Jungen sind einfach zu sorglos. Ihnen liegt mehr daran, ein aufregendes Schauspiel zu bieten und die Helden zu spielen, als die Götter zu ehren. Bei den Mädchen ist das anders. Mädchen wollen den Ritus für die Große Herrin so vollziehen, wie es sich gehört, deshalb passen sie besser auf und halten sich an die Regeln.«

Der Stier, der auf jede Gestalt losgestürmt war, die sich von der Gruppe trennte, fiel nun in langsamen Trott, blieb stehen. Seine braunrot und weiß gescheckten Flanken glänzten feucht, sein Atem ging laut und rauh. »Es ist genug«, bestimmte der Tanzmeister, winkte mit seinem Dreizack, und rief: »Alle heraus!« Zu Reid gewandt erklärte er: »Die bösen Unfälle geschehen meist nur, wenn das Tier übermüdet ist. Dann will er nicht mehr spielen, und wenn man ihn zwingt, wird er wütend. Oder er vergißt einfach, was er tun soll.«

Die Mädchen sprangen behende über den Zaun. Der Stier schnaubte. »Wartet ein wenig, bis er sich abgekühlt hat, bevor ihr ihn freilaßt«, befahl der Tanzmeister. Er ließ einen sachlich prüfenden Blick über junge Brüste und Glieder streifen, die naß vom Schweiß waren wie das Fell des Stiers. »Genug für heute, Mädchen. Nehmt eure Mäntel um, daß ihr euch nicht erkältet, und geht zum Boot.«

Sie gehorchten und hüpften plaudernd und kichernd davon wie irgendeine Gruppe von zwölf- oder dreizehnjährigen Mädchen. Keine war älter, denn sie alle waren erst dabei, die Kunst zu erlernen. Der Stier hingegen war ein Veteran des Tanzes. Man trainierte nicht Menschen und Tiere gemeinsam, von denen keiner wußte, was zu tun war.

Und das, dachte Reid, ist das Geheimnis der minoischen Corrida. Niemand zu meiner Zeit hat sich vorstellen können, wie so etwas möglich war. Jedenfalls hab' ich nichts davon gelesen. Die Tiere werden also nicht auf Langsamkeit gezüchtet, wie es sich Mary Renault dachte, sondern auf Intelligenz, und werden bereits als Kälber in die Dressur genommen.

Trotzdem ist es gefährlich. Ein falscher Schritt, ein mißgelaunter Stier... Deshalb wird auch nicht jedes Kind angenommen, das bloß auf Ehre und Ansehen aus ist. Nein, denn Blutvergießen ist ein schlechtes Omen – abgesehen vom Blut des besten Tieres, wenn es nach den Spielen als Minotaurus geopfert wird. Das muß der Grund sein – die rationale Erklärung hinter der religiösen Vorschrift – warum die Mädchen nicht tanzen dürfen, wenn sie ihre Periode haben, und weshalb sie Jungfrauen bleiben müssen. Menstruationsbeschwerden oder gar morgendliche Übelkeit würde sie ihre Gewandtheit und Körperbeherrschung einbüßen lassen, die ihnen bei uns in jeder Judoschule den schwarzen Gürtel einbringen würden. Und hier ist auch vermutlich der Grund zu suchen, warum die Mädchen auf Atlantis und die Knaben auf Kreta trainieren. Es konnte ja nicht ohne Folgen bleiben, wenn man gutaussehende, lebenslustige junge Leute zusammen halbnackt herumturnen ließe...

Erissa kam auf ihn zu. »Sag's doch«, lächelte sie, »wie hat es dir gefallen?«

»Es... es war einzigartig«, stotterte er.

Sie blieb vor ihm stehen. Ihren Mantel hatte sie nur über den Arm geworfen. Die Befehle des Tanzmeisters betrafen sie nicht, die mit ihrer langjährigen Erfahrung längst Trainerin war. »Ich möchte noch nicht auf die Insel zurück«, sagte sie. »Die Wächter können die Mädchen heimbringen. Wir können uns später ein Boot nehmen, du und ich.« Sie strich die rabenschwingendunkle Haarsträhne zurück, die ihr über die Brust geglitten war. »Schließlich hat die Ariadne mir befohlen, dich herumzuführen.«

»Du bist sehr freundlich.«

»Nein. Du bist interessant.« Er konnte nicht die Augen von ihr abwenden. Erissa — siebzehn Jahre alt, schlank und geschmeidig wie ein junges, wildes Tier, noch ohne die Spuren der Zeit und des Kummers, mit aufgelöstem Haar... Ihr Lächeln erstarb. Langsam sickerte Röte von Wangen zu Brüsten. Sie schlang den wollenen Mantel um die Schultern, zog ihn eng zu. »Warum starrst du mich so an?«

»Es tut mir leid«, murmelte Reid kläglich. »Du... du bist die erste richtige Stiertänzerin, der ich je begegnet bin.«

»Oh.« Sie entspannte sich. »Ich bin gar nichts Besonderes. Warte nur, bis wir im Frühjahr nach Knossos fahren und du das Fest siehst.« Sie befestigte ihren Mantel mit einer bronzenen Fibel. »Gehen wir?«

Er paßte sich ihrem Schritt an. »So verbringst du hier

den ganzen Winter?« fragte er, obwohl er die Antwort von ihrem älteren Ich längst kannte, nur um das Schweigen zu brechen.

»Ja, um Anfängerinnen zu trainieren, und die Tiere – auch mich selber, nach der müßigen Sommerzeit. Da bin ich meistens in Knossos oder in unserem Landhaus; mein Vater ist ein reicher Mann, er besitzt mehrere Schiffe und läßt uns, seine Kinder, auch manchmal mitfahren, wenn die Reise in ein schönes Land geht.«

»Hm-mm... was hat er denn gesagt, als du Stiertänzerin werden wolltest?«

»Ich hab' ihm ein bißchen gut zureden müssen. Es ist so: die Eltern können einem nicht verbieten, sich um Aufnahme zu bewerben, aber ich wollte sie nicht verletzen. Mutter hat sich natürlich am meisten aufgeregt... Nun, ich habe ja nicht die Art von Berufung verspürt wie die Ariadne Lydra. Es kam mir nur so aufregend und interessant vor – findest du das sehr schlimm? Du darfst bitte nicht glauben, daß ich nicht glücklich bin, der Herrin und Asterion zu dienen, aber ich könnte nie Priesterin werden. Ich wünsche mir viele Kinder. Und weißt du, eine Tänzerin trifft praktisch jeden heiratsfähigen Mann in der Thalassokratie. Und kann sich auch praktisch jeden aussuchen, weil das für ihn und sein Haus eine hohe Ehre bedeutet. Vielleicht tanze ich dieses Frühjahr zum letztenmal...« Ihr Geplauder brach ab. Sie griff nach seiner Hand. »Aber Duncan, dein Mund ist so traurig verzogen. Du siehst aus, als wolltest du weinen. Was fehlt dir?«

»Nichts«, sagte er rauh. »Mir kam nur ein alter Kummer in den Sinn.«

Sie ließ ihre Hand in der seinen. Kein Mann von Atlantis würde es wagen, ihr nahezutreten, dachte er. Die Stierkoppel kam außer Sicht, als sie den Pfad über die Hügel hinunterwanderten. Sträucher wisperten im Wind, der raschelnd durch die Baumkronen fuhr. Reid konnte den Duft ihrer noch erhitzten Haut riechen, warm wie die Sonne auf seinem Rücken oder die Finger, die sich in seine schmiegten.

»Erzähle mir von dir«, bat sie nach einer Weile. »Du mußt in hohem Ansehen bei der Ariadne stehen, daß sie dich hierbehält.«

Lydra hatte strengstes Stillschweigen befohlen, was seine Vorhersage der Katastrophe betraf. Er mußte zugeben, daß dies zumindest für den Augenblick das beste war; ein Ausbruch von Massenhysterie würde niemandem helfen. Sie hätte am liebsten die ganze Geschichte von seiner magischen Versetzung nach Ägypten unterdrückt, aber Reid hatte darauf hingewiesen, daß das nicht mehr möglich war. In ganz Athen hatte man davon gehört, und Diores' Seeleute mußten vor ihrer Heimfahrt die Geschichte in allen Schenken und Bordellen von Atlantis herumerzählt haben.

»Ich glaube nicht, daß ich selber von Bedeutung bin«, antwortete Reid dem Mädchen. »Aber ich komme von weit her, auf einem dunklen und unheimlichen Weg, und ich hoffe, die Hohepriesterin wird mir raten können.«

Er berichtete ihr lediglich das, was er glaubte verantworten zu können. Die Zeitreise erwähnte er nicht, aber über Amerika erzählte er viel. Sie hörte mit staunend aufgerissenen Augen zu. Während er sprach, versuchte er, Pamelas Gesicht heraufzubeschwören, aber es blieb im Dunkel, und er sah nur Erissas Züge — die der jüngeren Erissa.

Lydra sagte: »Du bleibst hier, bis ich dich entlasse.«

»Ich sage dir, der Minos muß gewarnt werden«, protestierte Reid.

»Hat mein Wort etwa weniger Gewicht bei ihm als deins?« entgegnete sie eisig. »Auch bin ich immer noch nicht überzeugt, daß du die Wahrheit sprichst, Heimatloser.«

Nein, dachte er, ich kann mir nicht vorstellen, daß irgendein vernünftiger Mensch je bereit sein wird, an den Weltuntergang zu glauben.

Sie standen auf einer Dachterrasse des Tempels; der Abend war kühl. Wie mattes Metall schimmerte die Lagune, das Land und die Stadt drüben lagen in Dunkelheit; Straßenbeleuchtung kannte man noch nicht. Der Himmel jedoch war erhellt von einem dunkelroten Flackern, das vor dem Hintergrund der Rauchwolken aufglomm, die aus dem Krater quollen. Immer wieder spie der Vulkan grollend Funkengarben aus, und der Boden erbebte.

Reid zeigte hinüber. »Bestätigt das nicht meine Worte?«

»Der Berg hat schon früher gesprochen«, gab sie zurück. »Manchmal schleudert er Steine und Schlacke und glühende Felsbrocken heraus, und die Stimme Asterions grollt. Aber eine Prozession zum Gipfel, Gebete, das Hineinwerfen von Opfern haben ihn immer noch besänftigt. Würde er denn das Heiligtum seiner Mutter, seiner Braut, und der um ihn trauernden Alten zerstören?«

Reid streifte sie mit einem Blick. Unter einer Kapuze war ihr Profil nur undeutlich zu erkennen vor dem dunklen Himmel; er sah jedoch, daß sie gebannter zum Berg hinüberstarrte, als ihre ruhige Stimme verriet.

»Du kannst die Unruhe des Volkes unterdrücken«, sagte er, »bis es zu spät ist. Doch wie steht es mit deiner eigenen?«

»Ich bete täglich um Rat.«

»Was kann es schaden, mich nach Knossos gehen zu lassen?«

»Was kann es nützen — vorläufig? Höre mich an, Fremder. Ich gebiete über heilige Dinge, nicht über Menschen. Das heißt jedoch nicht, daß ich von weltlichen Angelegenheiten nichts weiß. Wie könnte ich sonst den Interessen der Großen Herrin dienen? Deshalb ist mir klar — vielleicht mehr als dir, wenn du über deine Herkunft die Wahrheit sagst —, welche schwerwiegenden Folgen es hätte, wollte ich deinem Rat folgen.

Die Städte menschenleer, verlassen ... vielleicht für Wochen? Bedenke, was es heißt, eine solche Zahl von Menschen zu transportieren, zu ernähren, für Obdach zu sorgen, den Ausbruch blinder Panik zu vermeiden, wenn die Massen von dem prophezeiten Unheil erfahren, und dann doch Hunderte oder Tausende Menschen durch Seuchen zu verlieren, die in den Notlagern sicherlich ausbrechen. Und währenddessen ist die Flotte draußen auf hoher See, weit verstreut aus Sorge, daß Schiffe gegeneinander geschleudert werden könnten — völlig hilflos also. Kleine Boote würden jedoch bald dem Festland Nachricht bringen. Die Gefahr, daß die Achäer erneut revoltieren, sich verbünden und über unsere Küsten hereinbrechen, darf nicht unterschätzt werden. Und wenn deine Prophezeiung *falsch* war — welcher Zorn, welche Empörung im ganzen Reich, welcher Spott und Hohn für Tempel und Labyrinth und die Götter selbst — welcher Aufruhr, der die Grundfesten des Staates erschüttern muß! Nein, was du vorschlägst, darf nicht leichtfertig unternommen werden.«

Reid runzelte die Stirn. Was sie sagte, war vernünftig, sie hatte auf ihre Art völlig recht. »Aber gerade deshalb müssen vorzeitig Pläne gemacht und Vorbereitungen getroffen werden«, drängte er. »Was kann ich tun, um dir meinen guten Willen zu beweisen?«

»Hast du einen Vorschlag?«

»Nun ...« Der Einfall war ihm bereits in Athen gekommen. Er und Oleg hatten ihn eingehend diskutiert. »Ja. Wenn du, die Herrin des Tempels, das weltliche Oberhaupt von Atlantis überreden könntest — was ja gewiß, hm ... in deiner Macht steht, dann ...«

Wieder grollte der Berg.

Sparedon, Aufseher der kleinen Werft von Atlantis, fuhr sich mit der Hand durch das schüttere graue Haar. »Ich weiß nicht, ich weiß nicht«, meinte er. »Wir sind hier nicht so eingerichtet wie in Knossos oder Tiryns, verstehst du. Wir haben hauptsächlich mit Instandhaltungs- und Reparaturarbeiten zu tun. Wir bauen selten etwas Größeres als ein Boot.« Er studierte den Papyrusplan, den Reid auf einem Tisch ausgebreitet hatte. Mit einem Finger zog er die Umrisse nach. »Allerdings — doch nein. Das verschlingt zuviel Material.«

»Der Regent wird Bauholz, Bronze, Tauwerk, alles was nötig ist, aus den königlichen Lagerhäusern stellen«, drängte Reid. »Er will von dir nur die Bestätigung, daß der Plan durchführbar ist. Und das ist er. Ich habe Schiffe wie dieses schon gesehen.«

Das stimmte nicht, es sei denn, man ließ Filme gelten. (Eine Welt, in der es bewegte Bilder gab, helles Licht durch ein Schalterknipsen, Motoren, Wolkenkratzer, Raumfahrzeuge, Antibiotika, Funkverkehr... und in der man in kaum einer Stunde von Kreta nach Athen fliegen konnte... unwirklich, fantastisch, ein verblassender Traum. Die Wirklichkeit war diese unordentliche Werkstatt, dieser Mann, der einen Lendenschurz trug und einen Stier anbetete, der die Sonne verkörperte, das Kreischen von Holzrädern und das Klappern unbeschlagener Eselshufe auf der Straße draußen, einer Straße im verlorenen Atlantis; wirklich war das Mädchen, das seinen Arm umklammerte und atemlos auf das nächste seiner Wunderwerke wartete.) Aber er hatte Bücher gelesen; und wenn er auch kein Schiffsbauingenieur war, so hatte er doch als Architekt die nötigen Grundkenntnisse für dieses Vorhaben.

»Umm-m. Umm-m.« Sarpedon wiegte zweifelnd den Kopf und strich sich übers Kinn. »Eine faszinierende Idee, das muß ich zugeben.«

»Ich verstehe nicht, welche Vorteile das haben soll«, meinte Erissa schüchtern. »Es tut mir leid, aber das ist mir wirklich nicht klar.«

»Gegenwärtig«, erklärte Reid, »ist ein Schiff weiter nichts, als ein Mittel, von einem Ort zum anderen zu gelangen.«

Sie warf ihm unter dichten, langen Wimpern einen Blick zu (dichtere Wimpern, leuchtendere Augen, als sie mit vierzig haben würde). »Oh, Schiffe sind herrlich!« rief sie. »Und heilig der Herrin der Tiefen.« Der zweite Satz kam automatisch, wie eingelernt; der erste war Jubel und Freude.

»Aber wie ist es im Krieg?« fuhr Reid mit einem Seufzer fort. »Überlegt einmal. Abgesehen von Steinschleudern,

Pfeilen und Speeren könnt ihr bei einem Seegefecht keine Waffen einsetzen, bevor ihr nicht am feindlichen Schiff festgemacht habt. Dann ist es nur mehr eine Angelegenheit des Enterns und des Nahkampfs, auch nicht anders als auf dem Land, nur auf beengtem Raum und unsicherem Boden.«

Nur ungern wandte er seinen Blick wieder Sarpedon zu. »Ich bestreite nicht, daß ein Schiff, wie ich es hier entworfen habe, mehr Material erfordert als eine normale Galeere«, erklärte er dem Werftmeister. »Besonders für den Schnabel wird man eine gehörige Menge Bronze brauchen. Aber lag nicht immer die Stärke Kretas in den Kielen seiner Schiffe und nicht in Speeren und Schwertern? Alles, was die Flotte schlagkräftig macht, wird sich für den Thalassokraten zehnfach lohnen.«

»Schaut.« Er tippte auf seinen Entwurf. »Gegen diesen Rammsporn gibt es keine Verteidigung. Ihr wißt, wie dünn ein normaler Schiffsrumpf ist. Hier, der Bug wird verstärkt. Ein Stoß damit versenkt jedes feindliche Schiff. So brauchen wir keine Krieger mehr, nur Seeleute. Damit werden Truppen für andere Aufgaben frei. Und weil dieses Schiff in einer Seeschlacht einen Feind nach dem anderen erledigen kann, können wenige seiner Art die Aufgabe von vielen gewöhnlichen Galeeren erfüllen. Das heißt, der Umfang der Flotte kann vermindert werden. Somit erspart man letzten Endes viel mehr Material als für diese Schiffe zusätzlich aufgewendet werden muß.«

Erissa blickte bekümmert auf. »Aber wir haben doch keine Feinde mehr«, sagte sie.

Reid sagte nicht: Und ob ihr welche habt!, sondern: »Nun, es schadet nie, vorbereitet zu sein. Und dann ist es doch Aufgabe der Flotte, das Piratenunwesen zu unterdrücken. Zu guter Letzt, befahrt ihr nicht auch Meere, über die der Minos nicht gebietet, und wo ihr in Konflikt mit den Eingeborenen geraten könnt?

Also. Dieser längere schlanke Rumpf erlaubt höhere Geschwindigkeiten. Und diese sonderbar aussehende Takelung und dieses Steuer ermöglichen es, gegen praktisch jeden Wind zu segeln, indem man hin und her kreuzt. Ruderer werden öfter müde und müssen rasten als daß völlige Windstille eintritt. So ist dieses Schiff nicht nur unbesiegbar, sondern übertrifft auch jedes andere an Seetüchtigkeit. Wiederum sind also für einen bestimmten Zweck weniger Schiffe nötig. Die Ersparnisse kommen dem Reich zugute.

Der Regent zeigte sich sehr interessiert«, schloß Reid bedeutsam, »desgleichen die Ariadne.«

»Nun, auch ich finde die Sache interessant«, erwiderte Sarpedon. »Ich möchte es wahrhaftig versuchen. Bei Asterions Schwanz, jawohl...! Äh, verzeih mir, Schwester... aber ich kann nicht versprechen, daß es ein Erfolg wird. Die Arbeit würde sehr langsam vorangehen. Nicht bloß, weil uns die Einrichtungen einer großen Werft fehlen. Aber man glaubt's nicht, wie dickschädelig diese Zimmerleute und Segelmacher und die übrigen Handwerker sind. Ich sag' euch, wir werden mit Knüppeln hinter ihnen stehen müssen, daß sie sich bequemen, etwas so Verrücktes zu bauen. Neuerungen sind ihnen ein Greuel.« Bedächtig fuhr er fort: »Und ohne Zweifel werden die verschiedensten Probleme auftreten, Schwierigkeiten, an die niemand gedacht hat. Außerdem sind Seeleute nicht um ein Haar weniger starrköpfig als Handwerker. Du wirst dir die Besatzung aus abenteuerlustigen Burschen zusammensuchen müssen. Jetzt im Winter, wenn die Schiffahrt ruht, gibt's von der Sorte genug in der Stadt. Bis du sie allerdings angelernt hast, vergeht weitere Zeit.«

»Ich habe genug Zeit«, sagte Reid verärgert.

Denn Lydra würde ihn nicht so bald gehen lassen. Von ihrem Standpunkt war es zu begreifen, daß sie ein solches Unterpfand seines guten Willens forderte — obwohl sie sonderbarerweise ihre Einwilligung gerade zu diesem Plan nur sehr zögernd gegeben hatte.

Ruhiger fügte er hinzu: »Der Regent will ja gar nicht dein Versprechen, daß dieses Schiff all das leistet, was ich behaupte, Sarpedon. Sondern nur, daß es kein völliger Verlust wird – daß es zum Beispiel nicht gleich beim Stapellauf untergeht, oder daß man es schlimmstenfalls wieder in ein konventionelleres Fahrzeug umrüsten kann. Das kannst du doch beurteilen, oder?«

»Ich glaube schon«, murmelte der Werftmeister. »Ich hoffe wenigstens. Allerdings müssen wir noch verschiedene Punkte besprechen, zum Beispiel das Ballastproblem, wenn wir im Bug ein derartiges Gewicht haben wie diesen Rammsporn. Und ich möchte ein Modell anfertigen lassen, um zu sehen, ob diese verrückten Längssegel überhaupt funktionieren. Aber ... ja, wir sollten wirklich noch eingehender darüber sprechen.«

»Gut. Wir werden uns sicher einig.«

»Oh, wunderbar!« Erissa drücke sich begeistert an Reid.

Er dachte: So wunderbar, wie ich hoffe, leider nicht. Wenigstens bin ich damit beschäftigt, solange du nicht bei mir bist, meine schwarzhaarige Schöne; und Beschäftigung brauch' ich, sonst verliere ich den Verstand vor lauter Grübelei. Ich hoffe, auf diese Art zu mehr Autorität, mehr Freiheit zu kommen – so daß es mir vielleicht doch gelingt, den Minos zu den nötigen Maßnahmen zu überreden ... damit etwas von deiner Welt gerettet wird, meine Liebe. Und ein weiterer Grund: mein Schiff wird ein schreiender Anachronismus sein, der die Aufmerksamkeit von Zeitreisenden auf mich lenken wird, die kommen werden, einen Weltuntergang zu beobachten. Vielleicht retten sie mich.

Uns, Erissa?

Weihnachten rückte näher.

Reid fiel es schwer, an das Fest der Wintersonnwende unter diesem Namen zu denken. Jetzt und hier feierte man den Tag, an dem die Jungfrau Britomartis Asterion gebar, der sterben und im Frühling wieder auferstehen würde, über Sommer und Herbst zusammen mit seiner Gemahlin Rhea herrschen und endlich durch den Hauch von Diktynna der Alten dahinschwinden würde. Im sonnigen Atlantis war weniger Grund vorhanden, den Mittwinter freudig zu begehen als in den düsteren Ländern des Nordens, an die Reid sich erinnerte. Aber die Menschen hier fühlten sich ihren Göttern näher. Sie feierten die Wiederkehr der Sonne mit Umzügen, Musik und Tanz – überall in den Straßen der Stadt, nachdem die Mädchen in der Arena mit einem Stier getanzt hatten – durch den Austausch von Geschenken und Glückwünschen und ein abschließendes Fest, das oft zur Orgie wurde. Bereits einen Monat vorher trafen sie eifrig und voll Begeisterung ihre Vorbereitungen.

Erissa führte Reid so oft herum, als es ihre Pflichten und seine Arbeit in der Werft erlaubten. In der Hauptsache suchten sie nach geeigneten Besatzungsmitgliedern, doch kam es oft vor – zu dieser Jahreszeit war das üblich – daß sie beide mit Wein willkommen geheißen und zum Abendessen eingeladen wurden, dem häufig ein Gespräch bis in die Morgenstunden folgte. Der Beweggrund ihrer Gastgeber war nicht nur, daß man Erissas Anwesenheit in einem Haus für glücksbringend hielt und er eine – mitunter etwas widerstrebende, zu sehr in sich gekehrte – Berühmtheit war. Die Atlanter freuten sich vielmehr über jedes neue Gesicht, über neue Geschichten, wie überhaupt ihr ganzes Wesen aufgeschlossen und lebensfroh war.

Oft wurde er unwillkürlich von dieser Lebensfreude angesteckt. Zu solchen Zeiten dachte er, daß es vielleicht doch noch eine Rettung für sie alle gab. Sein Schiff machte gute Fortschritte und lenkte ihn ebenfalls von Gedanken an die Zukunft ab. Wenn also mehrere Becher Wein ihm Entspannung gebracht hatten, wenn Erissa im weichen Schein der Lampen neben ihm saß und ihn ansah mit ihren rätselhaften Augen, wenn ein alter Schiffer ein gewaltiges Seemannsgarn spann über eine Fahrt nach Kolchis, zu den Zinninseln, ins Bernsteinmeer... und einmal, Herrgott, über einen Sturm, der sie in ein Land verschlug, das Amerika sein mußte... wo die Schiffbrüchigen in dreijähriger Arbeit ein neues Fahrzeug bauten, mit Hilfe bemalter Männer, und endlich über die lange Heimfahrt quer über den Weltenfluß... dann konnte Reid vergessen, was geschehen würde, und erzählte ihnen von seinem Land, soviel er ihnen verständlich machen konnte.

Wenn sie danach zu ihrem Boot wanderten, und die Fakkeln, die man ihnen mitgegeben hatte, mit ihrem flackernden Licht das Mädchen an seiner Seite in Helle und wieder in Schatten tauchten, dann war er selbst nicht mehr sicher, ob er noch alles verstand, was er von jener fernen Welt erzählt hatte.

Der Tag nach Sonnwend begann klar und still. In der Stadt und auf den Gehöften schliefen sich die Menschen aus nach den ausgelassenen Feiern, und auf der Insel nach den langwierigen Andachtszeremonien. Reid, der beides nur mit Maßen genossen hatte, wachte zeitig auf. Als er die taugetränkten Gartenwege zum Strand hinunterwanderte, stieß er dort auf Erissa, die auf ihn wartete. »Ich habe gehofft, daß du kommst.« Sie sprach leise, daß er sie kaum verstand. Lange Wimpern warfen zitternde Schatten auf ihre Backenknochen. »Heute ist... ein freier Tag... für uns alle. Ich dachte — ich habe Essen mitgebracht — ich dachte, wir könnten...«

Sie stiegen ins Boot und ruderten nicht zur Stadt hinüber, sondern zu einer Stelle weiter draußen, die Erissa angab. Sie glitten durch den Schatten des Vulkans auf der Bucht, und auch er ruhte heute; kleine silbrige Fische glitzerten im tiefdunklen Wasser. Nachdem sie das Boot festgemacht hatten, wanderten sie über einen Hügelkamm, die schmalste Stelle von Atlantis, hinüber ans offene Meer. Erissa kannte diese Hügel ebensogut wie die Stiere, denen sie überall begegneten, und die mit schläfriger Majestät in der Nähe voller Heuhaufen vor sich hindösten. Sonst war das weite Land wie ausgestorben. Ein Pfad führte hinunter zu einer kleinen versteckten Bucht an der südlichen Küste. Sie war ringsum von Klippen eingeschlossen, bis auf eine schmale Stelle, wo die funkelnde Bläue begann und sich bis zum Horizont fortsetzte. Näher beim Strand war das Wasser fast grün, mit goldenen Lichtreflexen, und so klar, daß man in mehreren Metern Tiefe einzelne Steinchen am Grund erkannte. Friedlich leckten kleine Wellen auf den Sand; es war windstill und warm zwischen den dunklen Felsen, die das Sonnenlicht in sich aufsogen und wieder abgaben.

Erissa breitete ein Tuch aus und legte das mitgebrachte Essen darauf: Brot, Käse, Äpfel, einen Krug mit Wein, und zwei Becher. Heute trug sie nur einen einfachen Rock, Mantel und Schuhe hatte sie abgelegt; die Bucht war ja geschützt genug. »Wie friedlich die Welt ist«, sagte sie.

Reid seufzte.

Sie musterte ihn besorgt. »Warum bist du traurig, Duncan? Weil du deine Heimat vielleicht für immer verloren hast? Aber...« Sie stockte, errötete und beschäftigte sich angelegentlich mit dem Weinkrug. »Aber du kannst doch eine neue Heimat finden, nicht?«

»Nein«, sagte er.

Sie warf ihm einen betroffenen Blick zu. »So gibt es jemanden, der...?« Da wurde ihm plötzlich bewußt, daß er ihr gegenüber Pamela nie erwähnt hatte.

»Ich habe es dir nicht gesagt«, wich er hastig aus, »die Ariadne wünschte es nicht: aber ich glaube – ich weiß –, daß ich hier eine bestimmte Aufgabe erfüllen muß.«

»Natürlich«, flüsterte sie kaum hörbar. »So muß es sein, sonst wärst du nicht auf so wunderbare Weise aus einem so geheimnisvollen Land zu uns gebracht worden.«

Er wagte ihr nicht mehr zu sagen. Er sah sie nur an, und sie hielt seinen Blick fest.

Er dachte: O ja, Erklärungen sind billig, und Pamela (oder bin ich wieder ungerecht?) würde wohl kurzen Prozeß damit machen. Aber dieses Mädchen ist wie eine reife Frucht, die gepflückt werden will, und da komme ich, ein geheimnisvoller und deshalb faszinierender Fremdling. Ich, der ich sie als Frau gekannt habe und mich ein wenig in sie verliebt habe... so wie es mir ein paarmal (in meiner

Vergangenheit) schon passiert ist. Immer habe ich noch zu Pamela zurückgefunden und war es zufrieden. Nur ... welche Frau kann mit dem Mädchen konkurrieren, das sie einst war? Und welcher Mann kann diesem Mädchen widerstehen, wenn er schon die Frau geliebt hat?

Er dachte: Jetzt habe ich ein neues Ziel. Ihr das zu ersparen, was die andere Erissa durchmachen mußte.

Er dachte: diese Augen, diese halb geöffneten Lippen. Sie will, daß ich sie küsse. Sie erwartet, daß ich es tue. Und sie hat recht. Aber nicht mehr, nicht weiter ... heute. Ich wage nicht mehr, wie ich auch nicht wage, ihr die ganze Wahrheit zu sagen. Noch nicht. Aber die ältere Erissa sagte, es würde geschehen zwischen uns – doch das liegt in jener Zukunft, von der ich sie wegführen muß – aber daran darf ich nicht denken, ich denke überhaupt zuviel, ich vergeude diese wenigen Tage damit.

Er beugte sich über sie. Über ihnen schrie klagend eine Möwe. Silbern fing sich das Licht in ihren Flügeln.

KAPITEL 14

»Aber ja, deinen Freunden geht es gut«, sagte Diores. »Sie senden dir Grüße.«

Reid bemühte sich, ihn seinen Ärger nicht merken zu lassen. Sie saßen allein in einem Nebenraum des Tempels, in den der Amerikaner den Athener gezogen hatte, als dessen lange Privataudienz bei Lydra zu Ende war. Diores' Lächeln blieb nichtssagend; gleichmütig lehnte er sich auf der Steinbank zurück. »Was genau machen sie?« fragte Reid.

»Nun, Uldin reitet Pferde zu und trainiert jetzt junge Männer für seine Reitertruppe. Versucht es zumindest. Die Sache geht nicht recht weiter, vor allem, weil er nur den einen Sattel hat – er behauptet, er hat noch niemanden gefunden, der richtige Sättel machen könnte. Oleg... hm... baut ein Schiff, so wie du, nach allem was ich höre. Würde mich sehr interessieren, was du Neues vorhast. Ich würde es mir gerne mal ansehen.«

»Das ist leider nicht gestattet«, antwortete Reid. »Staatsgeheimnis.«

Das war es nicht, aber er nahm sich vor, sofort den Regenten zu einer entsprechenden Erklärung zu veranlassen. Wozu dem Feind einen Vorteil schenken? Und Theseus war der Feind, der Erissas sonnigen Kosmos in Trümmer legen würde, wenn man die Geschichte nicht ändern konnte.

Aber die Geschichte brauchte ja nicht einmal geändert zu werden. Würden denn die Legenden und die archäologischen Funde drei- oder viertausend Jahre in der Zukunft nicht das gleiche Bild liefern, wenn das minoische Kreta ein wenig länger bestand? Nicht viel länger, nur noch für die Lebensdauer eines Mädchens; war das von den Göttern zuviel verlangt?

»Warum bist du gekommen?« fragte er ungeduldig. »Und mit einer ausgesuchten Mannschaft?« Es handelte sich diesmal nicht um gewöhnliche Seeleute, hatte man ihm erzählt, sondern um Krieger des Königs, die unter sich blieben und kaum mit den Atlantern sprachen.

»Was letzteres betrifft«, antwortete Diores gedehnt, »so kannst du dir wohl vorstellen, daß kaum ein gewöhnlicher Seemann im Winter auf Fahrt gehen will. Es ist zu gefährlich.« Wie um seine Worte zu bestätigen, heulte ein Windstoß durch den Lichthof nebenan, und draußen, jenseits der teppichverhangenen Mauern, rauschte der Regen herunter. »Oleg sagte, er könne ein Schiff bauen, das das ganze Jahr über seetüchtig ist, aber bis dahin müssen wir mit dem zurechtkommen, was wir haben, nicht?«

»Du hast mir nicht gesagt, was dich hergeführt hat.«

»Kann ich auch nicht. Tut mir leid, Freund. Es ist eine vertrauliche Botschaft. Höchstwahrscheinlich wirst du mich noch öfter hier sehen. Aber folgendes will ich dir sagen: Dein Orakel befahl, daß Athen und Knossos sich vereinen sollten. Gut. Aber wie? Welche Art von Bündnis, welche Vertragsbedingungen? Warum sollte der Minos überhaupt seine Vasallen zu Partnern erheben? Welche Probleme könnten sich aus dem Neid anderer Staaten ergeben? Um derartige Fragen geht's. Es muß alles gut überlegt werden; und die Staatskunst ist etwas, das man nicht gerade in aller Öffentlichkeit betreiben sollte, das siehst du ein? Außerdem ist die Ariadne Theseus wohlgesinnt, ist sie unter diesen Umständen dann nicht die geeignetste Person, mit der man zu verhandeln beginnt? Sagen wir einmal, die beiden kommen langsam auf Tuchfühlung.«

Diores grinste. »Und in der Beziehung könnte die Dame noch ein ganz angenehmer Partner sein«, fuhr er fort. »Um bei dem Thema zu bleiben, ich hab' gehört, du hast dir selber einen recht appetitlichen Bissen eingetan?«

Reid fuhr empört auf: »Erissa ist Stiertänzerin!«

»Wie es deine andere Freundin gleichen Namens gewesen ist, nicht wahr? Irgendetwas stimmt da nicht, kommt mir vor. Ich weiß nicht. – Im übrigen hast du dich gar nicht nach ihr erkundigt.«

Reid fragte sich: Habe ich die Antwort gefürchtet? Laut sagte er: »Nun?«

»Auch ihr geht's nicht schlecht. Anfangs war sie natürlich ziemlich niedergeschlagen, aber in letzter Zeit — erinnerst du dich an Peneleos?« Diores stieß Reid in die Rippen und zwinkerte. »Na, er gibt ihr, was sie braucht. Du hast doch nichts dagegen, oder?«

»Nein«, sagte Reid leise.

Die ältere Erissa hatte vielen gehört. Das Mädchen Erissa war es, das er retten wollte.

»Nein«, sagte Lydra. »Ich denke nicht daran, dir über meine Beziehungen zu Theseus Rechenschaft abzulegen. Deine Frage ist eine Unverschämtheit.«

»Aber er ist... ein Teil der Gefahr!« protestierte Reid.

Sie sah von ihrem erhöhten Thron auf ihn herunter. Hinter ihrem hageren Körper und ihrem strengen Antlitz wartete der heilige Greif, der Totenrichter, auf die Verstorbenen. »Woher willst du das wissen?« fragte sie nach einer Pause.

»D-d-durch... meine prophetischen Kräfte.«

»Und das Orakel? Es befiehlt ein Bündnis!« Ihre Stimme war wie ein Peitschenknall. »Oder war das eine Lüge?«

Die Lampen flackerten in dem kalten Raum, die Schatten schienen lebendiger zu sein als sie. Vor der Tür warteten Wachen. Sie waren unbewaffnet; auf die heilige Insel durften keine Waffen gebracht werden. Vier starke Männer konnten jedoch auch mit bloßen Händen Duncan Reid zum Gefangenen machen.

»Verräter kommen in die Steinbrüche auf Kreta«, sagte Lydra drohend. »Sie haben kein langes Leben. Sie wünschen sich auch keines.«

»Ich habe nicht, Herrin, ich... ich habe nur um diese Unterredung gebeten, bevor Diores abreist, w-weil ich ihn und seinen Prinzen im Verdacht habe...«

»Mit welcher Begründung? Ägeus hat einst einen Aufstand gewagt, jetzt ist er ein schwächlicher Greis. Theseus ermordete seine kretisch erzogenen Vettern, aber dann wurde er zum pflichtgetreuen Vasallenprinzen. Auch als König wird er nicht anders sein.«

»Ich... hörte, was sie — die Achäer — was sie redeten...«

»O ja. Sie murren, sie prahlen, ohne Zweifel planen einige Verschwörung und Aufruhr, aber was nützt es ihnen? Theseus muß und wird sie unter Kontrolle halten, vor allem, wenn er hoffen kann, für sich und sein Land eine bessere Stellung in der Thalassokratie zu erhandeln.« Lydra stach mit einem drohenden Finger in Reids Richtung. »Versuchst du Zwietracht zu säen, Fremder? Wer schickt dich?«

Er dachte: Ich muß ihr die Wahrheit sagen, so gefährlich es ist. Es bleibt jetzt kein anderer Ausweg mehr.

»Meine Herrin«, sagte er langsam, »ich habe dich nie belogen, aber ich habe dir bestimmte Dinge verschwiegen. Bedenke bitte, ich bin völlig fremd in deinem Land. Ich mußte erst die Lage erkunden, mußte herausfinden, was an Gutem und Schlechtem, an Wahrheit und Lüge die Taten der Menschen bestimmt. Auch zweifelte ich, daß du die ganze Geschichte glauben würdest. Das tue ich auch jetzt noch. Aber willst du mich wenigstens anhören?«

Sie nickte.

»Die Erklärung für meine prophetische Gabe«, sagte er, »ist, daß ich aus der Zukunft komme.«

»Was?« Sie runzelte die Stirn, versuchte zu verstehen. In der Sprache der Keftiu war eine solche Vorstellung nur schwer auszudrücken.

Aber sie begriff schneller als er gehofft hatte. Und abgesehen von einer rituellen Geste und daß sie ihr Amulett an die Lippen drückte, nahm sie die Erklärung erstaunlich gefaßt auf. Er fragte sich, ob in ihrer Welt der Mythen und Mysterien das für sie einfach nur ein weiteres Wunder war.

»Ja«, murmelte sie, »das erklärt vieles.«

Und dann: »Knossos wird wirklich zugrunde gehen? Die Thalassokratie wird weniger als eine Legende sein?« Sie drehte sich um und starrte das Bild des Totenrichters an. »Nun«, sagte sie leise, »alle Dinge sind vergänglich.«

Reid sprach weiter und beschrieb die wichtigsten Ereignisse, soweit es ihm klug erschien. Das wesentlichste, was er verschwieg, war die Tatsache, daß die beiden Erissas identisch waren. Er fürchtete nachteilige Folgen für das Mädchen. Das war weiter kein Problem, er brauchte nur die Zeit, aus der die Frau kam, nicht genauer festzulegen. Der Name war nicht selten, und im übrigen bekam Lydra eine Unmenge anderes zu überdenken. Er sprach auch nicht von der überlieferten Geschichte, daß sie, Verräterin am Minos, schließlich selbst verraten wurde. Das erschien ihm zu kränkend und damit zu gefährlich.

»Was du mir erzählst«, sagte sie tonlos, »bedeutet, daß es der Wille der Götter ist, wenn Theseus den Untergang des Seereiches herbeiführt.«

»Nein, meine Herrin. Das einzige, was feststeht — was ich sicher weiß, ist, daß in wenigen Monaten der Vulkan Atlantis zerstören wird, daß Kreta erobert wird, und daß man sich einst eine Geschichte erzählen wird, wie *ein* Theseus in Knossos ein Ungeheuer tötete. Diese Tatsachen müssen nicht unbedingt zusammenhängen. Die Geschichte kann völlig falsch sein. Ich weiß jetzt schon, daß sie in einer Reihe von Punkten falsch ist. Es hat nie nur einen Minotaurus gegeben, und er war nie halb Mensch und halb Tier; es gab nur eine Reihe von Opferstieren. Die Knaben und Mädchen von Athen werden nicht getötet, sondern freundlich aufgenommen. Ariadne ist nicht die Tochter des Königs. Das Labyrinth ist nicht ein Irrgarten finsterer Gänge, in denen der Minotaurus haust, sondern einfach die Palastresidenz eures Priesterkönigs, das Haus der Labrys, der Doppelaxt. Ich könnte noch mehr aufzählen, aber ich glaube, du verstehst, worauf ich hinauswill. Warum kann, warum sollte die Thalassokratie nicht den Untergang dieser Insel überleben und vielleicht noch viele Generationen weiterbestehen?«

»Wenn dieses heiligste aller Heiligtümer durch göttlichen Willen zerstört wird, dann liegt der Zorn der Götter über dem ganzen Volk des Minos«, entgegnete Lydra ruhig.

»Ja, das könnte vielen den Mut nehmen«, warf Reid ein. »Aber ich schwöre dir, Herrin, daß die Ursachen der Katastrophe etwas so Natürliches sind wie ... wie wenn zufällig einem Menschen ein Stein auf den Kopf fällt.«

»War dem Mann dann nicht vorherbestimmt, durch diesen Stein zu sterben?«

Reid warnte sich selbst: Du hast mit einer völlig fremden Weltanschauung zu tun. Geh nicht darauf ein.

Er sagte: »Wir wissen nicht, was für Kreta vorherbestimmt ist. Es ist Asterions Wille, daß die Menschen sich bewähren sollen im Lebenskampf. Dein Volk in Sicherheit zu bringen, kann unsere Bewährungsprobe sein.«

Lydra saß schweigend und reglos auf ihrem Thron, als sei sie wie dieser aus Marmor gemeißelt, und in dem fahlen Licht war sie so blaß wie der Stein.

»Natürlich *könnte* man auf dem Festland die Gelegenheit nutzen, eure Städte zu besetzen«, sagte Reid, der nicht aufgeben wollte. »Wenn das geschieht, dann würden die Eroberer wohl ebenso vernichtet. Außerdem können wir auch gegen diese Möglichkeit etwas unternehmen. Jedenfalls ist alles, sowohl die alte Geschichte, die ich las, wie auch das, was ich in dieser Zeit hörte und sah, Grund genug, Theseus zu mißtrauen.« Er schwieg einen Moment. »Deshalb habe ich dich gefragt, welche Botschaft er dir sandte, Herrin.«

Lydra blieb bewegungslos, ausdruckslos. Reid begann sich eben zu fragen, ob ihr etwas fehlte, als sie sagte: »Ich habe Schweigen gelobt. Die Ariadne kann ihr Wort nicht brechen. Aber du wirst wohl vermutet haben, daß er ... interessiert ist, eine bessere Beziehung zum Labyrinth zu erreichen ... und es ... nur natürlich ist, sich um meine ... Fürsprache zu bemühen.«

»Soviel hat auch Diores mir gesagt, Herrin. Könntest du ihn hinhalten? Die Verhandlungen hinausziehen, ihn irgendwie handlungsunfähig machen, bis die Gefahr vorüber ist?« »Ich habe dich angehört, Duncan. Die Entscheidungen muß die Ariadne allein treffen. Ich werde dich in nächster Zeit nicht empfangen.«

Und plötzlich, unerwartet, fielen Lydras Schultern nach vorn. Sie strich mit einer Hand über die Augen und flüsterte: »Es ist nicht leicht, die Ariadne zu sein. Ich dachte... ich glaubte, als ich an jenem geheiligten Ort die Vision hatte... Ich dachte, der heilige Dienst würde grenzenlose Glückseligkeit sein und die Hohepriesterin lebe gewiß in dem ewigwarmen Glanz Asterions. Statt dessen – endlose Riten, endlos das Gleiche – schäbige Zänkereien und Intrigen – runzlige alte Weiber mit behaartem Kinn als einzige Gesellschaft, während die Mädchen kommen und tanzen und heimkehren, Bräute zu werden...« Sie richtete sich auf. »Genug. Du bist entlassen. Sprich kein Wort darüber, was zwischen uns gesagt worden ist.«

Wieder besuchten sie ihre Bucht. »Wir wollen schwimmen«, rief Erissa, zog sich nackt aus und war im Wasser, bevor er eine Antwort herausbrachte. Schwarz glänzte ihr Haar auf der gläsernen Oberfläche, weiß schimmerte ihr Körper darunter. »Achje, ist's dir etwa zu kalt?« lachte sie und spritzte ihn an.

Zum Teufel mit deinen Prinzipien, sagte er sich und stürzte sich ins Wasser, das wirklich eisig war. Er platschte wild herum, um warm zu werden. Erissa tauchte, packte ihn an einem Fuß und zog ihn hinunter, eine bezaubernde Nixe. Er wehrte sich, und es wurde eine Balgerei voll Gelächter und mit einigem Wasserschlucken daraus.

Als sie wieder ans Ufer stiegen, ließ der Wind sie vor Kälte schlottern. »Dafür gibt es ein Heilmittel«, sagte Erissa und schmiegte sich in seine Arme. Sie legten sich auf die Decke. Nach einer Weile lächelte sie verschmitzt. »Du denkst an eine kräftigere Medizin, stimmt's?«

»Ich – es, es tut mir leid. Aber – Himmel noch mal, warum bist du auch so schön!«

Da sagte sie ernst und vertrauensvoll: »Duncan, wann immer du mich haben willst, gehöre ich dir.«

Er dachte: Ich bin vierzig und sie ist siebzehn. Ich bin Amerikaner und sie ist Minoerin. Ich bin verheiratet, ich habe Kinder, und sie ist Jungfrau. Ich bin ein alter Narr, und sie ist jener Frühling, den es in meinem Leben nie gab, bis ich sie fand.

»Das wäre nicht gut für dich, oder?« brachte er endlich heraus.

»Was wäre besser?« Sie drängte sich an ihn.

»Nein, warte, ich meine es ernst, du würdest doch Schwierigkeiten bekommen, nicht?«

»Nun – solange ich Tänzerin bin, gelten die Regeln des heiligen Dienstes – aber das ist mir gleich. Ich vergesse es, hörst du!«

»Ich darf es nicht. Wir sollten uns lieber anziehen.«

Er dachte: Wir müssen durchhalten. Wie lange? Bis wir wissen, ob ihr Land überlebt. Wenn der Weltuntergang nicht kommt, werde ich dann hierbleiben? Andernfalls – und nehmen wir an, wir können uns retten – werde ich mit ihr eine neue Heimat suchen? Kann ich das überhaupt? Und wieder, darf ich es?

Als er seine Tunika, sie ihren Rock wieder anhatte, setzten sie sich nebeneinander. Sie drückte sich an ihn. Ihre Finger zausten seinen Bart. »Tief in dir ist immer Sorge und Kummer. Warum?« fragte sie.

»Ich weiß zuviel von dem, was die Zukunft bringt«, antwortete er; Genaueres wagte er ihr nicht zu sagen. »Dieses Wissen schmerzt manchmal.«

»Mein armer, geliebter Gott! Ich glaube, du bist doch ein Gott, auch wenn du es nicht zugeben willst. Mußt du jeden Kummer zweimal durchleben? Warum dann nicht auch das Glück? Sieh doch, der Himmel lacht blau über grünem Wasser, über sonnendurchtränktem Sand, und hier ist ein Becher Wein... nein, ich will ihn dir an die Lippen halten, denn du sollst deinen Arm um mich legen, und die andere Hand dahin...«

Als die Arbeit an seinem Schiff fortschritt, mußte er nicht wenige Kompromisse in Kauf nehmen, die teils durch die Vorurteile oder Wünsche der Keftiu bedingt waren, teils setzte die Technologie dieser Zeit gewisse Schranken. Mitunter kamen auch Aspekte der Hydrodynamik zum Tragen, von denen Reid keine Ahnung gehabt hatte, wie er feststellen mußte. Das Endresultat war daher kleiner, weniger wendig und weniger auffallend anachronistisch als er gehofft hatte.

Aber es war trotzdem eine erstaunliche Leistung. Der rund achtzig Fuß lange Rumpf schwang sich stromlinienförmig von einem riesigen ausgehöhlten Stamm nach außen und oben. In der ganzen Länge erstreckte sich ein erhöhtes, mit einem Schanzkleid versehenes Deck, das die Bänke für die Ruderer überdachte. Der Rammsporn war ein scharfer, gerade an der Wasserlinie herausragender Schnabel, bronzegepanzert und hinten mit schweren Balken verkeilt. Die zwanzig Ruderplätze auf beiden Seiten wurden mittschiffs durch die großen Seitenschwerter unterbrochen, die sich im ganzen als praktischer erwiesen hatten als ein Mittelschwert oder ein falscher Kiel. Gesteuert wurde mit einem echten Steuerruder mit Pinne. Zwei Masten trugen die Stagtakelung. Sie waren ziemlich kurz, weil Sarpedon darauf bestanden hatte, daß sie leicht umzulegen sein mußten – womit er wahrscheinlich recht hatte, bei dem geringen Freibord, der durchaus nicht idealen Ballastverteilung, und den Stößen, die das Schiff bei einem Gefecht aushalten mußte. Reid gewann jedoch Segelfläche durch Gaffeln, auch konnte er sowohl ein Genua-Vorsegel als auch einen Spinnaker setzen; leider aber war das minoische Segeltuch enttäuschend, verglichen mit modernem Segelleinen oder Dakron: der grobgewebte Stoff dehnte sich, sackte schwer herunter und tränkte sich leicht mit Wasser.

Das Schiff verhielt sich im Endeffekt so ungewohnt für ihn, daß seine Besatzung den Trick fast ebenso schnell heraußen hatte wie er selber. Es dauerte nicht lange, und sie liefen bei jedem nicht allzu ungünstigen Wetter auf Übungsfahrt aus. Er hatte immerhin ein halbes Hundert begeisterter, fröhlicher junger Leute als Mannschaft gewonnen, die meisten um die zwanzig, entzückt über dieses ungewöhnliche Abenteuer und fest entschlossen, ihr Schiff beherrschen zu lernen, bis diesen sturen alten Seebären, die sich über diese neumodische, fremdländische Narretei aufregten, die Augen aus dem Kopf fielen. Sobald Reid nicht mehr als Lehrer gebraucht wurde, blieb er mit Erissa zurück. Unerträglich schnell verrann die Zeit, die ihnen noch blieb. Und einer seiner Matrosen, ein schlanker Bursche von angenehmem Äußeren und guter Familie, trug den Namen Dagonas.

Bei der Generalprobe waren sie jedoch beide an Bord – es sollte zuallerletzt der Rammsporn getestet werden, bevor das Schiff den offiziellen Segen bekam. Der Regent hatte ein Wrack zur Verfügung gestellt, das ein Kaufmann zum Ausschlachten an den Staat verschachert hatte, weil ihm jene Reparaturen nicht dafürgestanden hatten, die nun Sarpedon provisorisch ausführte. Eine gegnerische Besatzung hatte sich bald gefunden: neiderfüllte Freunde von Reids Leuten und skeptische Veteranen erklärten sich gern bereit, das Zielschiff zu bemannen und diesen Übergeschnappten heimzuleuchten. Eine Reihe kleiner Boote fuhr mit hinaus, um etwaige Opfer aus dem Wasser zu fischen.

Vor der Küste war es klar und kalt, gischtgekrönte Wellen jagten vorbei, und ein frischer, pfeifender Wind zerpflückte die schwarze Rauchsäule über dem Berg, die sich nun schon fast jeden Tag zeigte. Hoch über ihnen zog ein Flug Störche von Ägypten kommend nach Norden, Vorboten des Frühlings. Das Rammschiff bockte und schlingerte. Seine Seiten waren mit roten und blauen Streifen bunt bemalt, die Segel zeigten eingestickte Delphine. Das Meer rauschte, Planken ächzten, und in den Tauen summte der Wind.

Erissa, die mit Reid vorn auf dem erhöhten Deck stand, klatschte in die Hände. Ihr Haar flatterte seidig im Wind, ihr Rock preßte sich gegen ihre Hüften. »Oh, schau nur!« rief sie voll Freude. Mit einem Getöse von Mastbäumen, Gaffeln und Blöcken schwang das Schiff herum. Eben war es vor dem Bug des konventionellen Schiffes vorbeigeschossen, das schwerfällig hinterherruderte, weil es seine Segel einfach nicht an den Wind brachte.

»Laßt dieses Rumgetänzel und stellt euch!« brüllte der empörte Schiffer von hinten.

»Also gut«, meinte Reid zu Sarpedon, »tun wir das. Wir haben ihnen ja gezeigt, daß sie uns mit ihren Enterhaken nicht mal nahe kommen können.« Trotzdem wechselten die beiden Männer einen besorgten Blick. Die Burschen auf den Ruderbänken unten erhoben ein erfreutes Johlen.

Das Rammschiff lag beigedreht, während sie die Segel refften, die Mastbäume sicherten und die Riemen hervorholten. Die gegnerische Mannschaft wartete unruhig auf ihren Ruderplätzen. Sie wußten, was bei einem Zusammenstoß geschah. Beide Rümpfe wurden eingedrückt, samt den Rippen aller jener, die sich nicht rechtzeitig in Sicherheit gebracht hatten.

Reid ging nach achtern zu seinem Steuermann. »Denk daran, wie wir es geübt haben. Halte auf die Mitte zu, aber nicht in rechtem Winkel. Dabei könnten wir steckenbleiben. Der Trick ist, ihnen die Planken auszureißen und dann schleunigst abzuschwenken.«

»Wie ein Stier einem Bären den Leib aufschlitzt«, sagte Erissa.

»Möge das kein schlechtes Omen für dich sein, Schwester«, gab der Mann ernst zurück.

»Ihr Götter, nein!« keuchte Dagonas auf seiner Bank gerade unter ihnen. Erissa lächelte zu ihm hinunter. Reid konnte nicht umhin, den geschmeidigen, kraftvollen Körper des jungen Mannes zu bewundern. Er selber — nun, er hielt sich in Form, und es war *seine* Hand, die Erissa umklammerte.

Das Schiff setzte sich in Bewegung. Immer schneller fielen die Rufe des Rudermeisters, bis das Wasser weiß aufgischtete vor dem vorwärtsjagenden Bug. Plötzlich war das Ziel erschreckend nahe. Wie abgemacht versuchten die anderen auszuweichen. Wie erwartet hatten sie keinen Erfolg, weil das Mittelruder mit Pinne so viel leistungsfähiger war als die alten seitlichen Steuerriemen.

Reids Leute hatten das Manöver oft geübt, mit an Balken aufgespannten Netzen als Ziel. Die Riemen an der Innenseite schnappten gleichzeitig hoch, die außen tauchten kräftig ein. Der Stoß war weniger heftig und laut, als er erwartet hatte. Weniger gut klappte es mit dem Rückzug – hier war wohl noch viel Übung nötig – aber sie schafften auch das. Inzwischen lag die getroffene Galeere bereits schwer auf der Seite. Ganz aus Holz gebaut und unbeladen sank sie zwar nicht, aber nach einer Weile war sie bis zum Deck überflutet und die Wellen brachen sie in Stücke.

Die Sieger erhoben ein Freudengeheul. Die Besiegten schwiegen, sie hatten genug damit zu tun, zu den Booten zu schwimmen. Reid und Sarpedon inspizierten ihr Schiff von vorn bis hinten. »Ich kann keinen Schaden entdekken«, erklärte der Werftmeister. »Dieses Schiff kann allein eine ganze Flotte abwehren.« Er umarmte den Amerikaner. »Du hast ein Wunder vollbracht! Ein Wunder!«

Erissa war ihm ganz nahe. »Du *bist* ein Gott!« schluchzte sie. Einen Kuß wagte sie nicht vor den anderen, aber sie fiel auf die Knie und umklammerte seine Knöchel.

Wieder erfaßte Atlantis die Aufregung und der Vorbereitungstrubel, die jedem Fest vorangingen. Diesmal aber feierte man das größte von allen, denn die Auferstehung Asterions war Symbol für die Auferstehung der Welt und ihrer Toten.

Aber zuerst mußte er sterben und betrauert werden. Vierzig Tage vor dem Frühjahrsäquinoktium verhüllten die Keftiu alle Altäre, sperrten Höhlen und Haine, trugen ihre drei heiligen Symbole umgedreht und in schwarzes Tuch gewickelt durch die Straßen, zerrissen ihre Gewänder, kasteiten sich und riefen Diktynna um Barmherzigkeit an. Die nächsten dreißig Tage lang enthielten sich die meisten des Fleischgenusses, tranken keinen Wein und lebten in Keuschheit; in ihren Häusern brannten ununterbrochen die Lampen, auf daß die Geister der Lieben heimfinden konnten.

Trotzdem kam das geschäftige Leben durchaus nicht zum Stillstand. Schließlich begann die Saison der Handelsschiffahrt. Und wie fromm sie auch sein mochten, die Keftiu waren einfach nicht dazu veranlagt, längere Zeit die Büßer zu spielen. Die letzten zehn der vierzig Tage waren denn auch eine reine Freudenfeier. Noch war der Gott zwar nicht aus der Unterwelt zurückgekehrt, um seine Braut zu holen, die gleichzeitig seine Mutter und Ahne war, aber die Menschen feierten das Ereignis gleichwohl im vorhinein, um sicherzugehen, daß es stattfinden würde.

Unter dem Schleier düsterer, würdevoller Zeremonien siedete auch auf der Tempelinsel freudige Erregung. Bald würden sich die Mädchen nach Knossos einschiffen, um dort gemeinsam mit den jungen Männern die Stiertänze zu feiern: bald, bald. Erissa übte täglich mit ihren Schülerinnen. Reid wartete mit langsam ausfransenden Nerven auf das Kommende.

Warum weigerte sich Lydra, ihn zu empfangen? So beschäftigt konnte sie gar nicht sein. Der Himmel wußte, daß sie mehr als genug Zeit fand für Diores, wenn der Athener auf seinen häufigen Geheimmissionen herkam. Warum unternahm sie nichts wegen der Evakuierung? Sie sagte, als Reid endlich den Mut und die Gelegenheit fand, ein paar schnelle Worte an sie zu richten, die nur für sie beide verständlich waren, sie sagte, sie sei mit dem Minos in Verbindung. Und wirklich waren öfters Boote in den rund sechzig Seemeilen zwischen Atlantis und der Hauptinsel unterwegs, mit schriftlichen Botschaften, die Lydra alten Dienern anvertraute, die weder lesen konnten noch sonderlich gesprächig waren; sie sagte, über die Angelegenheit werde beraten, Worte, nichts als Worte.

Inzwischen aber spie der Vulkan Rauch und immer öfter Feuer. Feine Asche bedeckte die Felder mit einer staubigen Schicht. Manchmal sah man, wie nachts glühende Lava aus dem Maul des Berges quoll; und am nächsten Morgen gab es neue groteske Buckel an den schwarzen Flanken, und Dampf fauchte weiß aus Rissen und Schlünden. Der Boden bebte, die Luft zitterte unter dem Grollen des Vulkans. In den Schenken diskutierten die Leute weise und des langen und breiten, welche Maßnahmen wohl einen ernstlichen Ausbruch verhindern könnten. Reid sah jedoch niemanden, der tatsächlich etwas unternahm. Natürlich hatten sie nicht die leiseste Vorstellung, wie furchtbar diese Explosion sein würde. Auch er konnte es sich nicht vorstellen.

Wenn er es ihnen nur sagen könnte!

Nun, schlimmstenfalls gab es wenigstens genügend stabile Boote. Praktisch jede Familie in Atlantis besaß eins und konnte binnen weniger Stunden mit Proviant versehen in See stechen. Aber sie konnten nicht lange draußen bleiben, und er wußte nicht, wann der Schlag fallen würde. Er wußte nur, daß für ihn und Erissa nur mehr sehr kurze Zeit blieb, beisammen unter den Sternen zu stehen, auf einem Hügel von Atlantis, einander so nahe, daß Pamela und die Kinder zwischen ihnen keinen Platz mehr hatten, nur mehr kurze Zeit, die Erissa flüstern durfte: »Gleich nach dem Fest werden wir heiraten, ja, gleich nachher, mein Geliebter, mein Gott«, während hinter ihnen der Berg grollte und das Mädchen in rötlichen Schimmer tauchte.

Wieder fiel Regen, aber sanft, nicht mehr als ein Frühlingsnieseln, das den Boden erfrischte; selbst wenn es bis zum nächsten Morgen andauerte, würde es den feierlichen Zug der Mädchen zu den Schiffen nicht behindern. Noch aber lag über der Kühle und dem feuchten Erdgeruch, die der Regen hervorbrachte, das Dunkel der Nacht.

Lydra empfing Reid vor dem Totenrichter. Im Lampenschein war ihr schwarzes Gewand nur einer der vielen Schatten, aus denen ihr Gesicht gespenstisch weiß hervortrat. Reglos über ihm thronend sprach sie: »Ich habe dich mit Absicht so spät rufen lassen, Fremder. So wird uns niemand hören, außer den Wächtern draußen.«

Mit einem Frösteln sagte sich Reid, daß es sowieso niemals Lauscher geben würde. Die Türen waren dick. Nicht so dick jedoch, daß die Männer davor nicht den Ruf ihrer Herrin gehört hätten. Und sie waren ihr mit Leib und Seele ergeben.

»Was wünscht meine Herrin?« sagte er.

»Folgendes«, antwortete die Ariadne. »Du dachtest morgen mit dieser kleinen Schlampe Erissa abreisen zu können, nicht wahr? Das wirst du nicht tun. Du wirst hier zurückbleiben.«

Plötzlich wußte er, daß es keinen Ausweg aus dem Käfig der Zeit gab.

»Du warst niemals aufrichtig«, sagte sie. »Hast du wirklich gedacht, Diores und ich würden nicht über deine Gefährten in Ägypten sprechen und so herausbekommen, was du über jene Frau verschwiegen hast? Was ich erfuhr, ist sehr beunruhigend. Wenn du also nicht die ganze Wahrheit gesagt hast, müssen wir da nicht annehmen, daß du auch lügen würdest? Daß du der Feind von jenem Mann bist, den die Götter erwählt haben, von Prinz Theseus?«

»Herrin!« hörte er sich herausplatzen. »Theseus macht dich zu seinem Werkzeug! Er wird dich verlassen, sobald er dich nicht mehr ...«

»Schweig oder du stirbst!« schrie sie mit gellender Stimme. »Wachen! Wachen, zu mir!«

Er wußte es, jetzt wußte er es: Vor langer Zeit war der Mann mit den Löwenaugen in ihre Einsamkeit gekommen und hatte ihr versprochen, was kein anderer gewagt haben würde, daß er sie zu seiner Königin machen werde, wenn es in seiner Macht stünde, doch müsse sie ihm helfen und den Sturz ihres Königs herbeiführen.

Warum war ich nur so blind? fragte er sich. Weil ich nichts von Intrigen ahnte, sie nicht wahrhaben wollte. Weil ich nicht dieses glitzernde kleine Paradies zerstören wollte, in das sie mich einspann.

Er durchschaute jetzt alles: Sie hat an Diores und durch ihn an Theseus alles weitergegeben, was ich ihr verriet, dachte er. Das war Lydras vereinbarter Dienst – das und alles, was sie auf Kreta veranlaßt hat, um eine Verschwörung der Unzufriedenen und Aufrührer anzuzetteln; und jetzt setzt sie mich gefangen, damit ich keinem von ihrem Verrat erzählen kann.

Wie viele Frühlingsnächte lang, während die Mädchen in ihren Schlafsälen träumten und flüsterten von den jungen Männern, die sie treffen würden, wie viele Jahre lang hat sie um eine solche Gelegenheit gebetet? Und zu welchen Göttern?

KAPITEL 15

Im Frühjahr kehrten die Schiffe zurück. Schon war der Strand des Piräus besetzt, und die später Kommenden mußten draußen vor Anker liegen bleiben. Auch Olegs mächtiges Fahrzeug war dort; es konnte zwar an den Strand gezogen werden, aber das war mühsam, und der Russe wollte auch Neugierige, Diebe und Schwätzer fernhalten, so weit es ging. Die meisten Schiffsbesatzungen hatten am Strand Zeltlager aufgeschlagen und wanderten zu Fuß nach Athen, wenn sie die Stadt ansehen oder Vergnügungen suchen wollten. Immer aber blieben genügend Wachen und Müßiggänger bei den Schiffen zurück.

Freche Rufe und der Rauch der Kochfeuer begrüßten Erissa. Mehrere Achäer traten zu ihr, als sie näherkam. Sie beachtete sie nicht, auch wenn sie ihre lüsternen Blicke im Rücken spürte. Eine Frau – zudem noch recht anziehend – die so selbstbewußt herumwanderte ohne Begleiter? Was konnte sie anderes sein als eine der Dirnen, die zum Hafen herauskamen, um ihr Gewerbe auszuüben? Aber sie wies jedes Angebot zurück. War sie also schon mit einem wichtigen Mann in seinem Zelt verabredet? Aber die Anführer, die lagerten nicht hier, die waren in der Stadt, in den Gasthäusern, die mächtigsten im Palast... So zuckten die Männer die Achseln und wandten sich wieder den Bratspießen zu, den Würfelspielen, den Wettkämpfen in Gewandtheit und Kraft und Prahlerei.

Sie kam zu einer Reihe kleiner Boote. Bei jedem wartete ein Fährmann, dessen Langeweile bei ihrem Erscheinen abrupt verschwand. »Wer bringt mich zu diesem Schiff hinaus?« fragte sie und wies auf Olegs Fahrzeug.

Blicke taxierten sie von oben bis unten. Zähne schimmerten feucht in dunklen Bärten. »Wozu?« fragte einer anzüglich. »Was zahlst du?« lachte sein Gefährte. »Mein Boot gehört zu diesem Schiff«, rief ein dritter, »und ich bringe dich hin, aber du verdienst dir die Überfahrt. Einverstanden?«

Erissa dachte an die Barbaren von Thrakien, an die Bürger von Knossos und an zu viele andere. Sie richtete sich auf, weitete die Augen, bis die Iris rundum von Weiß umgeben war, und zwang Blässe in ihr Gesicht. »Ich habe einen Auftrag der Mächte zu erfüllen«, sagte sie mit ihrer kältesten Hexenstimme. »Benehmt euch und gehorcht, oder...«, sie stach mit einer drohenden Geste nach den Männern, »oder euer Mannesstolz, mit dem ihr euch so brüstet, wird verdorren und abfallen wie tote Blätter.«

Sie fuhren entsetzt zurück, machten selbst fahrige kleine Abwehrgesten, mit zitternden Fingern. Sie winkte Olegs Bootsmann. Fast kroch er heran, half ihr an Bord, stieß das Boot ab und dann ruderte er wie ein Dreschknecht und wagte keinen Blick mehr.

Sie unterdrückte ein Seufzen. Wie leicht war es, andere zu beherrschen, wenn man aufgehört hatte, um sich selbst Angst zu haben.

Olegs rundliches Gesicht mit dem Goldgekräusel seines Bartes leuchtete in den Lichtreflexen der glitzernden Wasserfläche auf, als er über die Bordkante spähte. »Wer bei *chawrt* – oh, du bist's, Erissa! Ihr Heiligen, Wochen ist's her, seit ich dich das letzte Mal zu Gesicht bekam. Komm herauf, komm herauf! – He, ihr Faulenzer!« brüllte er. »Werft der Herrin eine Strickleiter hinunter.«

Er führte sie in seine Kajüte, bot ihr einen Platz in der Koje an, hieß Wein holen, schenkte ein und ließ seinen Becher an ihren klirren. »Gut, dich zu sehen, Mädel.« Die Kajüte war nicht mehr als ein winziger Verschlag, vollgestopft mit seinen Besitztümern, also setzte er sich neben sie auf die Pritsche. Fenster gab es keine, aber durch die Tür fiel genug Licht, daß sie sein Gesicht sehen konnte. Es war stickig herinnen, sie fühlte die Wärme seines massigen Körpers und roch seinen Schweiß. Wellen klatschten gegen den leicht schaukelnden Rumpf. Von draußen kam das Tappen von Füßen, Rufe, das Ächzen von Taljen, als die Männer weiter jene Vorbereitungsarbeiten ausführten, die er vorhin beaufsichtigt hatte.

»Was schaust du nur so finster drein?« brummte er.

»Oleg.« Sie ergriff seine Hand. »Diese Heerschar, die Theseus versammelt. Was will er damit?«

»Das weißt du doch. Wurde ja angekündigt. In die tyrrhenischen Gewässer plündern fahren.«

»Will er das wirklich? Jetzt auf einmal – und so viele Verbündete ...«

Er kniff die Augen zusammen. »Ah, ich weiß schon, du sorgst dich wegen Kreta. Nun, sieh her, niemand in Attika – gar nicht zu reden von anderen Achäern, die sie überredet haben mitzutun – niemand wird wagen, irgendein Land anzugreifen, das unter dem Schutz des Minos steht. Sie sind ja nicht wahnsinnig. Aber andererseits sind sie ruhelos nach dem langen Winter, und der Minos hat nichts dagegen, wenn sie sich hin und wieder austoben, an Völkern, die für seinen Markt höchstens Sklaven liefern können und die selber nicht ungern auf Seeraub gehen. Verstehst du?«

»Aber gerade in diesem Jahr«, flüsterte sie.

Oleg nickte. »Als sie mich um meine Meinung fragten, war ich ganz einverstanden. Wenn uns wirklich eine Springflut droht, wie Duncan behauptet, so würde es mir leid tun, wenn gute Schiffe zerstört werden, insbesondere mein prächtiger neuer Schnellsegler. Warum sollten wir sie nicht aus dem Gefahrenbereich bringen? Wie ich mich darauf freue, Duncan mein Werk vorzuführen! Du erinnerst dich: er hatte die Idee, daß wir etwas wirklich Neumodisches bauen, um die Aufmerksamkeit dieser Zeitzauberer zu erregen.«

»Aber wer hat den Minos vor dem drohenden Unheil gewarnt?« fuhr Erissa auf.

»Na, du hast doch selber Diores' Bericht gehört, was er in Atlantis gesehen und getan hat. Duncan wird als geschätzter Gast behandelt. Ich hab' ein paar von Diores' Leuten betrunken gemacht und ausgefragt, nur um ganz sicher zu gehen. Es stimmt wirklich. Also muß er inzwischen seine Warnung angebracht haben...

Daß wir hier in Athen nichts davon gehört haben, ist doch klar. Wenn die Kreter wirklich ihre Städte verlassen und ihre Flotte weit verstreut auf See schicken wollen, dann werden sie das wohl kaum vorher laut verkünden, oder? Das wäre doch ein an Dummheit grenzender Leichtsinn. Ich würde gar nicht mal überrascht sein, wenn Gathon auf allerhöchste Anordnung Theseus diesen Floh ins Ohr gesetzt hätte, einen gemeinsamen Raubzug aller Achäer bis über Italien hinaus zu organisieren. Und einer solchen Gelegenheit können sie doch nicht widerstehen, unsere Freunde, hahaha!«

»Warum erinnere ich mich dann, daß mein Land in diesem Frühling zerstört und erobert wurde?«

Oleg strich ihr fast väterlich übers Haar. »Vielleicht täuschst du dich. Du sagst, die Ereignisse sind wie verwischt, alles, was in den Tagen des Untergangs geschah.«

»Meine Erinnerungen an die Zeit danach sind nicht verwischt.«

»Nun, vielleicht hat Gott seine Meinung geändert und uns zurückgeschickt, um Kreta zu retten.« Oleg bekreuzigte sich. »Ich bin nicht so anmaßend, daß ich das wirklich behaupten wollte, verstehst du. Ich bin nur ein armer Sünder, der einen ehrlichen Profit machen möchte. Aber ein Priester meines Gottes erklärte mir einmal, daß die Menschen aus freiem Willen ihr Geschick lenken können, daß nichts vorherbestimmt ist bis auf den Jüngsten Tag selbst. Bis dahin aber müssen wir den Weg gehen, den *wir* für den besten halten, einen Schritt nach dem anderen.«

Die Hand, die über ihren Kopf strich, erinnerte sie an die neuen weißen Strähnen, die dieser Winter ihr gebracht hatte. Auf Atlantis, da glänzten jetzt jene Locken schwarz wie das Dunkel der Mitternacht.

»Und dann«, sagte Oleg, »mußt du noch bedenken, daß wir den Athenern ja nichts gesagt haben. *Sie kennen die Zukunft nicht.* Wenn sie überhaupt etwas glauben, dann nur, daß ihre Beziehungen zu Knossos sich bessern müssen.

Ein Beweis dafür ist, daß Theseus diesen Raubzug nicht anführt, obwohl er ihn organisiert hat. Er beabsichtigt wohl, damit den Tatendurst der Achäer in ungefährliche Kanäle zu lenken, während er fort ist. Wenn er Unheil für Kreta vorhersähe, würde er sich dann gerade dorthin begeben?«

»Gerade das hat mich am meisten erschreckt, weshalb ich auch zu dir gekommen bin, Oleg.« Erissa starrte die Wand an. »Als der Prinz verkündete, daß er unter den neuen Geiseln sein würde...«

Der Russe nickte. »Ja, ich weiß, was Duncan darüber erzählte. Ich hab' mir auch eine Weile Sorgen gemacht. Aber dann dachte ich mir, daß erstens Theseus wenig anrichten kann in des Minos' eigener Stadt, höchstens mit ein paar Halunken und Unzufriedenen in sein Verderben rennen wird. Zweitens, wie ich schon sagte, hat er keine Ahnung, daß dem Labyrinth Unheil von den Elementen droht. Drittens wenn er hofft, seine Stellung innerhalb der Thalassokratie zu verbessern, was könnte er dann Klügeres tun, als sich ein Weilchen dort als geehrter Gast niederzulassen, denn in Kreta wird man sich der Freundschaft des zukünftigen Herrschers versichern wollen. Viertens wäre ich gar nicht überrascht, wenn Gathon wiederum die Hand im Spiel und ihm gegenüber angedeutet hat, es würde sich für ihn lohnen. Sieh mal – wenn Duncan den Minos vor Theseus gewarnt hat, dann ist's nur natürlich, daß der Minos ihn im Labyrinth haben möchte, wo er ihn im Auge behalten kann. Und fünftens, mein Mädchen, wird dieser Schnellsegler hier bei dem tyrrhenischen Unternehmen das Flaggschiff sein. Unser verehrter Admiral Diores wird an Bord sein, und *ihn* werde *ich* im Auge behalten.«

Er drückte sie leicht an sich. »Jaja, wir leben in einer gefährlichen Welt«, sagte er. »Es war immer so, und 's wird immer so sein. Aber ich bin sicher, daß du keinen Anlaß zur Besorgnis hast.«

Er hätte sie gerne noch eine Weile dortbehalten, aber als sie merkte, daß sie ihn nicht überzeugen konnte, verabschiedete sie sich so bald wie möglich. Auf dem Rückweg nach Athen fand sie einen Zypressenhain neben der Straße, wo sie ungesehen ihren Tränen freien Lauf lassen konnte.

Als sie weiterging, hoffte sie, niemand würde bemerken, daß sie geweint hatte.

Peneleos war in einem Wagen seines Anführers Diores zusammen mit anderen Kriegern unterwegs gewesen, um von den verstreuten Gehöften die Männer zusammenzurufen. Er kehrte an dem Tag nach Erissas Besuch bei Oleg zurück: mit freudigen Rufen ließ er sein Gespann zur Akropolis hinaufdonnern – Pferdeschnauben, Schimmer von Bronze, ein langer Mantel, der im Fahrtwind hinter ihm wehte, halbnackte Begleiter, die in einer Staubwolke hinterhertrotteten. Erissa stand in der neugierigen Schar des Gesindes, das alle Arbeit liegen gelassen hatte, um das prachtvolle Schauspiel zu begaffen. Blendend fuhr ein Lichtreflex von seinem Helm ihr in die Augen.

Jetzt? dachte sie. In dieser Nacht?

Es könnte sein. Auch Uldin war zurück, in schlechterer Laune, als sie sich erhofft hatte.

Mit einem Mal wurde alles um sie herum unwirklich klar und scharf und deutlich: Schatten zwischen den Pflastersteinen, Fliegen über dem scharfriechenden Dunghaufen bei den Ställen, silbergraue Schindeln auf dem Palastdach und silbergrauer Rauch, der von ihnen ins Sonnenlicht aufsteigt, ein kläffender Hund, bunte Gewänder, fahle Kittel um sie herum, aber die Menschen darin sind nur Dinge, ihre Worte nur Geräusche... Kühl streiften ihre Gedanken über alles hinweg, beobachteten, wogen ab und fügten zusammen. Darunter aber rührte sich dunkel ihre Erkenntnis unwandelbaren Schicksals, die in diesem Winter in ihr gewachsen war.

Gestern hatte sie kurz, nur einen Moment lang zu hoffen

gewagt... Nein, sie würde nicht aufgeben. Sie wußte, Theseus' Fahrt nach Knossos war Teil jenes Schicksalsmusters. Ob oder was die Ariadne damit zu tun hatte, wußte sie nicht. Sie hatte Oleg nicht überzeugen können, daß zwischen den beiden eine Absprache bestehen mußte. Auch dieser Fehlschlag gehörte zum Muster, das sich unaufhaltsam fortwebte. Aber sie *wußte,* daß sie, was immer geschah, Duncan vor dem Ende wiedersehen würde. Denn als sie all die dunklen Wintermonate immer wieder in den Spiegel gestarrt und sich durch den Nebel verschwommener Erinnerungen getastet hatte, da war das Gesicht eines der Menschen deutlich geworden, die damals bei ihr gewesen waren, als ihre Welt zerbarst: es war ihr eigenes.

War sie selbst also die Hexe gewesen, die die letzten Tage aus jenen Erinnerungen gelöscht hatte, die ihr in den folgenden Jahren Trost und Hoffnung gegeben hatten?

Warum sollte sie so etwas tun? Würde sie es tun? Es ergab keinen Sinn. So war dies vielleicht jener eine lose Faden, durch den sie – wenn sie es nicht tat – das ganze Gewebe entwirren konnte. Wenn sie, nochmals zurückgeschleudert nach einem Vierteljahrhundert, ihrem jüngeren Ich in jenem Jahr alles sagen konnte, was kommen würde...

Während der Zeit mit Dagonas hatte sie Reisende und überlebende Keftiu immer und immer wieder gefragt: was geschah? Sie erzählten ihr verschiedene Versionen, die aber meist den gleichen Kern besaßen: Theseus und die anderen Geiseln waren kaum in Knossos angekommen, als die Erde bebte und die See die minoische Flotte zerschmetterte. Er sammelte Männer um sich – ein Orakel habe ihm dies befohlen, behauptete er – und nahm die zerstörte Hauptstadt mit Gewalt. Seine eigenen Schiffe und die seiner Bundesgenossen, weit draußen auf See und deshalb verschont geblieben, brachten ihm ein paar Tage später Verstärkung. Als er den kretischen Städten, oder was von ihnen übrig war, seinen Willen aufgezwungen hatte, kehrte er heim und nahm die Ariadne mit. In vielen Berichten hieß es, sie sei ihm willig gefolgt.

In der Vergangenheit – in ihrer Vergangenheit, die heute wieder in der Zukunft lag – hatte das Erissa als undenkbar zurückgewiesen. Es paßte nicht zu dem, was sie von Lydra wußte. Und Theseus bewies auf Naxos, daß ihm die Priesterin nichts bedeutete. Sie, die unselige Verräterin, beschloß ihre Tage in einem Mysterienkult, einem dieser uralten, dunklen Bekenntnisse, dessen Anhänger sich abwechselnd mit Orgien und Kasteiungen zugrunde richteten. Theseus vereinigte später ein großes Festlandreich unter seiner Herrschaft... Die Nachricht, daß ihn endlich auch ein böses Ende getroffen habe, war ihr damals ein nichtssagender Trost gewesen.

Erissa nickte. Jetzt sah sie das Muster klar vor sich. Den ganzen langen Winter über war es immer deutlicher geworden, als Diores so oft zwischen Athen und Atlantis unterwegs war. Offenbar half die Ariadne Theseus tatsächlich, wie jene dunkle Überlieferung berichtete, von der Duncan erzählt hatte. Ohne Zweifel hatten seine Enthüllungen der Zukunft sie in ihrem Plan bestärkt.

Aber das konnte Erissa nicht laut sagen – solche Anschuldigungen würden ihr hier nichts als einen durchschnittenen Hals eintragen – und Oleg und Uldin waren fast immer in eigenen Angelegenheiten unterwegs, und wenn sie sich einmal im Palast aufhielten, wurde sie nie mit einem von ihnen allein gelassen; jenen Trick vom Hain der Periböa konnte sie wohl kaum wiederholen, mißtrauisch, wie alle ihr gegenüber waren.

Gestern, als fast alle Männer des Königshofes fort waren, hatte sie die Gelegenheit genutzt, Oleg aufzusuchen. Aber sie konnte dem Russen einfach nicht begreiflich machen, wie ein bloßes Märchen, wenn es einer erzählte, der aus der Zukunft kam (und zudem einige wunderbare Dinge vorzuzeigen hatte), ein Volk beeindrucken mußte, das an Vorherbestimmung glaubte. Oleg glaubte nicht daran; sein sonderbarer Gott verbot es ihm. Theseus und Lydra, die an ihr Schicksal glauben *wollten,* weil es ihnen Macht und Freiheit brachte, würden jedoch alles auf seine Verwirklichung setzen, selbst das Leben des gesamten athenischen Königshauses, die Zukunft ihrer Länder. Oleg erschien dies als wahnwitziges Glücksspiel mit unsicheren Chancen. Da er Theseus, Diores und die anderen als nüchtern denkende Männer von seinem eigenen Schlag einschätzte, waren ihm Erissas Befürchtungen unverständlich.

Und schließlich, was bedeutete ihm denn ihr Land? Auch wenn er sie gernhatte, auch wenn er genug von kretischer Kultur gehört und gesehen hatte, um vielleicht nicht ungern dort zu leben, so war es ihm keine Heimat. Er konnte sich in Attika genauso eine neue schaffen. Ja, er hatte bereits damit begonnen.

Und deshalb hatte er keine Zeit gefunden, über das Muster nachzusinnen. Erissa jedoch hatte das Kerkerdasein der achäischen Frau übergenug Muße gegeben, um zu grübeln, zu überlegen, einige der Schicksalsknoten zu entwirren und langsam an ihrem eigenen Netz zu weben, das sie nun sehr bald zusammenziehen mußte.

Ja, wahrscheinlich schon in dieser Nacht.

Peneleos kam bald nach Sonnenuntergang in ihren gemeinsamen Raum, früher, als sie ihn erwartet hatte. Sie erhob sich lächelnd und schüttelte ihr offenes Haar über das dünne ägyptische Hemd, das er ihr geschenkt hatte. »Ich dachte, du würdest noch lange in der Männerhalle den Durst deiner Reise löschen«, begrüßte sie ihn.

Er lachte. Die Lampe warf einen warmen Schein über seinen großen kraftvollen Körper und das leicht vom Wein erhitzte Gesicht; seine Augen jedoch waren klar und seine Haltung sicher. Das Gesicht unter den hellen Locken war jungenhaft rund und mit weichem Bart bedeckt. »Das kann ich morgen auch«, sagte er. »Dich aber habe ich mehr vermißt als alle Gelage.«

Sie umarmten einander. Sein Mund und seine Hände

waren nun nicht mehr so ungeschickt wie in den ersten Nächten, und sie setzte die gesamte Erfahrung ihres Körpers ein. In ihrem Inneren jedoch war nur noch eisige Entschlossenheit. Wenn sie erregt war, so nur, weil sie jetzt auf dem Weg zu Duncan war.

»Nun, meine Nymphe, nun?« sagte er rauh und zärtlich.

Sonst hatte sie sich erlaubt, im Beisammensein mit ihm Freude zu finden. Warum nicht? Darin lag einer der Gründe für ihren Beschluß, ihn für sich zu gewinnen — ein unwichtiger Grund unter wichtigeren: um in ihrer langen Gefangenschaft in Athen jemanden zu haben, der wenigstens diesen Hunger in ihr stillte. Anfangs war er scheu und verwirrt gewesen. (Diores hatte ihn ermutigt sobald der ältere Mann erkannt hatte, was vorging. Nichts war dem Admiral lieber, als einen vertrauenswürdigen Gefolgsmann im Bett dieser Frau zu wissen, deren Fähigkeiten und Pläne er nicht kannte, die aber ohne Zweifel mit Zauberei zu tun hatten — und überdies kaum mit freundlichem Zauber. Peneleos mochte sie beobachten und — wenn nötig — zügeln.) Er hatte später seine Selbstsicherheit wiedergefunden, war aber weiterhin gut zu ihr in seiner egozentrischen Achäerart. Sie mochte ihn recht gut leiden.

Heute nacht mußte sie alle ihre Künste auf ihn wirken lassen, weil sie bar aller Gefühle war. Sie mußte ihn in ruhige und glückliche Schläfrigkeit versetzen, die jedoch nicht in natürlichen Schlaf übergehen durfte.

Die Lampe flackerte, als sie sich auf einen Ellbogen aufrichtete. »Ruh dich aus, Geliebter«, murmelte sie wieder und wieder, und ihre Finger strichen in langsamem Rhythmus über seinen Körper; als der Blick, den sie gefangenhielt, glasig wurde, begann sie ihren Lidschlag dem seines Herzens anzupassen.

Dann dauerte es nicht mehr lange. Schon damals im Hain war es leicht gewesen, diesen Schlaf über ihn zu bringen. Das hatte sie auch veranlaßt, ihn unter den unverheirateten Männern, die sie öfters sah, auszuwählen und zu verführen, nachdem ihr Plan undeutlich Gestalt angenommen hatte. Jedesmal, wenn sie ihn danach in den Zauber verstrickt hatte – unter dem Vorwand, ihm Entspannung oder Befreiung von einem Kopfschmerz oder ihm einen angenehmen Traum bringen zu wollen – war es leichter gewesen. Sie war sicher, daß er auch dem Befehl folgte, den sie immer gab: Erzähle niemandem von dem, was wir hier tun; es ist ein kostbares und heiliges Geheimnis zwischen uns beiden; vergiß am besten, daß ich mehr getan habe als mit dir zu flüstern, bis ich es wieder tue.

Jetzt saß sie neben ihm auf dem Lager und sah ihn prüfend an, in dem spärlichen, zuckenden Licht der Öllampe. Seine Züge waren zu kraftvoll, um völlig zu erschlaffen, aber etwas fehlte in ihnen und den halb geschlossenen Augen. Es war jedoch nicht weit fort. Es lag verborgen im Dunkel seines Schädels, wie eine der Schlangen, die jene Keftiu in ihren Häusern hielten, die glaubten, ihre Toten kämen in dieser Gestalt wieder. Und wie eine Schlange würde dieses schlafende Etwas erwachen, Stunden später, und hervorkommen; ein unvorsichtiger Laut jedoch konnte es augenblicklich wecken und zustoßen lassen.

In diesem Schlaf glaubte und tat man alles, was einem gesagt wurde, bis zu einer bestimmten Grenze – die bei ihm durch ihre wiederholten Befehle, die er immer ausgeführt hatte, wohl längst weiter gesteckt war als bei den meisten Menschen –, aber man tat nichts, das man bei vollem Bewußtsein als falsch oder gefährlich erkannt hätte. So mußte sie diesmal sehr, sehr vorsichtig sein.

Die Lampe war fast erloschen. Sie erhob sich, katzenhaft leise, und füllte sie nach. In der Kammer war es warm und stickig, Gerüche von Öl, Rauch, Menschenkörpern und dumpfem Atem. Außerhalb des Türvorhangs war es kühl, dunkel und still.

Erissa beugte sich über ihn. »Peneleos«, sagte sie leise und langsam, »du weißt, ich bin deine Geliebte, die nur dir dienen will. Aber du weißt, ich diene auch der Göttin.«

»Ja«, antwortete er so tonlos wie immer.

»Höre mich an, Peneleos, höre gut zu. Die Göttin hat

mir enthüllt, daß ihr Plan in Gefahr ist, gemeinsam mit Zeus unsere beiden Völker zusammenzuführen. Wenn ihrem Willen zuwidergehandelt wird, fällt ein ewiger Fluch über unsere Länder. Sage mir also, was geplant ist, damit ich vor falschen Schritten warnen kann.«

Sie hielt den Atem an, bis er reagierte. Ihre ganze Hoffnung stützte sich auf die Wahrscheinlichkeit, daß sich Diores ihm anvertraut hatte. Es mußten doch gewiß mehr Männer als nur der Prinz und sein Admiral von dem wirklichen Plan wissen, falls er sich von dem angekündigten unterschied. Peneleos war trotz seiner Jugend verschwiegen, und wenn er eingeweiht wurde, konnte er seiner Mätresse wirkungsvoller auf die Finger sehen und darauf achten, daß sie nichts Wichtiges erfuhr.

Die Antworten, die sie aus ihm herausholte, bestätigten ihr Wissen um ihr Schicksal. Winterliches Pläneschmieden zwischen Theseus, Lydra, und jenen, die Lydras Vertrauensleute in Knossos aufgespürt oder eingeschleust hatten. Ereignisse der Zukunft, einem zu vertrauensseligen Duncan Reid herausgelockt; eine Neuauslegung des Periböa-Orakels, nach der die Große Göttin selbst den Triumph Athens wünschte; ein Plan, die kretische Metropole zu besetzen und der Athenerflotte Befehl zum Umkehren zu geben, um ganz Keft zu erobern; ein sicheres Hintertürchen mit jener Fahrt ins Tyrrhennische Meer: wenn das Unheil nicht programmgemäß das Labyrinth traf, brauchten keine Feindseligkeiten aufgenommen werden; schließlich strengste Geheimhaltung vor dem Minos; Festsetzung von Duncan Reid unter irgendeinem Vorwand...

Sie verlor keine Zeit an bittere Gedanken. Vieles von dem Gehörten hatte sie seit Wochen geahnt.

»Höre«, sagte sie. »Du erinnerst dich, daß ihr argwöhnisch wart, was dieser Mann Uldin im Schilde führen könnte. Wisse nun, daß Poseidon zürnt über diesen Mißbrauch des Pferdes – daß ihm geheiligte Tiere wie Esel geritten werden! – und eurem Unternehmen Verderben bringen wird, wenn dem Sakrileg nicht endgültig Einhalt geboten wird. Höre. Uldin muß zur Sühne getötet werden: heimlich, denn würden die Gründe dafür laut, so erfährt man in Kreta davon.«

Sie nahm sich Zeit, wiederholte und erklärte, mit leisen, rhythmischen Worten, bis sie fühlte, daß sie diesem wehrlosen Geist alles eingeprägt hatte. Mit jedem Atemzug kamen Monduntergang und Sonnenaufgang näher, aber was tat es, sie *wußte,* sie würde Duncan wiedersehen. Endlich ließ sie Peneleos auf dem Lager in der dunklen Kammer zurück und ging, »Diores, deinen Herrn, zu holen, damit wir gemeinsam beraten können.«

Der reisigbestreute Gang war kalt unter ihren bloßen Füßen. Schatten umflackerten die schmale Flamme der Lampe. Uldins Kammer war einige Türen weiter. Er lag schnarchend neben einer neuen Sklavin; die erste ging bereits hochschwanger mit seinem Kind. (Ich werde von Duncan keines mehr bekommen, huschten die Gedanken durch Erissas Kopf wie Fledermäuse, die in der Dämmerung ausfliegen. Nach dem letzten, was Dagonas mir schenkte, bin ich wohl unfruchtbar geworden. Auch gut, denn sonst hätte ich nie tun können, was ich diesen Winter tat; der Gedanke an Deukalion wird mir Trost sein. Es sei denn, wenn diese schweren Zeiten vorüber sind, Rhea gewährt mir...) Der Hunne hatte seinen geschorenen Schädel mit den drei Haarsträhnen beibehalten, samt den barbarischen Ohrringen. Sein narbiges, flaches Gesicht war ihr zuwider. Aber wo sonst hätte sie Hilfe suchen können?

Sie schüttelte ihn. Er wachte augenblicklich auf. Sie legte ihm eine Hand auf den Mund und flüsterte, über ihn gebeugt: »Steh auf und komm. Ich habe den Schlaf über Peneleos gebracht und Furchtbares erfahren.«

Er nickte und folgte ihr, nackt, aber seinen eisernen Krummsäbel in der Faust.

Zu Beginn des Winters — noch allein, und mit allen ihren Gedanken Duncan viel zu nahe — hatte sie sich an etwas erinnert, das er ihr erzählt hatte. In zukünftigen Jahrhunderten würden dorische Stämme aus dem Norden die Achäer überrennen, weil ihre eisernen Waffen für jeden Mann erschwinglich waren, während eine volle bronzene Kriegsausrüstung sich nur der wohlhabende Adel leisten konnte. So hatte sie Peneleos später gefragt: »Ist es klug von euren Anführern, Uldin jene berittenen Bogenschützen ausbilden zu lassen, von denen er sprach? Wenn sich so etwas durchsetzt, bedeutet das nicht das Ende der Kriegswagen? Das Ende jeden Staates, über den Krieger herrschen, die vom Streitwagen aus kämpfen?« In regelmäßigen Abständen hatte sie diese Idee in ihm verstärkt, während der Schlaf über ihm war.

Damals war ihr das nur als ein unwichtiger Keil erschienen, der, in die Front ihrer Feinde getrieben, sie schwächen mochte. Er erwies sich jedoch als ungeahnt wirkungsvoll. Peneleos wiederholte alles vor Diores, Theseus und den anderen, die mit der Zeit nachdenklich wurden. Sie verboten zwar Uldin sein Unternehmen nicht gerade, aber sie fanden Vorwände, ihm nach und nach ihre Unterstützung zu entziehen, bis sie es sich besser überlegt hätten. Zum Schluß saß er untätig und grollend herum.

Diese Nacht also erfuhr der Hunne von einem Plan, ihn zu töten, aus dem Mund eines Peneleos, der ihn für Diores hielt... Er erfuhr hingegen nicht, daß Erissa mehr mit dieser Information zu schaffen hatte, als nur sie aufzudecken; Peneleos hatte den Befehl, das zu vergessen, und Uldins Erfahrung mit Schamanenkünsten war spärlich.

»Umm«, grunzte er. Einen Moment lang durchbohrte er sie mit einem unergründlichen Blick. »Warum warnst du mich?«

»Ich habe auch von einer Verschwörung erfahren, Kreta zu überfallen, wenn es wehrlos und zerstört ist«, sagte sie. »Unsere Warnung hat den Minos nie erreicht. Es geht um mein Volk. Ich will es retten. Und ich komme nicht allein hin.«

»Ich habe eigentlich daran gedacht, bei diesem tyrrhenischen Unternehmen...«

»Überleg doch, Uldin!« Erissa packte ihn am Arm. »Auf

dem Festland hat man guten Grund, deine zukünftigen Reiterkrieger zu fürchten. Darum haben sie dich auf Schritt und Tritt behindert. Kreta, vom Meer umgeben, würde das nie. Im Gegenteil, wir wären froh, ein Reiterheer zu haben, um das Festland in Schach zu halten. Und man wird um so mehr auf dich hören, wenn du als Retter hinkämst!«

Er entschloß sich abrupt. »Nun gut. Vielleicht hast du furchtbar unrecht, aber wenn alles stimmt, dann wären wir Narren, länger hierzubleiben. Und ein Mann stirbt dann, wenn es die Götter bestimmen.« Eine Sekunde lang ließ ein Grinsen sein Gesicht weniger abstoßend erscheinen. »Außerdem, je kürzer die Seereise, um so lieber ist's mir.«

»Geh und mach dich fertig«, flüsterte Erissa.

Als er fort war, beugte sie sich wieder über Peneleos. »Schlafe nun, Geliebter«, flüsterte sie. »Es ist alles vorüber. Alles ist gut.« Schmetterlingsleicht schloß sie seine Lider. »Schlafe lange. Vergiß, was wir sprachen. Niemand außer deinem Herrn Diores darf noch davon erfahren, so gebieten uns Klugheit und der Wille der Götter. Schlafe. Schlafe, bis du erfrischt aufwachst. Suche nicht nach mir. Ich werde nur kurze Zeit fortbleiben. Schlafe fest, Peneleos.«

Sein Atem wurde noch tiefer, noch regelmäßiger. Aus einem plötzlichen Impuls heraus, der ihr unerklärlich war, beugte sie sich über ihn und küßte ihn leicht. Dann ging sie daran, ihre Sachen zusammenzupacken, Kleider, Decken, darin eingewickelt Schmuck und Waffen und verschiedene Gebrauchsgegenstände.

Uldin kam zurück, nun wieder in sein altes, stinkendes Gewand gekleidet. Er zeigte aufs Bett. »Soll ich ihn kaltmachen?« fragte er.

»Nein!« Erissa wurde sich bewußt, daß sie es zu laut gesagt hatte. »Nein, das würde uns die Verfolger eher als nötig an den Hals hetzen. Folge mir.«

Sie hatten keine Schwierigkeiten, aus dem Palast oder

aus der Stadt zu kommen. Da Athen mit Kriegern des Königs überfüllt war, hielt man Wachposten für überflüssig. Draußen leuchtete ihnen der Mond, der, fast voll, noch hoch am Himmel stand. (Wenn Asterions Fest auf einen Vollmond fällt, dann glauben die Keftiu, dies künde ein besonders fruchtbares Jahr an, dachte Erissa, und auch die Ahnung von dem in ihr verkörperten Geschick konnte nicht verhindern, daß ihre Augen brannten.) Die Straße zum Piräus lief grau und leer zwischen silbrigen Feldern und silbergefaßten, schwarzschattigen Bäumen dahin. Sterne waren nur wenige zu sehen. Die Luft war kalt und still, so daß ihre Schritte fast zu laut auf den Steinen knirschten, und sie ihre Stimmen unwillkürlich dämpften, als sie ihren einfachen Plan besprachen.

»Zu Fuß laufen!« knurrte Uldin einmal voll Abscheu und spuckte aus.

Im Haus gab es Wächter, denn Boote und wertvolle Ladungen lagen dort. Uldin ließ Erissa das Fahrzeug auswählen, das sie am brauchbarsten fand: ein Segelboot von etwa fünfzehn Fuß Länge. Das war klein genug, daß sie es rudern konnten, wenn es notwendig wurde, und trotzdem von ausreichender Größe, um sie sicher nach Atlantis zu bringen. Aber im wesentlichen würden sie sich auf den Wind verlassen müssen – und zur Gänze auf Erissas Navigation. Er mußte erst etwas Krach schlagen, bevor man ihnen das Boot und ein wenig Proviant überließ. Leute einzuschüchtern war ihm jedoch nie schwergefallen, und soweit die Krieger wußten, stand er immer noch hoch in königlicher Gunst. Erissa blieb abseits; niemand erkannte sie in ihrem Männergewand und Peneleos' Mantel. Die Geschichte von einer geheimen, dringlichen Mission, die sie ausgedacht hatte, fand schließlich Glauben, ohne daß jemand einen Boten zu Diores um Bestätigung schickte. Das überraschte sie nicht, ebensowenig wie der günstige Wind, in den sie draußen vor der Reede kamen, denn sie erinnerte sich, wie eben diese Planken sie und Dagonas in die Gewässer von Troja gebracht hatten.

Gegen Morgen legte sich der Wind. Unbeweglich ruhte das Boot auf fast glatter, dunkelgläserner Wasserfläche, die im Osten unter zartrosa Wölkchen langsam zu rötlichem Silber wurde. Im Westen standen dunkel die Berge und schattigen Wälder von Argolis – Troizen, wo Theseus zur Welt kam. Attika lag flach und dunstverhüllt hinter ihnen. Verschiedentlich fleckten kleine Inseln das Meer rundum, weiß und grün und schwarz. Erissa machte das jetzt nutzlose Steuerruder fest und legte ihren Mantel ab, denn die Morgenluft erwärmte sich rasch.

»Essen wir jetzt«, meinte sie. »Später haben wir zu tun.«

»Oder auch nicht«, knurrte Uldin, an den Mast gelehnt. »Aus eigener Kraft kommen wir nicht weit. Wann gibt's wieder Wind?«

»Bald, denke ich. Danach wieder Windstille um Mittag, nachmittags und abends wahrscheinlich eine kräftige Brise, und kein oder nur schwacher Wind einen Großteil der Nacht hindurch – das ist zu dieser Jahreszeit das Übliche.«

»Ummh. Und morgen soll die Flotte auslaufen. Die Schiffe haben Ruderer und werden uns einholen. Und wer immer uns entdeckt, wird uns näher in Augenschein nehmen wollen.«

»Ich habe gesagt, wir werden um die Inseln herumfahren, und notfalls in einer Bucht Deckung suchen. Wir können jede Galeere ausmachen, bevor man uns entdeckt.«

»Also mehrere Tage mindestens, die wir unterwegs sind.« Uldin kratzte sich unter dem Hemd, erwischte eine Laus und zerknackte sie zwischen den Zähnen. »Wohl möglich, daß uns einer dieser Tage den Tod bringt.«

»Da ich Duncan wiedersehen soll, und es auch werde, wie ich dir vor langer Zeit schon erklärt habe ...«

»Du hast nicht davon gesprochen, daß *ich* dabeisein würde.« Plötzlich tat ihr Herz einen zitternden Satz. Er hatte seinen Dolch gezogen und zeigte mit der Spitze auf sie. »Schau. Du bist eine unheimliche Person. Mehr noch, denke ich, als dein sonderbarer Liebhaber, zu dem du uns bringst. Ich bin gar nicht so sicher, ob du mich nicht durch irgendeinen Hexentrick zum Mitkommen gebracht hast. Und du würdest mich wegwerfen wie ein Paar alte Hosen, wenn du mich nicht mehr brauchst, das spüre ich.«

»Uldin, nein... ich...«

»Sei still. Ich kann mein Glück mit dir versuchen. Oder ich kann umkehren und dich an Theseus ausliefern, damit er dich töten kann, wenn er alles aus dir herausgepreßt hat, was du weißt. Dann würde ich mein Glück bei ihm versuchen. Was also soll es sein?«

Sie nahm alle Kraft zusammen. Sie *wußte*, ja, sie *wußte*. Mit geballten Fäusten, schweratmend, sagte sie: »Du mußt mir helfen. Du mußt!«

»Ich muß nicht. Warum sollte ich etwas so Dunkles und Gefahrvolles tun, wenn mich kein Schwur bindet?« Uldings Blick wurde etwas weniger finster. »Höre, was ich will. Blutsbrüderschaft zwischen uns. Treue bis zum Tod, du für mich und ich für dich, beschworen bei allen unseren Göttern, Dämonen, Ahnen und Nachkommen, und bei dem Blut in unseren Adern, das wir mischen werden. Dann weiß ich, daß ich dir vertrauen kann. Ich habe nie gehört, daß so etwas zwischen einem Mann und einer Frau gemacht wurde, aber du bist anders.«

Schwach vor Erleichterung flüsterte sie: »Natürlich, Uldin. Gerne.«

Er grinste. »Aber gar so anders bist du nun auch wieder nicht. Keine Angst. Ich werde nicht zwischen dich und diesen Mann treten, den du suchst, sobald wir ihn gefunden haben. Wir können das in den Eid aufnehmen, wenn du willst. Inzwischen aber sind wir beide tagelang allein, können an jedem dieser Tage umkommen, und werden viel Muße haben, so wie jetzt. Vertreibe mir die Zeit.«

Sie starrte ihn an. »O nein«, flehte sie.

Er zuckte die Schultern. »Das ist der Preis für meinen Schwur. Auch der deine hat einen, weißt du.«

Sie versuchte, sich das Mädchen in Erinnerung zu rufen, das mit Stieren tanzte und sich in einen Gott verliebte.

Aber sie konnte es nicht mehr. Der Weg zurück war viel zu lang.

Nun, damit wenigstens hatte Oleg recht gehabt: Wohin dich dein Weg auch führt, du mußt ihn einen Schritt nach dem anderen zurücklegen. »Wie du willst, Uldin«, sagte sie.

KAPITEL 16

Reid wurde nicht schlecht behandelt. Lydra erklärte den Wachen, daß ihn Visionen plagten, die sie als falsch und verderblich erkannt habe. Er dürfe kein Wort darüber sprechen, und müsse geknebelt werden, wenn er es doch versuche. Im übrigen müsse er nur in seinen Räumen bleiben. Nach ihrer Rückkehr werde sie ihn von dem Fluch befreien.

Tatsächlich hatte er, da keine männlichen Pilger zurückgeblieben waren, den ganzen Flügel für sich. Unter Begleitung durfte er auch in die Gärten, und von dort beobachtete er die Ausfahrt der Schiffe nach Knossos.

Die Galeere der Ariadne, lang und mächtig, war an der Spitze und trug die drei heiligen Symbole voran — die Stierhörner am Bug, mittschiffs den Pfeiler, die Labrys am Achtersteven. Er sah, wie die Mädchen aufgeregt an Deck herumschwärmten, und versuchte, Erissa herauszufinden — sie würde still, enttäuscht sein — aber die Entfernung war zu groß für müde Augen. Dahinter kamen zwei Kriegsschiffe als Eskorte und eine lange Kette von Booten und kleineren Schiffen mit jenem Laienvolk, das es sich leisten konnte, das Fest in der Hauptstadt zu feiern. Alle Fahrzeuge waren bunt bemalt und mit fröhlichen Wimpeln, Girlanden und Kränzen geschmückt. Der Wind trug Fetzen von Gesang und die Rufe der Rudermeister herüber. Gegen den mattschwarzen Berg im Hintergrund leuchteten alle Farben noch bunter und heiterer...

Er war überrascht, sein Rammschiff nicht in der Flottille zu sehen. Dann sagte er sich, daß Lydra das wohl verboten und wahrscheinlich auch die gesamte Besatzung unter dem einen oder anderen Vorwand zurückgelassen hatte. Das Schiff hätte Anlaß für zu viele Fragen gegeben, und vielleicht wäre es auch imstande gewesen, die athenische Flotte zurückzuschlagen.

Also mußten wir beide hierbleiben, Dagonas, dachte er.

Eines nach dem anderen glitten die Schiffe durch den Kanal und aus Reids Sicht. Das war der erste der zehn Festtage.

Am zweiten Tag wurden jene Priesterinnen, die zurückgeblieben waren, zur Stadt hinübergerudert, um dort die Zeremonien zu leiten. Reid beobachtete, daß die Fischerboote dabei eine Rolle spielten. Nachdem ein Segen über sie gesprochen worden war, liefen sie aus, kehrten draußen auf dem Meer um und kamen zu einem feierlichen Empfang zurück. Ungefähr zu dieser Zeit mußten auch die Schiffe mit Erissa vor Knossos eingetroffen sein.

Am dritten Tag sah er, wie eine Prozession hinauf in die Hügel zog und ein paar Stunden später wieder den gewundenen Pfad herunterkam: Musik, tanzende Menschen, eine kleine Herde Stiere. Einer der Wächter war einem Gespräch nicht abgeneigt – zwar hinderte ihn seine Pflicht, an den Festlichkeiten teilzunehmen, aber die Ariadne hatte ihm erklärt, wieviel Ehre und Verdienst er erwürbe, wenn er sich um diesen Unglücklichen kümmerte – und erzählte, dies sei eine schlichtere Version des Großen Einzugs in Knossos. In dieser Nacht ließ der Vulkan sein Feuerwerk spielen, schrecklich und schön, fast bis in den Morgen hinein; dann, tagsüber, ruhte er wieder.

Am vierten Tag begannen die Stierspiele. Sie würden den Rest der Frühlingsfeiern hindurch andauern. In Atlantis waren sie etwas Einmaliges, weil hier nur Mädchen daran teilnahmen, die durch das Los aus zurückgebliebenen Trainerinnen und den geübten Schülerinnen ausgewählt wurden. In anderen Städten war das Schauspiel bescheidener, denn die besten Tänzer der Thalassokratie gingen natürlich nach Knossos. Dort würden am letzten Tag der Bursche und das Mädchen, deren Können das aller anderen übertraf, mit dem besten Stier tanzen, den der Monos hierauf opfern würde. Dann würde der wiederauferstandene Asterion seine Braut fordern und mit ihr sich selbst zeugen.

Ich wüßte gerne, ob Erissa den Kranz aus heiligen Lilien gewinnt, dachte Reid, und dann: Nein. Wir sind jetzt dem Ende zu nahe. Ich werde mit Atlantis zusammen sterben, und sie...

Am fünften Tag rührte er sich kaum von seinem Lager fort, starrte nur zur Decke hinauf und dachte: Was habe ich erreicht? Ich habe nichts außer Schaden angerichtet. Oleg und Uldin besitzen wenigstens Fähigkeiten, die in diesem Zeitalter nützlich sind; sie werden ihren Weg machen; Erissa wird überleben und ihre Freiheit erringen. Ich... ich habe jede Entscheidung andere für mich treffen lassen. In meiner selbstgefälligen Blindheit als ein Vertreter der wissenschaftlichen Ära ließ ich mir von den Feinden ihres Volkes alles herauslocken, was sie wissen mußten. *Ich* bin schuld am Fall der Thalassokratie. Alles Schreckliche, das meine Erissa durchmachen muß, geht auf meine Torheit zurück... Meine Erissa? Ich hab' ja nicht einmal meine eigene Frau glücklich machen können. Aber, o ja, das konnte ich: das Vertrauen und die Not einer Frau ausnützen, die Unschuld eines Mädchens. Atlantis, geh unter, töte mich.

Am sechsten Tag, nach einer schlaflosen Nacht, war ihm klargeworden, daß das Spiel noch nicht ganz zu Ende war. Er und Erissa, die junge Erissa, mußten einander noch einmal begegnen und... Und er, er mußte bei Gott, bei einem Gott, der noch nicht geboren war, er mußte zumindest weiter versuchen, nach Hause zurückzukommen. Dort lag seine Pflicht. Er wurde sich bewußt, daß Pflicht nicht jene graue und strenge Sache war, für die er sie immer gehalten hatte; Pflicht konnte eine Rüstung sein.

Also fliehen. Aber wie? Er fing ein Gespräch mit Velas an, dem gutmütigen Wächter. Wäre es nicht möglich, einen Ausflug in die Stadt zu unternehmen, einen Stiertanz anzusehen, vielleicht ein paar Becher zu leeren während der ausgelassenen Feiern danach?

»Nein, Herr, die Befehle der Ariadne waren eindeutig. Es tut mir leid, Herr. Ich würde das auch gern tun. Ich habe Frau und Kinder drüben, weißt du, und glaub mir, sie sind sehr traurig, daß ich nicht bei ihnen sein kann. Meine Jüngste wird nach ihrem Papa weinen. Sie ist gerade zweieinhalb, Herr, ein süßer kleiner Fratz – und gescheit? Ach, da kann ich dir erzählen...«

In dieser Nacht kam Erissa.

Er träumte. Er wollte einen bombensicheren Strahlungsbunker bauen, weil der Dritte Weltkrieg nun nicht mehr zu vermeiden war und Atlantis das am meisten betroffene Gebiet sein würde, aber Pamela sagte, das könnten sie sich nicht leisten weil Marks Zähne gerichtet werden müßten und außerdem, wo würden sie diese Stiere unterbringen, die brüllten und sie angriffen, deren Gesicht er nicht sehen konnte und sie sprang ihnen zwischen die Hörner, die aus Eisen waren und klirrten...

Er fuhr hoch. Er sah nur Dunkelheit. Er dachte: Einbrecher! und tastete nach dem Lichtschalter. Die Geräusche draußen auf dem Gang endeten mit einem dumpfen Fall. Er war im Tempel der Dreifaltigen Göttin und spielte seine vorbestimmte Rolle im Theaterstück des Schicksals.

»Duncan«, ein Flüstern. »Duncan, wo bist du?«

Er schwang seine Füße auf den kalten Steinboden hinunter, tastete sich vorwärts und schlug sich an einem Schemel das Schienbein an. »Hier«, rief er heiser. Diese Räume hier hatten richtige Türen. Als er seine aufriß, sah er die Lampe in Erissas Hand.

Sie rannte den Gang entlang auf ihn zu. Ihre Hast ließ fast die Flamme verlöschen. Als sie jedoch bei ihm war, konnte sie nur stehenbleiben und ›Duncan‹ flüstern und langsam eine Hand an seine Wange heben. Die Hand zitterte. Erissa trug eine fleckige Tunika und einen Dolch. Ihr Haar war zu dem Pferdeschweif der Tänzerin zusammengebunden; die weiße Strähne schimmerte wie ein Lichtstreifen in den Schatten rundum. Er sah, daß sie dünner geworden war. Ihre Haut war wettergegerbt und auf ihrer Stirn und um die Augen hatten sich die Linien vertieft.

Auch er fing an zu zittern. Schwindel erfaßte ihn. Sie

legte ihren freien Arm um seinen Nacken und zog seinen Kopf herunter an ihre Brust. Dort war Wärme und unter dem scharfen Schweißgeruch von den Anstrengungen der Reise ein Duft wie bei dem Mädchen.

»Zieh dich an«, sagte sie drängend. »Schnell. Bevor jemand kommt.«

Sie ließ ihn los, drehte sich halb um und schrie leise auf. Im Dämmerschein der Lampe konnte Reid Uldin ausmachen, der über der schlaff ausgestreckten Gestalt von Velas kauerte. Blut glänzte dumpf in den Haaren des Atlanters. Der Säbelknauf des Hunnen hatte ihn an der Schläfe getroffen. Uldin hielt ein Knie unter Velas' Nacken und die Klinge an seine Kehle.

»Nein!« Sogar in diesem Moment dachte Erissa daran, die Lampe abzusetzen. Die Bewegung wurde zur Drehung, zum pantherhaften Sprung quer über den Gang. Ihr Fuß schwang hoch, krachte gegen Uldins Kiefer. Der Hunne wurde auf den Rücken geschleudert. Fauchend sprang er wieder in die Hocke. »Nein!« sagte Erissa in einem Ton als sei ihr übel. »Wir fesseln und knebeln ihn und verstecken ihn in einer Nebenkammer. Aber Mord? Schlimm genug, Waffen auf *ihre* Insel zu bringen.«

Uldin richtete sich auf. Einen Augenblick lang rührte sich keiner von beiden. Reid drückte sich dazwischen, mit steifen Knien, und fragte sich, ob er diese Klinge unterlaufen konnte. Da ließ der Hunne die Waffe sinken. »Wir haben einen... Eid... geschworen«, flüsterte er heiser.

Erissas Kampfhaltung – die der Tänzerin, die bereit ist, den Hörnern auszuweichen – entspannte sich ein wenig. »Ich mußte dich aufhalten«, sagte sie. »Ich habe dir gesagt, kein unnötiges Blutvergießen. Abgesehen von allem anderen, würden Spuren davon nicht viel früher Alarm auslösen? Schneide sein Lendentuch in Streifen und binde ihn. Duncan, kannst du deine Kleider ohne Lampe finden?«

Reid nickte. Der Lichtschein würde durch das offene Fenster fallen. Uldin spuckte auf den niedergeschlagenen Wächter. »Nun gut«, sagte der Hunne. »Aber denk daran,

Erissa, du bist nicht mein Anführer. Ich habe nur geschworen, dir beizustehen.« Er grinste die beiden spöttisch an. »... und nicht mehr den Hengst für dich abzugeben, meine schwarzmähnige Stute, nun, da du deinen Duncan wieder hast.«

Sie zuckte zusammen. Reid verschwand in seiner Kammer. Im hereinsickernden Lampenschein tappte er herum, fand seine kretische Kleidung: Stiefel, Gamaschen, Schurz und Mütze, die man ihm hier gegeben hatte. Darüber zog er hastig Achäertunika und Mantel.

Erissa kam herein. Er sah — undeutlich nur — daß ihr Kopf gesenkt war. »Duncan«, flüsterte sie. »Ich mußte kommen. Auf welche Weise auch immer.«

»Ich verstehe.« Ein schneller Kuß. Er dachte dabei: Ich will die jüngere Erissa in ihr sehen.

Uldin schleifte eben den bewußtlosen Wächter in eine Kammer, als sie heraustraten. Reid blieb abrupt stehen. »Weiter«, drängte Erissa.

»Könnten wir ihn mitnehmen?« fragte Reid. Die beiden starrten ihn an. »Ich meine«, sagte er stockend, »er ist ein anständiger Kerl und... er hat eine kleine Tochter... Nein, es geht wohl doch nicht.«

Sie verließen den Tempelpalast auf dem gleichen Weg, den die beiden hereingekommen waren, durch ein Nebentor, das auf eine breite Treppe hinausführte. Sphinxen kauerten zu beiden Seiten, weißschimmernd unter dem tiefen Mond, der die abfallenden Terrassengärten und die fernen Hügel versilberte. Die Bucht dazwischen wurde von einer Lichtbrücke überspannt, die am Fuß des Vulkankegels vorbeilief. Im Norden stand der Große Bär und der Polarstern, der aber in diesem Zeitalter noch nicht seinen Platz am Himmelspol gefunden hatte. Es war warm und windstill, die Luft war voll von Gerüchen jungen Wachstums und vibrierte vom Zirpen der Grillen.

Reid konnte sich denken, wie seine Befreier hereingekommen waren. Die Tempelwächter hatten nie mit einem Angriff gerechnet. Während der Nacht stand einer von ihnen im Gang vor Reids Kammer auf Posten. Falls der Gefangene Schwierigkeiten machte, konnte ihn der Wächter jedenfalls solange festhalten, bis seine Rufe aus dem Inneren des Gebäudes Verstärkung herbeiholten. So hatte Erissa das unverriegelte Tor geöffnet, hineingelugt, und den Wächter angerufen. Sie kannte die Anlage des Tempels, die Gewohnheiten der Wächter ... und die Worte, die seinen Argwohn beseitigten. Als Velas herankam, stürzte sich Uldin durchs Tor auf ihn.

Sie blies nun die Lampe aus, die wahrscheinlich vorher den Gang erhellt hatte. (Velas hatte sie wahrscheinlich zum Tor mitgenommen, und Erissa hatte sie ihm schnell abgenommen, bevor sie seiner Hand entfiel und zerbrach. Wie viele besaßen eine derartige Geistesgegenwart, ein solches Reaktionsvermögen?) »Kommt«, sagte sie. Er erwartete, daß sie seine Hand nehmen würde, aber sie ging allein voraus. Uldin gab Reid einen mahnenden Stoß und folgte als Nachhut. Sie stolperten undeutlich sichtbare Pfade hinunter, bis sie die Bucht erreichten: nicht die Anlegestelle, sondern einen kleinen Strand abseits, auf den ein Boot heraufgezogen war.

»Schieb uns hinaus, Uldin«, murmelte Erissa. »Duncan, kannst du mir beim Rudern helfen? Er platscht zu viel und zu laut herum.« So hatte sie also das Boot allein hereingebracht, zumindest die letzten paar hundert Meter.

Der Hunne machte wirklich ziemlich viel Lärm, als er hereinsprang und unter dem umgelegten Mast und der Rah nach hinten kletterte. Reids Magen verkrampfte sich. Aber niemand rief sie an, niemand rührte sich; in heiligem Frieden schlief die Insel der Göttin. Ganz leise ächzten Riemen in den Dollen, tropfte Wasser von Ruderblättern. »Halte auf die Buchtmitte zu«, sagte Erissa zu Uldin, der schemenhaft im Heck saß und steuerte.

Als sie rasteten, langsam dahintrieben unter dem Mond, im Schatten des Berges auf schwarzglasigem Wasser, da sagte Erissa: »Duncan, den ganzen Winter lang ...« und glitt in seine Arme. Er dachte ... zu viele Gedanken wirbelten durcheinander... er machte sich klar, was sie um seinetwillen alles auf sich genommen hatte und war so zärtlich, wie ihm diese Gedanken erlaubten.

Ihre Umarmung währte nicht lange. Uldin räusperte sich. Erissa setzte sich auf. »Wir sollten lieber überlegen, was nun zu tun ist«, sagte sie mit schwankender Stimme.

»Hm – äh... wir, wir wollen erst Informationen austauschen«, stotterte Reid. »Wie ist das alles gekommen?«

In kurzen, abgehackten Sätzen erzählte sie es ihm. Zum Schluß sagte sie: »Wir kamen heute an. Uldin blieb im Boot. Wenn man ihn bemerkte, würde man ihn für einen fremden Sklaven halten, der nicht Fuß auf den Boden von Atlantis setzen darf. Wäre er mitgekommen, hätte es zu viel Fragen gegeben. Ich ging an Land, erzählte eine Geschichte von einem Schiffbruch und tauschte einen Armreif gegen anständige Kleider ein.« Dann sagte sie: »Ich sah bei den Tänzen zu.« Nie hatte er soviel Schmerz in einer so ruhigen Stimme mitklingen gehört. Sie schluckte und fuhr fort: »Bei den Festlichkeiten danach, als die Menschen durch Straßen und Schenken schwärmten, konnte ich leicht in Erfahrung bringen, was aus dir geworden war. Oder was offiziell behauptet wurde. Daß du zur Meditation und Besinnung im Tempel zurückgeblieben seist, war natürlich Lüge. Aber als ich wußte, daß du im Tempel festgehalten wurdest, wußte ich auch in welchem Teil, und wie wir am besten hinkommen würden, sobald alles schlief. Im Boot zog ich wieder dieses Kleid an, um mein gutes Gewand zu schonen, das ich später brauchen werde. Und dann holten wir dich.«

»Ich hätte das nicht fertiggebracht«, murmelte er. »Ich bin nur der Narr, der alles verraten hat.« Er war froh, daß der Mond sein Gesicht nicht beleuchtete, als er zu erzählen begann.

Als er geendet hatte, nahm sie seine Hände. »Duncan, es war so vorherbestimmt. Und wie hättest du ahnen können...? Ich, ich hätte es voraussehen müssen, hätte dich warnen müssen — hätte eine Möglichkeit finden müssen, uns früher aus Athen fortzubringen...«

»Hör auf«, sagte Uldin. »Wichtiger ist, was tun wir *jetzt?*«

»Nach Kreta fahren«, antwortete Erissa. »Ich kann zum Haus meiner Eltern gehen... wo ich wohnen werde. Mein Vater hatte... hat Einfluß auf einige Palasträte.«

Ein Frösteln rann von Reids Kopfhaut über seinen Rükken bis in die Fingerspitzen. »Nein, warte«, sagte er.

Er hatte plötzlich eine Idee. »Es würde Tage dauern, wenn wir die Überfahrt mit diesem Boot machten, und wir würden ankommen wie Bettler«, erklärte er. »Aber da drüben liegt das neue Kriegsschiff. Und die Besatzung — ich weiß, wo jeder einzelne Mann wohnt. Sie haben keinen Grund, mir zu mißtrauen. Dieses Schiff wird für uns sprechen, und, und vielleicht wird es für Keft kämpfen — schnell!« Sein Ruder tauchte ins Wasser.

Erissas folgte augenblicklich. Schlag um Schlag hielt sie den Rhythmus. Bald taten ihm die Arme weh und sein Atem ging rascher. »Wie werden sie kommen können, ohne daß der Tempel es ihnen verbietet?« fragte sie.

»Wir müssen weit draußen sein, bevor man im Tempel Wind davon bekommt«, keuchte Reid. »Laß mich überlegen.« Nach einer Pause: »Ja. Ein Bursche kann zwei andere benachrichtigen, und die dann je wieder zwei, und so fort. Sie werden gehorchen, zumindest so weit, daß sie alle zum Pier kommen. Und dieser erste, an den ich denke, der wird uns überallhin folgen, bis über den Rand der Welt, wenn's nötig ist. Dagonas...«

Er hielt inne. Erissa hatte einen Schlag versäumt.

Einen Augenblick später hatte sie sich gefangen. »Dagonas«, sagte sie, das war alles.

»Wie fangen wir's an?« fragte Uldin. Reid erklärte ihnen seinen Plan.

Sie machten neben dem Rammschiff fest und hasteten an Land. Niemand sonst schien wach zu sein. Bleich floß Mondlicht an den Häusern herunter, versickerte in den dunklen Schattenrinnen der Straßen. Hunde heulten. Die drei Menschen hetzten den Hügel hinauf, und binnen kurzem brannten Reids Lungen; ihm wurde fast schwarz vor den Augen, aber er würde nicht aufgeben, vor Erissa... und... diesem Schwein Uldin... »Hier.« Er stützte sich gegen die Lehmziegelmauer eines großen Hauses und rang keuchend nach Atem. Uldin hämmerte an die Tür, scheinbar endlos ohne Erfolg.

Endlich schwang sie knarrend auf. Eine Magd blinzelte sie schlaftrunken an, eine Lampe in der Hand. »Schnell«, rief er. »Ich muß deinen Herrn sprechen. Und den jungen Herrn. Sofort. Es geht um Leben und Tod.«

Sie erkannte ihn. Er fragte sich, was in seinem Gesichtsausdruck sie zurückschrecken ließ. Sie konnte von Uldin oder Erissa nicht mehr als Schatten gesehen haben. »Ja, Herr, ja. Bitte kommt herein. Ich werde sie wecken.«

Sie ging ins Atrium voran. »Bitte wartet hier, ihr Herren, meine Herrin.« Der Raum war reich ausgestattet; dies war eine wohlhabende Familie. Die eine Wand schmückte ein Fresko mit Kranichen im Flug, an einer anderen brannte eine Öllampe vor dem Schrein der Göttin. Erissa blieb eine Weile reglos stehen, während Reid auf und ab wanderte und Uldin sich hinkauerte. Dann kniete sie langsam vor dem Standbild nieder. Ihre Hände preßten sich so krampfhaft aneinander, daß Reid trotz der unsicheren Beleuchtung sehen konnte, wie alle Farbe aus ihren Nägeln wich.

Als Dagonas und sein Vater auftauchten, sprang sie auf. Vielleicht bemerkte nur Reid, daß ihr Atem in heftigen Stößen ging und Wellen von Röte und Blässe über ihr Gesicht liefen. Ansonsten blieb sie bewegungslos, ausdruckslos. Dagonas konnte kaum den Blick von ihr wenden. Verwirrung ließ eine leichte Falte zwischen seinen großen dunklen Augen entstehen, unter dem Gewirr der schwarzen Locken.

»Unser Freund Duncan.« Der Vater verneigte sich. »Du ehrst unser Haus. Aber was bringt dich zu einer so ungewöhnlichen Zeit her?«

»Der Grund ist noch ungewöhnlicher, und furchtbar«, antwortete Reid. »Heute sandte die Göttin diese zwei hier zu mir, durch die mir erst klar wurde, was jene Wahrträume bedeuten sollten, die als ihre Vorboten kamen.«

Den Großteil der Geschichte erfand er, während er sprach. Die Wahrheit hätte mehr Zeit erfordert, mehr als er oder sonst jemand jetzt noch hatte... Erissa, eine Keftiu-Dame, die in Mykene lebte, und Uldin, ein Händler vom Schwarzen Meer, der Tiryns besucht hatte, waren beide von sonderbaren Träumen heimgesucht worden. Sie hatten sich an dasselbe Orakel um Rat gewandt; der Spruch befahl ihnen, nach Atlantis zu gehen und dem Fremden im Tempel zu ermahnen, er müsse seinen eigenen Visionen Glauben schenken. Als weiteren Beweis für bevorstehendes Unglück würden sie, so sagte das Orakel, unterwegs Zeugen eines Menschenopfers werden. Sie erkannten, daß damit der Untergang ihres Schiffes gemeint war, den sie als einzige überlebten. Ein achäischer Fischer von der Insel, auf die sie sich schwimmend gerettet hatten, brachte sie in seinem Boot her – war das schon Wunder genug – sagte aber, er dürfe die heilige Insel nicht betreten; als sie mit Reid zurückkamen, waren er und sein Boot verschwunden.

Jetzt durfte es kein Zögern mehr geben. Alle Leute mit irgendwelcher weltlicher oder religiöser Autorität waren in Knossos. Reid mußte sie und den Minos jedoch so schnell wie möglich warnen. Gleichgültig, was die Ariadne für Anordnungen gegeben hatte. Die neue Galeere mußte bemannt und mit Proviant versehen werden und sofort in See stechen. Denn der Traum sagte, daß Atlantis sehr bald untergehen würde, in Feuer und tobendem Wasser. Die Menschen mußten ihre Feiern abbrechen, jedes verfügbare Boot nehmen und aufs Meer fliehen. Wer blieb, würde das gleiche Schicksal erleiden wie jene Seeleute, die die erzürnten Götter schon hatten ertrinken lassen...

»Ich...« Der ältere Mann schüttelte benommen den Kopf. »Ich weiß nicht, was ich glauben soll.«

»Auch ich wußte es nicht, bis diese zwei mir das endgültige Zeichen brachten«, entgegnete Reid.

Er hatte fast mechanisch seine Halbwahrheiten aufgetischt, wobei seine Aufmerksamkeit anderen Gedanken gewidmet war: er *wußte* ja, daß er Knossos sicher erreichen würde, wo das Mädchen auf ihn wartete. Dann wurde er sich seiner Umgebung wieder bewußt. Dieser Mann, der Junge, die noch halb schlafenden Frauen und Kinder und Diener, die sich erschrocken an der Tür drängten, sie waren alle Menschen, die lieben und trauern und sterben konnten. Er sagte zu Dagonas: »Auch Kreta wird in Mitleidenschaft gezogen werden. Möchtest du mir nicht helfen, Erissa zu retten?«

»O ja, o ja!« Der Junge setzte sich in Bewegung, fiel in Laufschritt.

Die Stimme seines Vaters brachte ihn zum Stehen: »Warte! Laß mich überlegen...«

»Ich darf keine Zeit versäumen«, entgegnete Dagonas, hielt aber trotzdem kurz inne, um Erissa anzustarren. »Du siehst ihr ähnlich«, sagte er.

»Wir sind Verwandte.« Ihre Stimme war tonlos. »Geh!«

Sie konnten nicht losfahren, bevor es hell genug war, durch den Kanal zu steuern, aber so lange dauerte es ohnehin, bis die Besatzung zusammengeholt und Vorräte an Bord geschafft waren. Die Lebensmittel kamen aus den Haushalten der Männer, Wasser nahm man aus den öffentlichen Zisternen, wie Reid angeordnet hatte, in der Befürchtung, man werde ihnen amtlicherseits Steine in den Weg legen. So hastete er mit den jungen Männern die Straßen hinunter: in der einen Hand eine Fackel, die Flamme ein rotwabernder Kometenschweif – der Mond war längst untergegangen – und in der anderen Hand Bündel, Krüge, Kübel, auch unter dem Arm oder über die Schulter geworfen eine Last, bis sie endlich über die Laufplanken an Bord polterten. Die Familien seiner Leute begannen sich am Pier einzufinden, kleine Gruppen von Gestalten, durcheinanderströmend im Zwielicht, beunruhigtes Stimmengewirr, immer lauter und aufgeregter, als sich die schreckliche Antwort auf ihre Fragen herumsprach. Das brachte andere Leute aus der Nachbarschaft auf die Beine. Die meisten Türen blieben jedoch geschlossen. Die Menschen schliefen tief zwischen diesen Tagen ausgelassener Lustbarkeit.

Viele jedoch entschlossen sich, sofort aufzubrechen. Nicht wenige Boote fuhren noch vor der Galeere ab. Dagonas' Eltern waren nicht dabei. Sie wollten die Botschaft von Haus zu Haus tragen, bis der Stiertanz begann, und dann versuchen, eine öffentliche Verlautbarung zu erreichen. Der Angriff auf Velas – sobald die Nachricht davon bekannt würde – war alles andere als eine Hilfe; ebenso würden die geistlichen und weltlichen Beamten, die man übergangen hatte, in ihrer Verärgerung sich kaum hilfreich zeigen. Aber vielleicht brachte das Beispiel der rund hundert Menschen, die schon aufs Meer geflohen waren, die anderen zur Vernunft – vielleicht, vielleicht...

Wir haben hier jetzt alles getan, was wir tun konnten, dachte Reid. Wir werden es anderswo weiter versuchen. Es sind ungefähr sechzig Meilen nach Kreta hinüber, und wir machen im Schnitt drei bis vier Knoten. Das Boot aus Athen, das wir für alle Fälle nachschleppen, macht uns ein wenig langsamer, aber das tut nichts, wir kommen sowieso während der Nacht an und müssen bis zum Morgengrauen vor der Küste liegenbleiben.

Im Osten wurde es licht. Die Mannschaft legte ab und nahm ihre Posten ein. Der Anblick von Dagonas' Vater und Mutter, die Hand in Hand am Pier standen und winkten, blieb in Reids Geist haften, bis ihn der Gedanke verdrängte: In nur vierundzwanzig Stunden werde ich Erissa wiedersehen.

Erst eine Weile nach Sonnenaufgang kam sie zu ihm. Er stand am Bug und starrte aufs Meer hinaus. Der Morgen umflutete das Schiff mit unwahrscheinlicher Bläue: ein wolkenloser, klarer Himmel wölbte sich über dem Wasser, das wie ein Funkeln von Saphir war, von Kobalt, Amethyst und Türkis zwischen schaumweißem Spitzenwerk. Der frische Wind legte das Schiff leicht zu Seite; wie der Rücken eines galoppierenden Pferdes wippte das Deck auf und nieder. Die Bugwelle schäumte flüsternd, die Luft pfiff in den Tauen, rauschte an den Segeln entlang. Die Sonne war durch das prallgewölbte Vorsegel verdeckt, aber ihre Strahlen glitzerten und schimmerten auf den Wellen, und ihre Wärme weckte den ersten scharfen Hauch von Teer. Ein Delphinpaar spielte mit dem Schiffsrumpf Fangen. Ihre schlanken Stromlinienkörper schossen immer wieder darauf zu, bis ein Zusammenstoß sicher schien, und schwenkten dann ab, graziös wie eine Stiertänzerin. Möwen umkreisten schreiend die Masten.

Weit voraus zeigte ein kaum wahrnehmbarer Dunstfleck Kreta an. Achtern schnitt der Berg der Säule wie ein breiter schwarzer Keil in den Horizont, bis er zu einem Punkt wurde. Das war das letzte, was sie von Atlantis sahen.

»Duncan.«

Er drehte sich um. Sie hatte, wie er selbst, wieder kretische Tracht angelegt. Ihr Haar flatterte in der Brise, die ihm kühl über die nackte Brust strich. Plötzlich waren die Mannschaft, die unten auf den Ruderbänken müßig herumsaß, und die zwei Leute im Ausguck oben unendlich weit weg.

»Darf ich hier bei dir bleiben?« fragte sie.

»O Gott, Erissa.« Er zog sie eng an sich. Sie küßten sich nicht, aber sie legte ihre Wange an die seine.

»Ich hab' mich so nach dir gesehnt«, flüsterte sie.

Er fand keine Antwort.

Sie löste sich von ihm. Nebeneinander standen sie an der Reling. »Unheimlich, nach all den Jahren wieder mit dir auf diesem Schiff zu fahren«, sagte sie. »Und Dagonas... Ich weiß nicht, was unwirklicher ist, ich oder das Schiff...«

»Es wird schwer für dich sein, in Knossos«, sagte er, hinaus aufs Meer blickend.

»Ja. Meine Eltern, der ganze Haushalt... wir hatten als

Schoßtier ein Äffchen, das ich ›Schelm‹ nannte... Nun, es muß sein. Und – und die Götter gewähren mir die Gnade, meine Toten noch einmal lebend wiederzusehen... Ich m-muß dankbar dafür sein, nicht...?« Sie fuhr sich über die Augen.

»Du wirst dich selbst treffen«, sagte er.

»Ja, ich... weiß.« Sie umklammerte seinen Arm mit beiden Händen. »Duncan... ich... glaubst du, kannst du dir vorstellen, daß ich eifersüchtig bin? Ich habe immer gefürchtet, daß ich dir nicht mehr gefalle, sobald du die jüngere Erissa kennst. Aber der Gedanke, daß ich wach liegen werde im Haus meines Vaters und wissen werde, daß zur gleichen Zeit mein jüngeres Ich die schönsten Stunden ihres... meines Lebens...«

Der Berg brach auseinander.

KAPITEL 17

Die erste Warnung war der Aufschrei des Manns im Ausguck. Reid fuhr herum. Das kleine schwarze Dreieck des Vulkankegels war verschwunden. An seiner Stelle tauchte eine anschwellende Wand aus Finsternis aus dem Meer, ein schwarzes, gigantisches Seeungeheuer.

Einen Augenblick später erreichte sie die erste Druckwelle. Eine unsichtbare Riesenfaust traf Reids Körper und schleuderte ihn aufs Deck. Das Schiff ruckte, bebte, tauchte mit dem Bugspriet in die Wellen, und Tonnen Wasser brausten über das Deck. Das Brüllen der Explosion war so gewaltig, daß es kein Geräusch mehr war, es wurde zum Universum, und das Universum war ein Schmiedehammer.

Die Galeere richtete sich schwerfällig schlingernd wieder auf. Immer noch wuchs die Schwärze. Den halben Himmel verschlang sie, breitete sich rasend schnell aus; eine Weile drang die Sonne noch als dunkelroter Fleck durch, erlosch dann. Kreuz und quer durch die Schwärze flammten Blitze, ungeheure Zacken und Äste, grell, blauweiß. Donnerschläge grollten über dem anhaltenden, ohrenbetäubenden Brüllen des sterbenden Atlantis.

Reid sah einen Felsen, größer als ihr Schiff, glühend vom Himmel stürzen. Geblendet tastete er mit der einen Hand nach der Reling, mit der anderen nach Erissa. Das Höllengeschoß schlug ein paar hundert Meter entfernt auf. Wasserfontänen griffen nach dem Zenit. Weiß vor der Schwärze, blitzerhellt, spritzten sie nicht auf, sondern zerbarsten. Heranheulender Wind riß gläserne Splitter davon. Dann schlug das Wasser wieder zusammen, und die See kochte. Reid sah die erste Flutwelle herangischten. Höher als die Mastspitzen, mit schaumweißen Fängen, donnernd wie zehntausend Expreßzüge. Er schrie: »Bug herum! Halt drauf zu oder wir sind geliefert!« Das Brüllen,

Grollen, Krachen, Pfeifen und Zischen verschlang seine Stimme und spie sie wieder zurück. Einen wahnsinnigen Augenblick lang wußte er, daß er englisch geschrien hatte.

Aber der Steuermann verstand. Er schwang die Ruderpinne herum, und schaukelnd, träge durch das Wasser in der Bilge, drehte die Galeere den Bug gegen die Woge. Gerade noch rechtzeitig. Ein Wasserfall brauste übers Deck. Blind und zerschlagen und halb erstickt klammerte sich Reid an, bis die Woge über sie hinweg war. Er fand Zeit zu dem Gedanken: Wenn wir nicht über Bord gerissen werden, ersaufen wir hier. Ich hab' keine Luft mehr, meine Rippen werden eingedrückt...

Die Galeere wälzte sich schwerfällig wieder hoch. Ein Mast lag geknickt querüber. Die nächste Welle nahm den anderen Mast mit.

Rundum klatschten kleinere Felsblöcke ins Meer. Dampffontänen fauchten hoch, als die glühenden Brocken das Wasser zum Kochen brachten. Einer krachte auf Deck und rollte polternd aufs Heck zu, versengte das Holz, wo er es berührte. Der Junge am Ruder schrie auf — lautlos im Toben von Himmel und Wasser, aber ein greller Blitz riß ihn aus dem Dunkel: aufgerissener Mund, entsetzte Augen, die freie Hand abwehrend oder hilfesuchend gehoben — bis der Feuerball ihn erreichte. Der Fels und er zerbarsten gleichzeitig. Die nächste Woge wusch das Deck sauber, wo er gestanden hatte.

Auch die Männer vom Ausguck waren verschwunden. Reid löste seinen krampfhaften Griff um die Reling und kroch nach hinten. Jemand mußte steuern. Erissa sprang mit einem Satz hinunter zwischen die Ruderer, die sich entsetzt schreiend aneinander festklammerten. Flüchtig sah er, wie sie, bis zu den Hüften im Wasser stehend, schlagend und kratzend und schreiend die Männer dazu brachte, Riemen und Lenzeimer zu ergreifen. Dann hatte er keine Zeit mehr hinzuschauen, er mußte mit der wie wahnsinnig bockenden Ruderpinne kämpfen.

Noch einmal war eine Explosion vom Vulkan herüber zu

hören. Und noch eine. Er war zu betäubt, um sie zu zählen, irgend etwas zu denken außer, daß er den Bug in die Wellen halten mußte. Ein paar Männer kamen an Deck geklettert, Äxte in der Hand. Sie räumten die gebrochenen Maste weg. Als unten mehr und mehr Riemen wieder ins Wasser tauchten, steuerte es sich leichter, und als der Rumpf endlich leergeschöpft war, lag die Galeere auch nicht mehr so schwer im Wasser. Jetzt war das Ärgste überstanden.

Schwarz unter schwarzem Himmel hetzten die Wogen vorbei, immer wieder messingfarben aufflammend, wenn Blitze das Dunkel zerrissen. Dann waren die Gischttropfen wie feurige, in der Luft erstarrte Eiskristalle. Immer wieder krachte ein Donnerschlag durch das Grollen des Vulkans, das Brausen des Wassers und das Kreischen des Windes, und wieder ein blendender Blitz. Die Luft stank nach heißem Bimsstein und Schwefel.

Asche begann zu fallen. Regen folgte, windgepeitscht, so daß die einzelnen Tropfen wie Nadeln stachen. Das Wasser war nicht mehr klar, sondern sah aus wie schmieriger, brennender Schlamm. Ein neuer Knall und das Trommelfeuer danach zeigten einen neuen Ausbruch an. Diesmal war der Sturm lauter.

Erissa tauchte wieder auf, zog sich mit einem Klimmzug aufs Oberdeck, da die Leitern zerschmettert waren. Reid entdeckte sie erst, als sie bei ihm stand; er konnte fast nichts sehen in dem ätzenden Aschenregen, auch den Bug nicht; er mußte nach Gefühl steuern, soweit nicht ein Blitz das Dunkel spaltete und fast gleichzeitig der Donner ihm die Ohren dröhnen ließ. Erissas Rock war fortgerissen, ihre Sandalen verloren; sie war nackt bis auf die Haarsträhnen und die Asche, die auf ihrer Haut klebten. Sie legte eine Hand über die seine auf der Pinne, die Lippen an sein Ohr. Er konnte ihre Stimme kaum hören. »Laß mich helfen«, rief sie.

»Danke.« Körperlich brauchte er die Hilfe nicht. Das Schiff gehorchte wieder dem Steuer, und das Wetter konnte nicht mehr schlimmer werden als der Orkan bisher. Aber es war gut, sie neben sich zu haben auf diesem Deck, das durch die Hölle schwankte.

Krach! Wieder Blitz und Donnerschlag gleichzeitig. Eine Sekunde lang war ihr Profil erhellt, weiß vor dem furchtbaren Himmel. Sie warf ihm einen Blick zu, sah wieder nach vorn, zeigte nichts außer dem steinernen Willen zu überleben. Dann schlug wieder die Dunkelheit über ihnen zusammen, das Jaulen des Windes und das Brausen der Wellen; und der Donner rollte wie die ratternden Räder eines achäischen Streitwagens. – Stunden vergingen.

Kreta kam unvermutet rasch in Sicht. Abrupt tauchten Klippen über wütender Brandung auf. Reid warf das Ruder herum. Erissa, neben ihm drangeklammert – denn wieder war es kaum festzuhalten gegen die Schläge und Stöße der gefährlichen Wirbel – Erissa schrie auf: »Wir können noch nicht da sein!« Ihre Stimme kam dünn und in abgerissenen Fetzen durch das Tosen und Krachen, und das Zischen des schwarzen Regens.

»Wir wurden von einer Tsunami mitgetragen« schrie er zurück, aber wie konnte sie das verstehen? Er bezweifelte, daß sie es überhaupt gehört hatte. Gleichgültig. Jetzt war das einzig Wichtige, von dieser mörderischen Steilküste Abstand zu halten. Die Sturzfluten die bis hoch hinauf weiß Gott wie viele Häuser und Menschen weggerissen hatten, versuchten jetzt, das Schiff gegen die Felsen zu schmettern. Blitzschläge zeigten Reid das Wrack einer Galeere, hoch auf einem leergefegten Hügel.

Atlantis war untergegangen. Er hoffte – es war nur ein flüchtiger Gedanke – daß Velas' kleine Tochter sofort umgekommen war, bei der ersten Eruption, bevor sie Zeit gehabt hatte, nach ihrem Papa zu rufen... Die Seemacht des Minos war zerschlagen. Theseus und seine Kumpane konnten das erdbebenzerstörte Knossos stürmen. Reid fragte sich dumpf und erschöpft, warum sie nicht aufgaben, wofür es sich noch zu kämpfen lohnte.

— Wofür immer Erissa kämpfte, die nun zum zweitenmal in ihrem Leben ihr Volk hatte sterben sehen. Vielleicht war es einfach Stolz, dachte er in seinem schmerzenden Schädel: der warmen Versuchung des Todes zu wiederstehen, auch nach der Götterdämmerung weiterzukämpfen.

Jetzt waren sie anscheinend dem Sog der Brandung entkommen. Er ließ Erissa an der Steuerpinne zurück und kletterte hinunter, um nach der Mannschaft zu sehen. Acht waren über Bord gegangen, dazu der Junge, den der glühende Felsbrocken getötet hatte, mehrere andere waren zusammengebrochen, rollten schlaff mit der Bewegung des Schiffes zwischen den Bänken herum. Die übrigen ruderten oder schöpften Wasser, mechanisch, mit leerem Blick. Uldin saß zusammengekauert in der Bilge, das Gesicht in den Armen versteckt vor den flammenden, zuckenden Blitzen. Als Reid den Hunnen schüttelte, sah er, daß er erbärmlich würgte.

Nun, dachte Reid müde, wir fahren noch ein Stück weiter hinaus, sicherheitshalber, machen aus einem Segel und einer Spiere einen Treibanker, wenn das Boot im Schlepp nicht ausreicht, und ruhen uns aus. Schlafen, vielleicht träumen — welche Träume mögen es sein?

Immer noch war der Himmel rußschwarz, aber jetzt kam die Sonne als ein verschwommener Fleck durch, von der Farbe halb geronnenen Blutes, und wälzte sich langsam westwärts. Die Umrisse Kretas waren dunkle Schatten hinter graubraunen Schleiern. Aber der Wind hatte sich gelegt, der Regen hatte aufgehört, und die Luft lastete schwer und stinkend über dem Wasser, das übersät mit Schlackenbrocken, schwarz und schlammig gegen die Galeere schlug.

Im Norden, wo die Insel Atlantis gewesen war, stand immer noch die undurchdringliche Schwärze wie eine Mauer der Hölle. Die Blitze zeichneten ihre Flammenschrift darauf, aber der Donner war in dieser Entfernung nur mehr ein stetiges Murmeln.

Sie saßen alle beisammen auf dem Oberdeck: einundvierzig junge Minoer, nackt oder beinahe nackt, blutend, aufgeschürft vom Sandstrahlgebläse des Windes, erschöpft weniger aus Ermüdung – ein paar Stunden Ruhe gaben Körpern wie diesen alle Spannkraft zurück – als durch das, was sie gesehen hatten, durch das Wissen, daß ihr Atlantis zerschmettert, untergegangen war. Uldin kauerte bei ihnen, zuckte bei jedem weitentfernten Flackern zusammen, aber sein Narbengesicht zeigte jetzt verbissene Ruhe. Aufrecht vor der Gruppe standen Reid und Erissa in ihren durchnäßten achäischen Tuniken.

Der Amerikaner sagte mühsam, gepreßt, bedrückt: »Wir haben die Zerstörung eurer Heimat vorausgesehen, ebenso die Eroberung Kefts durch die Barbaren. Wir versuchten, eure Leute und auch den Minos zu warnen. Aber wenn diese Boote, die mit uns losfuhren, den Sturm nicht überstanden haben, war alles umsonst. Was sollen wir nun tun?«

»Was bleibt uns noch?« fragte ein Junge tränenüberströmt.

»Das Leben«, sagte Erissa zu ihm.

»Wir... könnten nach Athen«, sagte Uldin. »Auch wenn...«

Dagonas sprang auf und schlug ihm über den Mund. Er fuhr auf, zog fluchend seinen Säbel. Dolche blitzten in den Händen der Seeleute. Erissa war mit einem Panthersatz heran. Sie fing Uldins Schwertarm auf. »Halt!« schrie sie. »Blutsbrüderschaft!«

»Nicht mit ihm«, knurrte der Hunne. Dagonas stand geduckt vor ihm, das Messer stichbereit.

Mit schneidender Verachtung sagte Erissa. »Vor allem mit ihm, der ruderte, während du dich verkrochen hast, jammernd wie ein Eunuch!«

Sie ließ ihn los. Uldin schien in sich zusammenzufallen. Er schleppte sich zur Seite, kauerte sich zusammen und sprach kein Wort mehr.

Erissa kam zu Reid zurück. In dem dumpfen grauroten

Licht sah er, daß ihre Nasenflügel geweitet waren, und daß sie den Kopf hochtrug. »Du hättest das nicht tun sollen«, stotterte er. »Ich – ich war zu langsam, wie immer.«

Sie fuhr zu den anderen herum. »Nie geben wir auf!« rief sie. »Unsere Kolonien haben wir noch, auf den Inseln überall in diesem Meer. Sie haben auch Schaden erlitten, aber die meisten werden weiterbestehen. Wenn wir nicht mehr die ganze See beherrschen, so können wir doch über unser Leben herrschen, solange es dauert. Wir suchen uns einen Platz – Rhodos wäre am besten, denke ich –, wo wir neu anfangen können. Im Namen der Göttin!«

»Diese Hündin, die uns verraten hat?« rief der weinende Bursche.

Dagonas machte hastig ein Zeichen und keuchte. »Schweig! Willst du noch mehr von ihrem Zorn über uns bringen?«

»Was kann sie Schlimmeres tun?«

Erissa erklärte: »Es ist Gesetz, daß die Menschen den Göttern Rechenschaft schuldig sind, nicht aber die Götter den Menschen. Ich bin nicht sicher, daß das so richtig ist. Aber es ist ohne Bedeutung. Das Labyrinth ist gefallen. Ich werde die Göttin nicht in ihrer Not verlassen.«

Dagonas, der stehengeblieben war, ging zur Reling und starrte durch den grauen Dunst nach Kreta hinüber. »So soll Rhodos unser Ziel sein«, sagte er. »Aber zuvor – du hast eine Verwandte gleichen Namens dort, Erissa.«

Sie nickte. »Wir alle haben Menschen dort, die wir lieben, und Obdach und Nahrung. Glaubst du, wir könnten einige von ihnen retten?«

»So viele wie möglich«, sagte der junge Mann; Reid sah trotz der Dämmerung, daß er errötete, »... vor allem aber das Mädchen Erissa.«

Die Frau legte ihm eine Hand auf die Schulter und sah ihm lange ins Gesicht. »Das ist Dagonas, der so spricht«, sagte sie voll Staunen.

Reid gab sich einen Ruck. »Du – du glaubst, es ist möglich, Leute an Land zu schicken?« stotterte er.

»Ja«, sagte sie mit jener Ruhe, die ihr in diesen letzten Stunden Kraft verliehen hatte. »Ich kenne dieses Kap dort vorn, deshalb weiß ich, daß wir den Hafen von Knossos vor Anbruch der Nacht erreichen können. Was immer Theseus tut, getan hat, die Stadt muß noch ein Chaos sein. Eine Gruppe bewaffneter, entschlossener Männer wird durchkommen.« Jetzt schienen ihm ihre Augen so klar und grün, wie dieses Meer wieder sein würde, im nächsten Winter. »Sie werden durchkommen, das weißt du.«

Er nickte. Mir kann nichts geschehen, bis ich dieses Mädchen wiedergefunden habe, dessen Bild ich vor mir sehe in diesen schwarzen tödlichen Wolken... Nachher – nun, vom Nachher wissen wir Gott sei Dank nichts.

Aber er zog doch die ältere Erissa zur Seite und fragte leise: »Kannst du dich vielleicht erinnern, auf Rhodos jemandem begegnet zu sein, der du selber gewesen sein könntest?«

»Nein«, sagte sie.

»Aber dann...«

»Dann werde ich höchstwahrscheinlich niemals lebend hinkommen«, sagte sie ruhig. »Oder es kommt ganz anders. Tatsächlich ist schon etwas anders gekommen: jenes Knossos, in dem wir einander liebten, wie mir meine Erinnerung sagt, existiert nicht mehr. Aber das ist jetzt ohne Bedeutung. Wir müssen tun, was wir können, zuerst für das Mädchen...« Sie schwieg einen Moment. »Sonderbar ist es«, sagte sie dann, »an mich selber zu denken wie an einen anderen Menschen; ...und daß ich in Not bin und Hilfe brauche...« Sie atmete tief. »Zuerst müssen wir sie und alle anderen, die wir finden, retten. Danach können wir – du und ich – vielleicht unser Glück anderswo finden. Vielleicht hat unser Leben noch eine Zukunft.«

KAPITEL 18

Vom Hafen war wenig übriggeblieben: Trümmer von Gebäuden, Bruchstücke von Schiffen, zerschmetterte Körper, verstreute Waren, über allem Schlamm, in den Straßen knöcheltief. Heruntersickernder Aschenstaub hatte die bunten Mauern grau gefärbt. Die Sonne war ein trübschwelender Fleck über den Hügeln, auf denen Knossos lag. Rauchsäulen stiegen von dort auf. Die Stadt brannte.

Reid und Erissa nahmen in dem kleinen Boot nur ein halbes Dutzend Leute mit. Ohne Maste war die Galeere auf die Ruderer angewiesen, also durfte keiner unnötig in Gefahr gebracht werden. Eine größere Gruppe würde auch Aufmerksamkeit auf sich ziehen, ohne jedoch stark genug zu sein, mit den Konsequenzen fertig zu werden. So kamen außer Dagonas und Uldin nur noch Aschkel, Tylisson, Haras und Rhizon mit. Es war nicht möglich gewesen, Rüstungen an Bord zu bringen, abgesehen von Rundschilden. Als Waffen hatten sie nur Schwerter, Dolche, ein paar kurze Spieße. Reid umklammerte seinen Speer krampfhaft. Das war das einzige Instrument, mit dem er hoffen konnte, etwas auszurichten.

Sie machten am Stumpf des Piers fest und kletterten über die zersplitterten Balken an Land. Die Flutwellen hatten den Boden aufgeweicht und in tieferen Lagen alles mit Schlamm bedeckt: kalt, klebrig, schmatzend an den Sandalen saugend. Staub, Asche und Rauch erfüllte die Luft, Nase und Mund. Die unnatürlich stickige Hitze ließ den Schweiß ausbrechen, der ihnen an den verschmierten Körpern streitig herunterrann.

Der Landeplatz war menschenleer. Natürlich würde Theseus morgen das Gebiet in Erwartung seiner Flotte besetzen lassen. Im Augenblick hatte er aber vermutlich alle Hände voll zu tun, Knossos unter seine Kontrolle zu bringen.

»Er hat sich – wird sich in dem Teil des Labyrinths einrichten, den die Erdbeben verschont haben«, sagte Erissa. »Den Minos erschlug er mit eigener Hand, unseren gütigen alten Minos. Seine Trupps streiften durch die Nacht, entwaffneten die Bürger, trieben viele als Sklaven zusammen. Am nächsten Tag versammelte er seine Anhänger aus dem Volk. Er vollzog das Stieropfer als Zeichen, daß nun er König sei. Die Ariadne stand dabei an seiner Seite. So hörte ich es Jahre danach von Leuten, die dabeigewesen waren. Es mag uns helfen, wenn wir wissen, was er tun wird.«

»Wieso?« grunzte Uldin. »Schließlich, was sollte er anderes tun? Und seinen Streifen müssen wir sowieso ausweichen.«

»Wenn eine uns entdeckt«, sagte Dagonas hart, »dann ist das ihr Pech.«

»Wir werden zuerst zu dir nach Hause gehen«, schlug Reid Erissa vor, »und das Mädchen mitnehmen und soviele von den anderen, wie wir können. Von ihnen können wir vielleicht Genaueres darüber erfahren, was vorgeht. Auf dem Rückweg können wir versuchen, auch anderen zu helfen.«

Mehr können wir nicht tun, dachte er. Ein paar menschliche Wracks auflesen. Aber wie konnte das geschehen? Sie dachte, daß sie und ich – im Haus ihres Vaters, in einer unzerstörten, friedlichen Stadt – wo wird es dann geschehen? Wie? Wann? Könnte es sein, daß Geschehenes doch geändert werden kann?

Lieber nicht. Wenn das möglich ist, dann werden wir wahrscheinlich hier entdeckt und getötet. Ich hätte nie den Mut für dieses Unternehmen aufgebracht, wenn ich nicht glaubte, daß die unwandelbare Zeit mich dazu vorbestimmt hat, die Tänzerin zu retten, um sie dann doch zu verlieren.

Er streifte Erissa mit einem Blick. In dem immer dämmriger werdenden Licht sah er sie als Silhouette vor einer halbeingestürzten Mauer dahinschreiten, als ginge sie zum

Stiertanz. Unbewegt war ihr Profil, wie in einer Kamee, und doch war Gelassenheit und Zuversicht darin zu erkennen. Er dachte: Sie hätte den Mut.

Die Straße wand sich landeinwärts. Die vielleicht vier Kilometer lange Strecke stieg ziemlich steil an. Oberhalb der Flutlinie der Tsunamis standen die meisten Pappeln noch, die den Weg säumten, einige waren vom Sturm entwurzelt worden, abgebrochene Äste lagen überall. Hinter diesen Bäumen hatten sich auf beiden Seiten kleine Häuser und Villen der Reichen entlanggezogen, aber nun lag alles in Trümmern. Eine verirrte Kuh wanderte dumpf brüllend umher — auf der Suche nach ihrem Kalb? Reid konnte sonst kein Lebewesen entdecken — die Dämmerung war rascher als sonst in die Nacht übergegangen, und man sah ohnehin nur ein paar Schritte weit.

Knossos aber war nicht zu übersehen: roter und gelber Widerschein von Flammen an den dunklen Wolken über ihnen führte sie zu der sterbenden Stadt. Dann kamen die Flammen in Sicht, dunkelqualmende Zungen überall an schwarz gezackten Mauerresten. Wenn ein Dach einstürzte, schlugen Funkengarben hoch wie aus einem Vulkan. Das Prasseln und Brüllen des Feuers wurde immer lauter, der Gestank von Rauch beißender, als Reids Trupp näher herankam.

Knossos war nicht verteidigt worden. Was brauchte das Volk des Seekönigs Befestigungen an Land? Dort, wo sonst ein Stadtor den Zugang versperrt hätte, ging die Landstraße in einen weiten gepflasterten Platz über, von dem viele breite Gassen abzweigten. Die Stadt war ein Ebenbild von Atlantis gewesen, nur sehr viel größer. Erissa wies mit ihrem Speer auf eine der Straßen. »Hier entlang«, sagte sie tonlos.

Inzwischen war es völlig Nacht geworden. Reid tastete sich weiter im Licht der Brände, stolperte über heruntergebrochene Mauerbrocken und Balken und trat hin und wieder auf etwas, das nur eine Leiche sein konnte. Im Knattern der Flammen hörte er immer wieder vereinzelte

Schreie. Er spähte angestrengt durch die Rauchschwaden, entdeckte aber niemanden außer einer Frau, die auf einer Türschwelle saß und sich langsam hin und her wiegte. Sie sah ihn nicht an, sie sah durch ihn hindurch. Der Mann neben ihr lag reglos, ein Speer ragte aus seinem Leib. Ruß und Aschenstaub regneten unablässig auf sie herunter.

Dagonas hielt abrupt an. »Schnell! Deckung!« zischte er. Eine Sekunde später hörten sie, was seine jüngeren Ohren früher vernommen hatten. Stampfende Schritte, Klirren von Metall. In die Schatten einer engen Seitengasse geduckt, beobachteten sie, wie die Achäerstreife vorbeimarschierte. Nur zwei der Männer trugen volle Kriegsausrüstung: wippende Roßschweife auf den Helmen, flatternde Mäntel, Metallschimmer von Panzern und Helmen und Schilden — dies mußte alles eingeschmuggelt worden sein. Die übrigen sieben waren in der normalen Alltagskleidung und trugen nur Schwerter, eine Lanze, eine Steinschleuder. Zwei von ihnen waren Kreter.

»Bei Asterion — diese Verräter...!« Aschkels Klinge blitzte auf. Zwei Gefährten fielen ihm in den Arm, rangen mit ihm, hielten ihn mit Gewalt zurück, bis der Trupp vorüber war.

»Wir werden kaum noch welche treffen«, sagte Erissa. »Er hat hier nicht viele, die auf seiner Seite stehen. Auf der unseren ist einfach niemand mehr da, der kämpfen könnte. Diejenigen, die einen Widerstand hätten organisieren können, die Adeligen, wurden natürlich gefangengenommen oder gleich erschlagen, und führerlose Männer können nichts tun als fliehen.« Sie setzte sich wieder in Bewegung.

Von Theseus' Leuten trafen sie in der Tat keinen mehr, aber dafür trafen sie auf weitere Tote und Trauernde. Verwundete schrien heiser um Hilfe, nach Wasser; das war das Schwerste: vorbeigehen zu müssen, nichts tun zu können. Oder war es noch schlimmer zu sehen, wie schattenhafte Gestalten bei ihrem Nahen angstvoll ins Dunkel flohen — Kreter, die sie auch für Plünderer, Schänder und Sklavenjäger hielten? Als sie auf einen Platz kamen, blieb

Erissa stehen. »Mein Zuhause.« Ihre Stimme war nicht mehr so unmenschlich ruhig.

Die meisten Gebäude der Umgebung waren der ärgsten Zerstörung entgangen. Das flackernde, tiefrote Licht von einem Brand in der Nähe ließ gesprungene Fassaden erkennen, schiefhängende Türen und von Aschenstaub grau überzogene Wandgemälde: aber die Häuser standen noch. Bei dem einen, auf das sie zeigte, konnte Reid noch undeutlich erkennen, was das Fresko auf der Fassade darstellte: einen Stiertanz mitten in einem Lilienfeld.

Sie griff nach seiner Hand. Zusammen überquerten sie den Platz.

Das Haus war dunkel. Als Reid mit dem Speerknauf geklopft und einen Blick in das geplünderte, chaotische Innere geworfen hatte, sagte er langsam: »Ich fürchte, es ist niemand mehr hier. Sieht aus, als wären schon Plünderer hiergewesen. Ich nehme an, die Leute sind geflohen.«

»Wohin?« Dagonas' Stimme war rauh.

»Oh, das kann ich euch sagen, ich kann euch das sagen, Freunde!« sagte eine zittrige Stimme aus dem Dunkel. »Wartet, und ihr erfahrt alles. Geteilter Schmerz ist leichter zu ertragen.«

Der Mann, der herausgeschlurft kam, war uralt, mit runzeligem Gesicht, kahlschädlig; er blinzelte sie mit fast erblindeten Augen an. Erissa keuchte: »Balon!«

»Ah ja, so kennst du Balon, ja?« sagte er. »Den alten Balon, zu alt, daß es sich lohnt, ihn fortzuschleppen und zu verkaufen — aber in diesem Haus hat er das Gnadenbrot bekommen, jawohl, weil er viele Jahre treu gedient hat, und einem guten Herrn, ja, das habe ich getan. Ach, die Kinder sind oft zu mir gekommen und haben um Geschichten gebettelt... Alles vorbei! Alles vorbei!«

Sie ließ ihren Speer fallen und zog ihn an sich. »Balon, mein guter Alter«, sagte sie mit schwankender Stimme, »erinnerst du dich an Erissa?«

»Das tu' ich, o ja, und ich werd' auch in all den Tagen, die mir noch bleiben, immer an sie denken. Ich hoffe, er wird gut zu ihr sein. Vielleicht gelingt es ihr, sich seine Gunst zu erschmeicheln, der Kleinen. Sie konnte die Vögel aus den Bäumen herunterlocken, verstehst du. Aber doch... ich weiß nicht. Sie sagten etwas über ihn und die Ariadne, als sie sie holen kamen.«

»Wen?« fragte Dagonas mit gellender Stimme.

»Wieso, Erissa natürlich. Gleich nach dem Erdbeben und der Finsternis und dem Sturm, unmittelbar danach. Sie hat mir oft von dem Mann erzählt, dem sie auf Atlantis begegnet ist, und — man konnte sich an ihrem Glück fast die Hände wärmen — und dann das Beben und — ihr Vater war krank, wißt ihr. Schmerzen in der Brust. Sehr schwach. Er konnte nicht mehr gut gehen. So blieb sie bei ihm. Und dann, dann waren sie plötzlich da, donnerten an die Tür. Sie waren eigens ausgeschickt worden. Theseus, sagten sie, wollte Erissa. Sie wollten Beute und Sklaven. Sie bekamen beides, nachdem sie meine kleine Erissa gefesselt hatten, die den Kranz hätte gewinnen sollen und diesen fremden Mann heiraten, den sie liebte. Aber den alten Balon haben sie nicht bekommen. Auch seinen Herrn nicht. Der Herr ist gestorben, ja, gleich wie dieser Achäer in die Schlafkammer gestampft ist und die Herrin gepackt hat — sagte, sie würde kaum mehr einen guten Preis bringen, aber ein paar Jahre Getreidemahlen würden wohl noch aus ihr rauszuholen sein — ja, der Herr liegt tot hier in der Kammer. Ich habe seinen Leichnam versorgt. Jetzt warte ich darauf, daß ich ihm folgen kann. Ich wäre mit der übrigen Familie gegangen, hab' sie angefleht, mich mitzunehmen, aber die Krieger haben nur gelacht. So kann der arme Balon nur mehr am Lager seines Herrn wachen und warten.«

Erissa schüttelte ihn. »Wo sind sie?« schrie sie.

»Oh? Wie?« Der alte Diener blinzelte. »Du siehst ihr ähnlich, ja wirklich«, murmelte er. »Aber du kannst keine Verwandte sein. Oder doch? Ich kannte alle Angehörigen dieses Hauses, jeden Vetter und Neffen und jedes Neugeborene in der gesamten Thalassokratie. Sie erzählten dem alten Balon nämlich immer alle Neuigkeiten, weißt du, wenn sie auf Besuch kamen, und ich hab' nichts vergessen... Sie sind wohl irgendwo eingeschlossen. Schwer bewacht. Ich glaube nicht, daß ihr sie retten könnt. Nein.«

»Erissa!« mahnte Reid. »Sie auch?«

»Nein. Nein. Hab' ich euch doch gesagt. Oder nicht? Sie ist etwas Besonderes. Der Eroberer Theseus, will heißen, König Theseus, wollte sie haben. Er hat Männer nach ihr ausgeschickt, sofort, damit sie nicht fliehen könnte. Sie haben sich überall durchkämpfen müssen, sagten sie; ich sah das Blut an ihnen, überall Blut, so eilig hatten sie es, ja. Ich weiß nicht warum. Alle anderen, Brüder, Schwestern, Kinder, Diener haben sie so nebenbei mitgenommen, wie die sonstige Beute. Erissa war's, die sie vor allem haben wollten. Ich denke, sie wird im Labyrinth sein. – Darf ich jetzt wieder zu meinem toten Herrn?

Der Berg Iouktas, auf dem Asterion begraben war, und in dessen Höhlenschrein Lydra ihre Vision gehabt hatte, schob sich dunkel und massig vor die Wolken. Da Reid sich von der Landseite her näherte – von dort war es noch am ungefährlichsten –, konnte er den Palast gegen den Hintergrund der brennenden Stadt weiter unten gut erkennen: Zyklopenmauern, mächtige Pfeiler, breite Treppen, eine Anlage, die für sich ein Stadtviertel war, und auch halb zerstört immer noch eindrucksvoll. In den Höfen glühten rot ein paar Wachtfeuer.

»Wir sind ja wahnsinnig«, knurrte Uldin. »In den Bau eines Wolfes einzudringen, in ein Gewirr von Gängen, in denen wir bis zum Morgengrauen herumirren können.«

»Blutsbrüderschaft«, gab Erissa zurück. Seit Balon sich geweigert hatte, auf ihre Galeere zu kommen, hatte sie sich hinter eine Maske zurückgezogen; sie bewegte sich mit der alten Gewandtheit, aber Gesicht und Stimme hätten dem bronzenen Talos gehören können, der der Sage nach einst Kreta bewacht hatte. »Ich erinnere mich an die Räume des

Palastes. Wir werden uns besser darin zurechtfinden als der Feind.«

»Alles nur wegen eines einzigen albernen Mädchens...«

»Kehr um, wenn du Angst hast«, sagte Dagonas verächtlich.

»Nein, nein, ich komme mit.«

»Wenn sie für Theseus wichtig ist, dann ist sie's erst recht für uns«, sagte Tylisson. »Zumindest können wir ein paar Achäer töten.«

Behutsam drangen sie weiter vor. Reid und Erissa bildeten die Vorhut. Er sah sie nur als Schatten, manchmal blitzte die Lanzenspitze auf, aber er war ihr so nahe, daß ihn mitunter ihre rauhe Wolltunika streifte, daß er hier und da einen Hauch von ihrem Körper roch zwischen dem Rauch und Qualm. Er dachte: Sie ist hier. Hier bei mir. Sie ist nicht das Mädchen, das sie war, sondern die Frau, zu der das Mädchen wurde.

»Sollen wir das bis zum Ende durchmachen?« flüsterte er.

»Wir haben es getan«, antwortete sie.

»Haben wir? Genau so?«

»Ja. Ich weiß jetzt, was wirklich heute nacht geschah. Wenn wir jetzt aufgeben – ach, dann treffe ich dich vielleicht nicht wieder, Duncan. Vielleicht werden wir dann nie jene Stunden gehabt haben, die uns beiden gehörten.«

»Und die Gefahr für unsere Freunde hier?«

»Sie kämpfen für die Sache ihres eigenen Volkes. Diese Stunde ist nicht nur für mich wichtig. Tylisson hat klug gesprochen. Überlege. Warum mußte Theseus das Mädchen unbedingt haben? Weil sie einem unheimlichen Geschick unterworfen ist, ihr ist bestimmt, zu sich selbst zurückzukehren. Er – und Lydra, nehme ich an – können es nicht wagen, einen Feind mit solchen beunruhigenden Kräften in Freiheit zu lassen. Aber ist sie einmal in ihrer Gewalt, dann werden sie sie ausnützen. Sie ist fast noch ein Kind, Duncan. Sie können sie ihrem Willen unterwerfen.

Die freien Keftiu auf den kleineren Inseln sind wehrlos.

Aber wenn diese Auserwählte Theseus entkommt, dann wird ihn das so einschüchtern, daß er seine Eroberungspläne aufgibt, sich mit der Einigung Attikas begnügt und die Inseln unseres Meeres in Frieden läßt.« Einen Augenblick flammte giftiger Haß auf: »Oh ja, ganz klein wird er sein vor der Macht der Göttin! Er wird nicht mehr wagen, ihre Religion für seine Intrigen zu mißbrauchen! Er wird die Ariadne zurücklassen, und sie wird keinen Schaden mehr anrichten können.«

»Hsch«, warnte Uldin.

Auf dem Bauch krochen sie die Gartenwege entlang. Reid konnte durch Blattwerk und Sträucher das nächste der Lagerfeuer gut sehen. Es beleuchtete flackernd einen Hof, einen umgestürzten Pfeiler und eine Reihe riesiger Vorratskrüge entlang der Mauer. Zwei Achäer saßen trinkend beim Feuer. Ein Palastsklave achtete eifrig darauf, daß ihre Becher immer gefüllt waren. Für ihn hatte sich wohl nicht viel geändert. Ein dritter Mann war offenbar als Wachtposten eingeteilt, da er in voller Rüstung neben dem Hoftor stand. Der Flammenschein huschte über seinen Bronzepanzer. Er unterhielt sich scherzend mit seinen beiden Kameraden. Reid fing einen Gesprächsfetzen auf: »...Wenn die Schiffe morgen oder übermorgen kommen, wenn wir genug Männer haben, dann beginnt der Spaß erst richtig, und vielleicht findest du dann auch das Mädchen, das dir entwischt ist, Hippomenes...« In einer Ecke lagen zwei, die der Amerikaner erst für Schlafende hielt. Er schob sich vorsichtig näher, bis er sah, daß es Kreter waren. Festliche Kränze welkten an ihren Schläfen, über leeren Augen und durchschnittenen Kehlen. Ihr Blut hatte eine breite Pfütze gebildet, bevor es gerann.

An die Wand gedrückt, führte Erissa ihre Gefährten zu einem unbewachten Seiteneingang. Die ersten paar Meter des Gangs waren dunkel wie eine Gruft. Dann erreichten sie einen Quergang, in dem in regelmäßigen Abständen Lampen brannten. Zwischen den Türen und Seitenkorridoren zogen sich Fresken die Wände entlang, Stiere, Delphine, Bienen, Möwen, Blumen, Knaben, Mädchen, alles was Leben und Frohsinn bedeutete. Erissa nickte. »Ich habe diese Beleuchtung erwartet«, sagte sie. »Wenn sonst niemand, dann muß die Ariadne selbst befohlen haben, diesen Weg zu markieren für die Eroberer, damit sie durch das Gewirr der Gänge finden.«

Schatten bäumten sich auf, fielen wieder zusammen, wenn sie eine Lampe passierten. Wenigstens war die Luft in den Gängen sauber und kühl. Sie hielten auf jene Räume zu, die Erissa am aussichtsreichsten erschienen. Wie mußte das alles hier voll Leben, voll festlichem Trubel gewesen sein, gestern noch ... Der Hauptkorridor, dem sie folgten, war nicht gerade, sondern führte um viele Ecken, über Stufen, unzählige Quergänge, durch Vorhallen.

Eine Stimme hinter der nächsten Ecke ließ Reid plötzlich zurückzucken. Theseus!

»Gut, es ist geschehen. Ich war nicht sicher, daß ich es könnte.«

Lydra: »Ich sagte dir, meine Gegenwart würde dich behüten.«

»Ja. Die ganze Zeit horchte ich auf deine Gebete. War es schlecht, es zu genießen? Das tat ich nämlich. Mehr als ich erwartet hatte.«

»Du wirst es nicht mehr tun, hörst du? Jetzt bin *ich* da.«

»Genug!«

Reid riskierte einen schnellen Blick. Ein paar Meter vor ihnen war eine Tür, vor der zwei Krieger in voller Rüstung Wache standen, die Lanzen auf den Boden gesetzt, Schwerter im Gürtel, Schilde im Lampenlicht aufblitzend. Theseus und Ariadne entfernten sich durch den Gang. Der Prinz trug nur eine Tunika und ein Kurzschwert; seine blonde Mähne glänzte heller als die Bronzepanzer seiner Leute, und seine Haltung war die eines Mannes, der sich mehr genommen hat als ein Königreich. Lydra, in der Tracht der kretischen Priesterin, klammerte sich an seinen Arm.

»Was tut sich da?« fragte Reid sich mit einem eisigen Schauder.

»Schnell, jetzt können wir sie töten!« zischte Aschkel.

»Nein, das ist Theseus selbst«, antwortete Erissa. »Sicher sind noch mehr Männer in Rufweite.«

»Was ist schon, wenn Theseus stirbt? Hat er's nicht tausendfach verdient?« Rhizons Klinge fuhr hoch.

»Laß das! Wir sind hier, um das Mädchen herauszuholen«, fuhr ihn Dagonas an. »Wir müssen warten, bis er und seine Leibwache außer Hörweite sind.«

Reglos standen sie hinter der Ecke. Ihr Atem ging schnell.

»Jetzt!« befahl Erissa.

Reid stürzte den anderen voran in den Quergang. Ein Archäer schrie auf und schleuderte seine Lanze. Sie traf Haras in den Bauch. Er stürzte, Blut schoß aus der Wunde, krampfhaft unterdrückte er einen Schmerzensschrei. Reid warf einen Blick auf das graue, bartlose Gesicht und dachte — alles schien sehr langsam zu geschehen, denn er hatte genug Zeit dabei zum Denken —: Gut. Eine Hauptschlagader ist getroffen, glaube ich. So wird er schnell sterben. Ohne Qualen.

Der zweite Wächter stieß mit seiner Lanze zu. Reid schwang die seine ungeschickt wie eine Keule, in dem Versuch, die drohende Spitze zur Seite zu schlagen. Die Holzschäfte prallten klappernd aneinander. Erissa packte die Lanze des Atheners und zog daran. Er ließ sie fallen und griff nach dem Schwert. Tylisson stürzte vor. Mit einer leichten Bewegung seines Schildes wehrte der Athener die kretische Klinge ab. Seine eigene zuckte über dem Schildrand hoch. Tylisson taumelte zurück, eine Hand an den aufgeschlitzten Arm gepreßt. »Hilfe! Wachen her!« brüllten die beiden Angegriffenen.

Uldin glitt heran. Sein Säbel pfiff und klirrte. Wenn die Bronzeklinge nach ihm stach, war er schon wieder weggetaucht, blitzartig sprang er von einer Seite zur anderen, erhob ein wüstes Kampfgeschrei. Das riß die anderen mit. Rhizon warf sich geduckt vor, umklammerte den Schild mit beiden Armen und riß ihn nach unten. Uldin lachte auf und hieb zu. Der Kopf des Achäers kollerte zu Boden, lag auf dem Stein und starrte mit weit offenen Augen auf seinen Körper. Blut schoß aus dem Hals, durchnäßte die langen Haare.

Dagonas hatte inzwischen den zweiten Mann in Schach gehalten. Jetzt konnten ihm Uldin, Aschkel und Rhizon zu Hilfe kommen. Schritt um Schritt, Schwerthieb um Schwerthieb zog sich der Achäer zurück. Metall klirrte, Atem rasselte in hastigen Stößen. Jetzt war die Tür nicht mehr bewacht. Reid stieß dagegen. Der Riegel war nicht vorgeschoben. Er öffnete und trat in einen Raum, der eine Kapelle, ein Heiligtum sein mußte. In Lebensgröße, aus Gold, Elfenbein und Silber, stand die Göttin an der Stirnseite des Raumes und hielt die Schlangen hoch, die die geliebten Toten waren. Die Wand hinter ihr schmückte ein Fresko des Sonnenstiers Asterion, jene rechts ein Tintenfisch, der die Seeherrschaft symbolisierte; die links eine Weizengarbe, die Frieden und reiche Ernte bedeutete. Eine einzelne Lampe brannte vor dem Altar. Die junge Erissa kniete dort, das Gesicht abgewendet, in sich zusammengekauert, ihre Züge von der losen Haarflut verborgen. Unter ihr lag der festliche Falbelrock, heruntergerissen von brutalen Händen, die auch ihre Brüste mißhandelt hatten.

»Erissa!« Reid stolperte auf die stille Gestalt zu.

Ihr älteres Ich fegte an ihm vorbei und legte die Arme um das Mädchen. In dem jungen Gesicht neben dem älteren bemerkte Reid die gleiche Leere, die im Blick seiner Männer gewesen war, als Atlantis starb. Sie starrte ihn an, aber sie sah ihn nicht und erkannte ihn nicht.

»Was ist passiert?« fragte er flehend.

Die Frau sagte. »Was glaubst du wohl? Ihr Schicksal sollte in deinen Händen liegen. Ihre Weihe lag in ihrer Jungfräulichkeit. Theseus fürchtete beides. Also zerstörte er beides. Ich vermute, Lydra riet ihm dazu. Wir wissen, daß sie half.«

Reid dachte wie betäubt: Natürlich, ihr erster Sohn wurde von einem großen blonden Mann gezeugt.

Ein gurgelnder Schrei und ein Klirren vor der Tür zeigten das Ende des Kampfes an. Erissa hielt Erissa in den Armen und sagte sanft: »Komm, gehen wir. Ich kann einen Teil deines Schmerzes heilen, Kind.« Erneut war draußen das Stampfen von Füßen und Klirren von Metall zu hören. Andere Krieger der Garnison hatten offenbar den Lärm des Kampfes gehört.

Reid steckte den Kopf hinaus. Die zweite Wache lag erschlagen quer über dem Körper von Haras. Aber ein halbes Dutzend andere kamen den Gang herunter; und von Reids Leuten hatte niemand eine Rüstung, und Tylisson war verwundet.

Dagonas sprang zur Tür. »Schnell fort«, keuchte er. »Wir können sie eine Weile aufhalten. Bringt das Mädchen zum Schiff hinunter.«

Uldin spuckte aus. »Geh mit ihnen, Kreter. Ihr alle. Ihr werdet jeden Mann brauchen. Ich werde den Korridor halten.«

Erissa mit der weißen Strähne im Haar, die das Mädchen stützte, das ihr wie eine Schlafwandlerin folgte, sah ihn an und sagte ernst: »Das ist viel verlangt.«

Die Athener hatten zögernd innegehalten und versuchten sich gegenseitig Mut zum Angriff zu machen. Sie mußten Gerüchte über diese gefährlichen Fremden gehört haben. Und Reid wußte jetzt: Um der überlebenden Keftiu willen darf sie, die mit den Stieren tanzte und jetzt noch ein Instrument der Macht ist, nicht wieder in die Hände der Eroberer fallen.

Sie waren keine Feiglinge. Sie konnten jeden Moment angreifen.

Uldin spuckte wieder aus. Sein Blick blieb an der Frau haften. »Ich hätte mir gewünscht, auf der Steppe zu sterben, wo die Kornblumen blühen, im Sonnenlicht, ein schnelles Pferd unter mir«, sagte er. »Aber du hast deinen Teil unseres Vertrags erfüllt. Nun bin ich dran. Leb wohl.«

Er hatte einen Schild aufgehoben. Jetzt stellte er sich mitten im Gang auf, den Säbel erhoben. »Worauf wartet ihr?«

schrie er die Athener an und fügte eine Salve wüster Beschimpfungen hinzu.

Erissa zog an Reids Tunika. »Komm«, sagte sie.

Das brachte die Athener in Bewegung. Sie rückten heran, zu viert nebeneinander.

Die in der zweiten Reihe hielten ihre Lanzen stoßbereit. Uldin ließ sie nahe herankommen. Plötzlich ging er in die Hocke, hielt den Schild hoch über den Kopf und hackte in ein Bein, wo zwischen Beinschiene und Schurz das nackte Fleisch herausschaute. Der Mann kippte metallklirrend um und schrie gellend auf. Uldin war bereits herumgewirbelt und hatte einen zweiten verwundet. Klingen prallten auf seinen Schild. Er fuhr hoch, direkt auf einen dritten Mann zu, der von der Schildkante getroffen gegen seinen Nachbarn fiel. Sie kollerten beide zu Boden, und Uldins Schwert stieß blitzschnell zu, schnitt und stach. Ein Speer durchbohrte ihn. Er schien es nicht zu spüren. Nach allen Seiten um sich hauend drängte er sich mitten in ihre Schar. Endlich fiel er, aber sie hatten lange dazu gebraucht, und keiner der Achäer, der den Kampf überlebte, kam ohne schwere Verletzungen davon.

Die Galeere stach in See. Sie hatte eine Anzahl von Flüchtlingen an Bord, auf die Reids Trupp auf dem Rückweg gestoßen war. Sie hatten jedoch keine Zeit mehr gehabt, nach anderen zu suchen. Die Jagd auf sie hatte begonnen. Eine Streife hatte sie in der Nähe der Anlegedocks entdeckt, und was dann folgte, war ein Kampf im Laufen und ein Lauf ums Leben – zuschlagen, getroffen werden, weiterstolpern ins Dunkel – bis sie ihr Boot erreicht hatten. Dort stellten sie sich und hielten den Achäern stand, bis das Boot Verstärkung vom Schiff brachte, und der zahlenmäßig jetzt hoffnungslos unterlegene Feind in Stücke gehauen wurde. Reid war zu abgestumpft, das zu bedauern. Und es war nötig, erkannte er, wenn alle Flüchtlinge aus Knossos sicher hinübergerudert werden sollten.

Sobald sie auf dem offenen Meer waren, konnten sie

ausruhen. Kein anderes Schiff befuhr mehr die Gewässer um die Heimat des Seekönigs. Erschöpft drehten sie bei.

Nach und nach kam wieder Wind auf. Gegen Morgen würde er die Brände in der Stadt zu einer Feuersbrunst aufpeitschen, deren Spuren man noch erkennen würde, wenn die Ruinen nach mehr als dreitausend Jahren ausgegraben wurden. In den nächsten Tagen würde es viel Sturm und Gewitter geben, bis die mißhandelte Atmosphäre sich wieder gereinigt hatte. Bis Tagesanbruch konnte das Schiff jedoch sich selbst überlassen bleiben. Reid würde die Wache übernehmen. Er wußte, daß er ohnehin keinen Schlaf finden würde. Er stand im Bug, dort, von wo er und Erissa am Morgen Atlantis zum letzten Mal gesehen hatten. (Diesen Morgen erst? Vor kaum einer Umdrehung des Planeten?) Achtern lagen in zusammengedrängten Haufen die Besatzung und die Flüchtlinge in unruhigem Schlaf. Immer wieder fuhr einer zusammen, murmelte etwas, schlief weiter. Der Rumpf schlingerte unter den immer schwerer und heftiger heranpreschenden Wellen. Heiß und trocken kam der Wind von Süden; immer noch trug er Asche mit sich — seine graue, schmutzige Last würde noch oft zwischen Ägypten und Griechenland hin und her geworfen werden, bis sie endlich ausfiel. Aber wenigstens war der Schwefelgestank verschwunden.

Hinter einem Windschutz aus einem Stück Segeltuch brannte eine Talgkerze. Die jüngere Erissa lag auf einem Strohsack, in einem Kleid der älteren. Sie schaute auf zu ihm, aber er konnte nicht beurteilen, ob sie überhaupt etwas bewußt wahrnahm. Ihre Züge waren traumverloren. Die Frau kniete über ihr, mit gespenstisch flatterndem Haar, und murmelte immer wieder: »Ruhe, ruhe dich aus, alles ist in Ordnung, mein Kleines. Wir passen auf dich auf. Wir haben dich lieb.«

»Duncan«, sagten die halbgeöffneten Lippen, die wie Blütenblätter gewesen waren, bis eine Faust sie aufgeschlagen hatte.

»Duncan ist hier.« Die Frau winkte ihn heran. Reid

konnte nicht anders als gehorchen. Wie dürfte er Erissa jene Traumschöpfung verweigern, die sie die kommenden Jahre am Leben erhalten würde?

Aber es war seltsam, sie von Tagen und Nächten erzählen zu hören, die es nie gegeben hatte und die es nie geben würde. Vielleicht war es am besten so. Nichts Wirkliches konnte so schön sein.

Dagonas durfte die Wahrheit nicht erfahren, würde es auch nie. Erissa würde wenig darüber sprechen. Er mußte annehmen, daß sie heute nur niedergeschlagen worden war, und daß früher auf Atlantis sie und ein Gott namens Duncan...

Das erste Licht der Morgendämmerung tastete sich durch jagende Aschenwolken. Erissa stand auf – im Gesicht des schlummernden Mädchens lag jetzt Frieden und die Spur eines Lächelns – und sagte erschöpft: »Noch sind wir nicht frei.«

»Was?« Er rieb sich die Augen. Seine Lider brannten. Sein ganzer Körper, sein Geist waren stumpf vor Müdigkeit.

»Sie und Dagonas müssen in unserem Boot allein davonfahren, du erinnerst dich«, sagte die Frau. »Sonst könnte Theseus sie doch noch finden und das Mädchen zu seinem Werkzeug machen. Danach aber haben wir den Preis für unsere Freiheit gezahlt.« Sie hob einen Arm. »Schau dort.«

Sein Blick folgte ihrer Geste, streifte von der Steilküste Kretas am südlichen Horizont über die aufgewühlte schwarze See nach Westen, wo die achäische Kriegsflotte herankam. Allen Schiffen voran stürmte ein Gigant, der nur Olegs Schöpfung sein konnte.

KAPITEL 19

Der Russe hatte so getreu wie möglich ein byzantinisches Kriegsschiff aus seiner eigenen Zeit nachgebaut. Es war zweimal so lang und dreimal so hoch wie Reids Galeere, besaß zwei Masten mit Lateinsegeln, die heute jedoch gerefft waren, da der Wind ungünstig war. Zwei Reihen von je fünfundzwanzig Ruderern übereinander auf beiden Seiten trieben das Schiff vorwärts. Sein Schnabel bohrte sich in die Wellen wie in einen feindlichen Schiffsrumpf. Auf dem Vorder- und Hinterdeck drohten ebenso gewaltige Katapulte. Mittschiffs ragten zwei Ladebäume über die Seiten, mit großen Felsblöcken an ihrem Ende, die auf gegnerische Schiffe fallengelassen werden konnten. In der Mitte, wo das Dollbord niedriger war, schützte eine Reihe von Schilden auf einem Gerüst die Ruderer. Auf dem Hauptdeck drängten sich die Krieger.

»Achtung!« schrie Reid. »Wacht auf, los, los!«

Seine Leute tauchten halbbetäubt aus dem Schlaf. Dagonas als einziger schien noch Energie übrig zu haben. Mit einem Satz war er bei Reid und den beiden Erissas. »Was tun wir?« rief er. »Sie sind stark, diese Hunde. Sie können Segel setzen, wenn's nötig ist. Wir können ihnen nicht entkommen. Und wenn sie uns einholen...« er warf einen Blick auf das Mädchen und stöhnte.

»Wir halten auf das Riesenschiff zu«, sagte Reid. »Sein Kapitän ist mein Freund, der nicht wissentlich gegen uns kämpfen wird. Hoffe ich.«

Die Frau biß sich auf die Lippen. »Ihr beiden jungen Leute — nein, wir müssen abwarten. Bleib bei ihr, Dagonas.«

Sie zog Reid beiseite. »Irgend etwas wird schiefgehen«, sagte sie bedrückt.

»Das fürchte ich auch«, stimmte er zu. »Aber uns bleibt keine Wahl mehr, oder? Und... denke an unsere Hoffnung: daß Zeitreisende, die irgendwo hier unterwegs sein könnten, ein Schiff bemerken, das nicht in diese Zeit paßt, und sich es näher ansehen. Nun, hier haben wir gleich zwei Anachronismen. Sein Schiff ist sogar noch ausgefallener als unseres. Wir *müssen* zu ihm.«

Er warf einen Blick nach oben, aber da waren nur Wolken, grau, braun und schwarz, die sich im Süden zu blitzdurchzuckten Massen auftürmten, die ein neuerliches Unwetter ankündigten. Natürlich mochten Beobachter aus der Zukunft irgendeine Methode haben, unsichtbar zu bleiben. Höchstwahrscheinlich sogar.

»Wenn wir nicht gerettet werden...«, begann er.

»Dann werden wir zusammen unseren Weg gehen.« Sie blickten beide zu dem Paar im Bug hinüber, auf das schlafende, lächelnde Mädchen und den Jungen, der vor ihr kauerte. »Oder wir sterben«, schloß Erissa. »Aber diese zwei werden leben. Bei allem Leid habe ich doch viel Glück erlebt. Ich bete, daß auch du...«

Die Riemen setzten sich knirschend in Bewegung. Es war unbedingt notwendig, daß sie den Zweidecker erreichten, bevor ihnen ein kleineres Schiff den Weg abschnitt. Die Achäergaleeren waren weit verstreut, in keiner besonderen Formation — die Idee einer echten Flotte würde erst Jahrhunderte später aufkommen, jetzt, da die erste der Geschichte untergegangen war — aber sie mußten das sonderbare Schiff in ihrer Mitte bemerken und die minoische Bemalung erkennen. Beim Herankommen würden sie feststellen, daß die Leute an Bord tatsächlich Keftiu und damit leichte Beute waren.

Das Deck schaukelte. Wellen schlugen über das Dollbord herein auf die halbnackten Burschen, die beim Rudern verwirrten Männer, zusammengeduckte Frauen und jammernde Kinder beiseite drängen mußten. Schrill pfiff der Wind über das Deck und brachte das Rollen fernen Donners mit sich.

»Du hast keine Angst mehr, Duncan, nicht?« fragte Erissa.

»Nein«, sagte er und war seltsam überrascht, als er feststellte, daß das die Wahrheit war. Er dachte: Sie hat mich Mut gelehrt. Die Diëre änderte ihren Kurs. Offenbar war auch ihr Kapitän an einem Zusammentreffen interessiert. Die Gestalten auf dem Vorderdeck winkten und riefen, aber der Wind verwehte ihre Stimmen, und um jemanden zu erkennen, waren sie noch nicht nahe genug.

Dann aber... »Mein Gott!« brach Reid los. »Sie laden die Katapulte!«

»Das ist also unser Untergang«, sagte Erissa langsam. »Sie haben unseren Rammsporn gesehen und fürchten um ihren Rumpf.«

Ein Flammenball – ein teergetränkter Wergballen, den man angezündet hatte – sauste in hohem Bogen von dem Athener herüber. Reid dachte wütend: Also hat Oleg sich auch eine Version von Griechischem Feuer ausgedacht. »Vorwärts!« brüllte er. »Wir müssen näher heran – ihm zeigen, wer wir sind...«

Die ersten beiden Geschosse stürzten in die aufzischende See. Das dritte schlug am Oberdeck auf. Außer der Gruppe um Reid und dem Steuermann stand dort niemand mehr. Der Bursche schrie auf und sprang hinunter. Reid konnte es ihm nicht verdenken. Diese trockenen geteerten Planken waren wie Zunder. Flammen loderten hoch. Der Amerikaner sprang auch hinunter, mitten in das Menschengewirr. »Rudert, um Himmels willen!« brüllte er. »Und ein paar helfen mir.« Er erwischte einen Lenzeimer, füllte ihn und reichte ihn hinauf zu der älteren Erissa.

Sie klatschte das Wasser in die Flammen, rief aber gleich darauf hinunter: »Es hat keinen Sinn. Noch ein Treffer. Der Wind facht die Flammen an.«

»Gut, dann bring die beiden ins Boot!«

»Ja. – Erissa, wach auf. Du, Dagonas, folge mir.«

Sie kamen zu Reid ans Heck. In der allgemeinen Panik sahen nur wenige, daß er das Rettungsboot heranholte. Tylisson drängte sich zu ihm durch und schrie durch das Getöse: »Da haben aber nur ein paar Platz, Kapitän.«

Reid nickte. »Nur diese zwei werden fahren«, sagte er und wies auf die beiden.

»Ich soll dich im Stich lassen?« wehrte sich Dagonas.

Reid hielt seinen Blick fest. »Das tust du nicht«, sagte er. »Du wirst uns damit mehr helfen als du ahnst.« Seine Rechte drückte die des Jungen. Sein linker Arm war um die Schultern des Mädchens gelegt, das langsam aus seiner Betäubung aufwachte und entsetzt und verwirrt sich seiner Umgebung bewußt wurde. Über ihnen brüllten die Flammen auf dem brennenden Deck. Überall drängten sich angsterfüllte, jammernde Menschen.

»Erissa«, sagte er zu ihr. »Geh jetzt. Halte aus. Glaube daran, daß ich dich einmal wieder zu mir rufe.« Er konnte sie bloß leicht auf die Stirn küssen. »Dagonas, bleib immer bei ihr. Lebt wohl!«

Die Frau umarmte sie und den Jungen kurz. Sie stiegen ins Boot. Dagonas bedrückte es immer noch, daß sie sonst niemanden mitnahmen. Bevor er noch etwas sagen konnte, ließ Reid die Schleppleine fahren. Vom Wind erfaßt und von der Strömung mitgerissen, blieb das Boot schnell zurück. Es sah sehr zerbrechlich und einsam aus. Dagonas mühte sich, den Mast zu setzen. Es dauerte nicht lange, bis sie in den Rauchschwaden untertauchten.

»Du bist der Kapitän«, sagte Tylisson, »aber darf ich dich fragen, warum du nicht auch andere fliehen ließest?«

»Ich habe meine Gründe«, antwortete der Amerikaner. Er erwähnte den wesentlichsten nicht: daß jene, die hätten mitfahren können, wahrscheinlich besser starben, als in eine Sklaverei zu geraten, aus der nur die Kühnsten entkommen konnten. Die Frau sagte mit einem sonderbaren Unterton: »Jetzt sind wir frei.«

Reid dachte: Frei zum Sterben. Wir haben diese beiden Kinder nicht nur weggeschickt, um den letzten Akt zu Ende zu spielen, der auch der erste ist. Und nicht nur deshalb, daß sie nicht zum Talisman für die Barbaren werden und diesen den Mut geben, auch den Rest der minoischen Zivilisation zu zerstören.

Wir schickten sie fort, damit sie überleben. Dieses Schiff ist dem Untergang geweiht, und sehr wahrscheinlich sind es auch wir. Aber auch ich werde nicht aufgeben, Erissa.

»Komm«, befahl er Tylisson. »Hilf mir, diese Panik unter Kontrolle zu bringen.«

Mit Gebrüll und Faustschlägen stellten sie ein Mindestmaß von Disziplin her. Die Flüchtlinge von Knossos drängten sich in der Mitte der Ruderbänke zusammen, und die Atlanter ergriffen wieder die Riemen, die bis dahin kreuz und quer in den Dollenbefestigungen gehängt waren. Das brennende Schiff bekam wieder Fahrt.

»Gehn wir nach vorn und zeigen uns«, sagte Reid zu Erissa.

Jetzt waren sie nicht mehr so weit von der Diëre entfernt. Durch Rauch und fliegende Gischt erkannten sie einzelne Gesichter. Diores, auf dem Vorderdeck, eine Katapultmannschaft beaufsichtigend. Und Oleg, bei Gott, Oleg, der massig und eisengepanzert in der Nähe stand. Reid kletterte auf den Bug hinauf und klammerte sich ans Vorstag. Die Hitze des Feuers versengte ihm den Rücken. »Oleg!« brüllte er. »Erkennst du uns nicht?«

»Bosche moi!« schrie der Russe auf. »Duncan, Erissa – ich wußte nicht – laßt das, ihr da! Setzt ein Boot aus, schnell!«

Reid sah Diores den Kopf schütteln. Er konnte sich vorstellen, was der Admiral der Athener sagte: »Zu gefährlich, die zwei. Werden wir sie lieber ein für alle Mal los.«

Oleg fuhr empört auf und hob seine Streitaxt. Diores brüllte einen Befehl. Zwei Krieger traten heran, um Oleg gefangenzunehmen. Seine Axt schnitt schräg durch die Luft. Die beiden zogen sich hastig zurück. Diores schrie nach den anderen.

»Halt aus, wir kommen!« brüllte Reid hinauf und zu seinen Ruderern und Aschkel, der mit einem Riemen steuerte, da Ruder und Pinne zerstört waren: »Jetzt! Das ist unsere letzte Chance. Rammt das Ungeheuer, entert es!«

Heiseres Gebrüll antwortete ihm. Muskeln spannten sich unter rußiger, schweißverschmierter Haut. Die Galeere schoß vorwärts. Reid zog Erissa vom Bug weg.

Oleg, auf seinem Schiff, hatte sich zu Diores durchgekämpft. Der Athener zog ein Schwert und stürzte sich auf ihn. Olegs Axt fuhr hoch, das Schwert schnellte klirrend davon. Ein zweiter Hieb quer über den Brustpanzer schleuderte Diores über Bord. Die schwere Bronzerüstung zog den Admiral sofort hinunter. Oleg fuhr zu den anderen Kriegern herum.

Das kleinere Schiff prallte unter dem Splittern von Rudern und häßlichem Knirschen gegen das große. Sein Schnabel bohrte sich in die Planken. Das Feuer auf Deck leckte hoch und erfaßte Rumpf und Takelage der Diëre. Reid packte einen Enterhaken, schwang ihn um den Kopf, erwischte die Reling und zog sich Hand über Hand hinauf. Ein Gedanke zuckte durch sein Hirn: Damit sind diese beiden Anachronismen erledigt. Niemand in dieser Zeit wird noch einmal so etwas bauen... lange nicht. Bis einst Achäer, Argiver, Danaer, Dorer zu Griechen geworden sind, in deren Adern das Blut der Seefahrer von Keft fortbesteht...

Ein schimmernder Lichtwirbel sank aus den Wolken herab.

KAPITEL 20

Der dunkelhäutige, freundliche Mann hatte erklärt:

»Nein, wir wußten nichts von euch. Unser Bericht von eurer Anwesenheit jetzt/hier und eurer Rettung liegt in unserer eigenen Zukunft, versteht ihr. Da es nur so wenige Zeitreisen geben kann, vergeudet man keine, in die nahe Vergangenheit zurückzugehen. Aber eure Vermutung war richtig, daß wir die Katastrophe – ein geologisch einmaliges Ereignis – und ihre Folgen beobachten würden. Auch hattet ihr recht mit der Hoffnung, daß wir so ausgefallene Schiffskonstruktionen bemerken und daraus auf das Geschehen schließen würden. Daher braucht ihr nicht zu glauben, daß ihr nur wie Marionetten einen bestimmten Handlungsablauf mitgemacht habt. Ihr habt euch durch eigene Anstrengung, aus freiem Willen durchgeschlagen und endlich aus den Schlingen der Zeit befreit. Schwächlinge wären untergegangen, Narren hätten nie herausgefunden.

Nein, es ist leider unmöglich, nach jenem Rettungsboot zu suchen. Das Gebiet ist zu groß, unsere Mittel hier zu beschränkt. Und wenn ihr alles in seiner Summe betrachtet, Gutes und Schlechtes: würdet ihr diese eure Vergangenheit verlieren wollen, wenn es möglich wäre? Vergeßt nicht, in ihr wurzelt eure Zukunft.

Wir haben eure Gefährten von Atlantis und Knossos zurück nach Kreta gebracht, weit ins Landesinnere, wo die Eroberer noch lange nicht hinkommen werden. Ihre Erinnerung an den letzten Tag wurde gelöscht und durch die Überzeugung ersetzt, daß sie auf der Flucht Schiffbruch erlitten hätten und sich nach Kreta retten konnten. Dies deshalb, damit ihnen unnötige Zweifel und Ängste erspart bleiben, die ihnen beim Aufbau einer neuen Existenz hinderlich wären. Auch das gereicht euch Zeitgestrandeten zur Ehre, denn ihr habt sie gerettet, und euch ist es zu verdanken, daß die Archäologen nur wenige Gebeine unter der Asche von Santorin finden werden.

Die feindlichen Seeleute? Sie haben wenig gesehen; ihr erinnert euch, daß wir alle an Bord bewußtlos machten, als wir herunterkamen. Da sie Achäer waren, brauchten wir uns nicht weiter um sie zu kümmern; sie wachten nach ein paar Minuten auf und wurden von einem anderen Schiff gerettet, als ihres unterging.

Trotzdem hat die Flotte etwas gesehen — eine Erscheinung zürnender Götter —, das Theseus nach seiner Rückkehr dazu bewegen wird, den *mentatór* im Meer zu versenken. Das ist wünschenswert. Noch wünschenswerter ist die Demütigung, die ihr ihm beibrachtet, als ihr ihm, dem Sieger, jenes Mädchen nahmt, durch das er glaubte, auch über die Göttin triumphiert zu haben. Es soll euch ein Trost sein, daß er deshalb nicht nur die kretischen Kolonien verschonen wird, sondern im großen und ganzen ein guter Herrscher werden wird. Die mykenische Kultur wird eine würdige Tochter der minoischen sein und als Hefe in der hellenischen wirken.

Wir sind euch natürlich dankbar für eure Information, was das Wrack des spatiotemporalen Fahrzeugs betrifft. Es kann repariert und zurückgeholt werden. Eben gerade weil die Kontrollfelder nicht in Ordnung waren und das Energieleck verursachten, haben wir jetzt — bildlich gesprochen — eine Art Energietunnel, der den Weg der Maschine durch das Kontinuum markiert. Entlang dieses Tunnels kann euch die Zeitkapsel genau dorthin zurückbringen, wo und wann ihr damals mitgerissen wurdet. Es wird eine exakte Umkehrung des Unglücksverlaufs sein.

Die Reparatur wird jedoch eine Weile dauern, weil uns hier nur die primitivsten Einrichtungen zur Verfügung stehen. Auch habt ihr gerade erst Furchtbares durchgemacht. Unser Basislager ist am Schwarzen Meer, weit außerhalb des betroffenen Gebiets. Sollen wir euch hinfliegen, damit ihr euch ausruhen und erholen könnt? Und ihr werdet vielleicht überlegen wollen, was ihr aus dem

Leben machen wollt, das ihr jetzt wieder aufnehmen werdet.«

Oleg hatte gefühlvoll und ein wenig betrunken gesagt: »Letzte Nacht zusammen, wie? Ich werd' sie euch beiden nicht verderben, hab' euch ja auch in diesen letzten Wochen ziemlich in Ruhe gelassen. Aber ich werd' euch vermissen, auch wenn ich froh bin heimzukommen.« Er drückte sie beide an sich wie ein friedlicher Bär und wanderte ins Bett.

Reid und Erissa waren allein. Die Expedition der Futurier wohnte nicht in einem Zeltlager, sondern in einem fantastischen Gebäude aus gläsernen Streben und schimmernden Kuppeln, bunt und unzerstörbar wie ein Regenbogen. Unter der Terrasse, auf der sie standen, streckte sich eine bewaldete Hügelflanke, vom Mond mit Silber überzogen, bis hinunter zu einer weiten, ruhigen Wasserfläche. Die Bäume atmeten noch harzduftende Tageswärme aus. Der Himmel war mit Sternen übersät. Eine Nachtigall sang.

»Ich wünschte fast, wir könnten bleiben«, sagte er seufzend.

Sie schüttelte den Kopf. »Darüber haben wir doch schon gesprochen, Liebster. Dieses Exil wäre für keinen von uns gut. Am schlimmsten wäre das Wissen, die Liebe unserer Familien verraten zu haben.«

»Es erscheint so sinnlos«, sagte er, bedrückt durch den Verlust, den das Morgen bringen würde. »Wir haben nichts getan als im Kreis zu gehen, außer daß du erfahren mußtest, daß der Kern deines Lebens eine Lüge war.«

»O nein, wir haben viel mehr getan!« rief sie. Sie legte die Hände auf seine Schultern und betrachtete ihn ernst und voll Zärtlichkeit. »Hast du das denn nicht verstanden? Muß ich es dir nochmals sagen? Wir bekamen ein halbes Jahr zu unserem Leben dazu, und wenn es uns Kummer brachte, so doch auch Freude, Freude, die wir miteinander fanden, und an die wir zurückdenken werden, bis wir sterben. Und wir hatten unseren Sieg — denn es war ein Sieg, daß wir und alle in unserer Obhut das Ende einer Welt überlebten, ja, daß wir viel von ihr retten konnten für eine Welt, die erst kommt. Auch wenn uns nur ein schmaler Weg offenstand, der uns im Kreise führte, so sind wir ihn doch bis zum Ende gegangen. Ich weiß jetzt, daß wir nie Sklaven des Geschicks waren, weil es unser eigener freier Wille war, der dieses Geschick erst für uns schuf.

Ich habe mir selbst einen Mythos geschenkt. Aber die Jungen und Verwundeten brauchen Mythen. Über das bin ich seit einiger Zeit hinausgewachsen, und die Wahrheit ist besser. Oh, es tat weh, Duncan, eine Weile schmerzte es bitter. Ich muß dir danken, daß du mir zeigtest, daß Deukalion trotz allem mein geliebter ältester Sohn ist, daß sein Leben ein Pfand für das Ende allen Hasses ist. Und mein Mann Dagonas, ach, ich werde nie wieder in seinen Armen liegen ohne das Bild vor mir zu sehen, wie er über jenes Mädchen wachte. Du bist nicht mehr mein Gott, du bist mir ein guter Freund, und das ist mehr; und er ist der Mann meines Lebens.«

Sie schwieg einen Augenblick und sagte dann langsam: »Nein, ich glaube, es gibt niemals ungetrübtes Glück. Aber ich weiß, daß ich jetzt glücklicher sein werde als zuvor. Ich hoffe, auch du wirst das sein, Duncan.«

Er küßte sie.

»Ich glaube schon«, sagte er. »Du hast mich von einer Stumpfheit geheilt, von der ich nicht einmal wußte, daß sie über mich gekommen war.«

Sie lächelte. »Diese Nacht gehört noch uns. Aber, mein Geliebter, dem ich bald Lebewohl sagen werde, erzähle mir vorher noch einmal, was sein wird.«

»Tausend Jahre von heute wird Athen in einem Glanz erstrahlen, der den Weg der Menschheit erhellen wird, solange es Menschen auf der Erde gibt. Und die geheime Quelle dieses Glanzes ist das Vermächtnis deines Volkes.«

»Mit diesem Trost will ich leben: daß mein Land in dem ihren weiterbesteht. Aber nun wollen wir nur mehr füreinander da sein.«

Er taumelte und fiel. Eine Minute lang blieb er auf dem leise vibrierenden Deck liegen, bis das Schwindelgefühl verging.

Aber ich muß aufstehen, dachte er, und in die Kabine zurückgehen, bevor jemand vorbeikommt. Trotz der Rasur, des Haarschnitts und der Nachbildung von Kleidern des zwanzigsten Jahrhunderts, mit denen sie mich etwas hergerichtet haben, wird es schwierig sein, einige Änderungen in meinem Ansehen zu erklären.

Er erhob sich. Er fühlte Kraft und Ruhe zurückkehren. Der Nordpazifik flüsterte und glitzerte ringsum. Er versuchte, Erissas Bild aus dem schimmernden Mondlicht heraufzubeschwören, aber es fiel ihm schon schwer, als ob alles nur ein rasch verblassender Traum gewesen wäre.

Und doch hat sie mir unendlich viel geholfen. Sie zeigte mir, was es heißt, eine Frau zu sein, und lehrte mich so, ein Mann zu sein.

Er ging hinunter. Pamela lag aufgestützt in ihrer Koje, allein mit einem Taschenbuch-Thriller. Die Leselampe warf einen hellen Schimmer auf ihr Haar, auf das Foto der Kinder. Sie blickte auf.

»Ach«, sagte sie irritiert, »du bist früher zurück als ich erwartet habe.«

Er lächelte ihr zu. Da erinnerte er sich, daß ihm diese Nacht die Verse eines jungen Mannes eingefallen waren, der jung und sinnlos hatte sterben müssen, der aber in der kurzen Spanne seines Daseins mehr *gelebt* hatte als die meisten und die Zeilen schrieb:

...And so I never feared to see
You wander down the street,
Or come across the fields to me
On ordinary feet.

For what they'd never told me of,
And what I never knew,

It was that all the time, my love,
Love would bei merely you. *

Pamela sah Reid prüfend an und richtete sich auf. »Aber, aber du hast ja eine andere Jacke an«, sagte sie, »und...«

»Tja, siehst du, einer von der Mannschaft und ich, wir sind ins Gespräch gekommen, und dann stellten wir fest, daß ihm mein Jackett und mir das seine besser gefiel, und da tauschten wir eben«, antwortete er. »Da, schau mal.« Er schlüpfte aus dem Kleidungsstück und warf es ihr in den Schoß. Sie starrte es an und befühlte das fremdartige Gewebe. Inzwischen streifte er schnell den Rest der Sachen ab und ließ sie, während er einen Bademantel überzog, in einer Schublade verschwinden. Er würde später alles über Bord werfen.

Sie blickte ihn forschend an. »Duncan«, sagte sie. »Du bist plötzlich hager geworden. Und diese Falten im Gesicht...«

»Ja, Schatz, hast du denn noch nicht bemerkt, daß ich älter werde?« Er setzte sich auf die Bettkante, legte eine Hand unter ihr Kinn und sagte: »Es wird Zeit, daß wir aufhören, aneinander vorbeizuleben. Komm, Kamerad, wir wollen die Segel setzen und wieder gemeinsam auf Fahrt gehen. Ich will dir zeigen wie.«

Ich muß sie ablenken, dachte er. Irgendwann werde ich ihr die ganze Wahrheit sagen. Aber nicht jetzt. Sie würde es nicht glauben. Und zuerst haben wir Wichtigeres zu tun.

Ich spüre dieses Neue in mir, das ich in diesem halben Jahr gewonnen habe: ein neues Begreifen der wichtigen Dinge des Lebens, die Kraft, nie aufzugeben, und den Mut, Freude zu empfinden.

»Wie meinst du das?« fragte sie verwirrt.

Er antwortete: »Ich will dich glücklich machen.«

---

* *... Und so hatte ich nie Angst,*
Wenn ich dich auf der Straße sah
Oder über die Felder gehen
Zu Fuß wie die andern.

Niemand sagte es mir,
Und ich wußte nicht,
Daß stets du, du allein,
Meine Liebe warst.

Rupert Brooke, *Song.* (freie Übers. d. Red.)

HEYNE BÜCHER

HEYNE SCIENCE FICTION

Romane und Erzählungen internationaler SF-Autoren im Heyne-Taschenbuch.

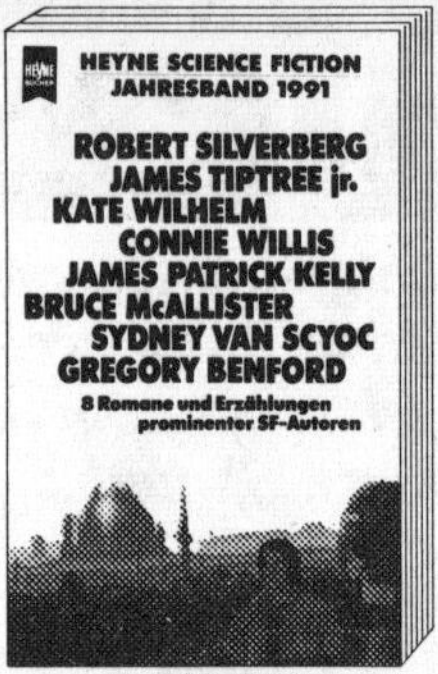

06/4770

06/4759

06/4719

06/3670

06/4739

06/4765

06/4766

06/4767